Deadpool

UN ROMAN MARVEL

STEFAN PETRUCHA

DEADPOOL

Apocalypse Chiots

Traduction de l'anglais (États-Unis) par Cédric Perdereau

HUGINN & MUNINN
Paris – San Francisco

HUGINN & MUNINN 15-27, rue Moussorgski
75018 Paris
www.huginnmuninn.fr

MARVEL

www.facebook.com/huginnetmuninn

@HUGINNMUNINNOFF

Publié aux États-Unis en 2015 sous le titre original *Deadpool : Paws* aux éditions MARVEL WORLDWIDE INC., filiale de MARVEL ENTERTAINMENT LLC., située à 135 West 50th Street, New York, NY 10020.

ALAN FINE, vice-président exécutif – bureau du président, Marvel Worldwide, Inc. et vice-président exécutif et directeur marketing Marvel Characters B.V. ; DAN BUCKLEY, éditeur et président – Impression, Animation & Filiales numériques ; JOE QUESADA, directeur de la création ; TOM BREVOORT, vice-président principal de l'édition ; DAVID BOGART, vice-président principal Exploitation et Approvisionnement, Édition ; C.B. CEBULSKI, vice-président principal Création et Développement de contenu ; DAVID GABRIEL, vice-président principal Impression, Ventes & Marketing ; JIM O'KEEFE, vice-président Exploitation et Logistique ; DAN CARR, directeur exécutif des technologies de publication ; SUSAN CRESPI, directrice éditoriale ; ALEX MORALES, directeur de la publication ; STAN LEE, président émérite.

DEADPOOL EST UNE CRÉATION DE FABIAN NICIEZA ET ROB LIEFELD.

Éditeur : Stuart Moore
Vice-président, responsable de la production et des projets spéciaux : Jeff Youngquist
Responsable adjointe, projets spéciaux : Sarah Brunstad
Responsable des licences d'édition : Jeff Reingold
Vice-président principal Impression, Ventes & Marketing : David Gabriel
Éditeur en chef : Axel Alonso
Directeur de la publication : Joe Quesada
Éditeur : Dan Buckley
Producteur exécutif : Alan Fine
Maquette de la couverture : Benjamin Brard
Création de l'illustration de couverture : Stéphane Perger

Dédié au Deadpool qui sommeille en chacun de nous,
parce que si je ne le fais pas, ça pourrait le mettre en colère.

LIVRE PREMIER

COMBIEN POUR CE CHIEN DANS LA VITRINE ?

CHAPITRE UN

Et voilà que je tombe d'un immeuble et... oh !

OÙ SONT CES P***INS D'IMAGES ?

Vous vous rendez compte de ce qu'on me fait faire ? C'est quoi, alors, une légende vachement longue ? Eh, les *comics* c'est de l'instantané, du direct, comme la télé, ou... la télé ! Il faut suivre, un peu. Une image vaut 1 000 veaux. Genre, si je *dis* rouge, c'est moins bien que de *voir* du rouge, non ? Entendez-moi bien, j'adore tailler le bout de gras. C'est pas pour rien qu'on m'appelle le Mercenaire Disert. Mais bon, faut pas pousser. Comme disait William Burroughs, « le langage est un virus venu de l'espace ».

OK, d'accord, il était un accro à la morphine, et un festin nu, c'est rarement gratuit, mais quand même.

Vous devez avoir beaucoup de questions pour vous la raconter, du genre : « T'aimes bien les images, mais comment tu fais pour étoffer le personnage ? » ou : « Comment on fait l'exposition ? » OK, j'admets qu'une ou deux phrases bien tassées, ça peut être pratique. Mais un auteur digne de ce nom fourre ça dans les dialogues. Tiens :

Pas de conneries à la « Pendant ce temps-là, à Veracruz ». Si vous voyez une double page sur la chambre forte d'une banque, vous pensez pas que l'action va se passer à l'épicerie du coin, si ?

Alors c'est quoi, tout ce bla-bla ?

Oh, attends. J'ai compris. Livre. C'est un livre. Ça existe encore, ça ? La vache...

OK, je gère. C'est bon, je me reprends. Comme je disais, j'aime parler.

Ça, c'est clair.

Oh, au passage, ça, c'est mon dialogue intérieur. Si on était dans un *comics*, ça s'inscrirait dans un cartouche spécial, jaune. Là, apparemment, ça sort en gras.

Ça me va.

Bon, on s'y met ?

Et en italique pour la Voix Intérieure numéro deux. Super, tout le monde est là. Bon, vous la fermez et je lance l'histoire.

Les lignes élancées de verre et d'acier d'un gratte-ciel de Manhattan se brouillent tandis que je dégringole devant la façade. N'étant pas du genre à voler, ni à me balancer comme Spider-Man, je... je me gamelle. Je bats des jambes et des bras, on dirait un poisson hors de l'eau. Un poisson hors de l'eau balancé par la fenêtre, plus exactement. Je cherche un truc auquel me rattraper dans le flou ambiant, ou au moins de quoi ralentir la chute, mais rien. Pas une hampe de drapeau, une corniche, une gargouille... non, ligne droite, premier trottoir sur la droite et direction le gadin.

Dit comme ça, c'est pas la joie, mais j'ai l'habitude de tomber. Je suis tombé depuis des immeubles. Je suis tombé dans des mines, des bases secrètes, des vaisseaux extraterrestres, des chocolateries, des chambres à coucher... un peu de tout, en fait. Je suis tombé amoureux, tombé des nues, tombé sur un os... mais jamais tombé de manière fatale. J'ai fait des chutes qui étaient mortelles pour d'autres personnes, mais il faut sacrément bien viser, pour ça.

Mais le hic, c'est que je suis pas tout seul. J'ai entre les mains le chiot dalmatien le plus craquant qu'on ait jamais vu. Je l'ai attrapé au vol dans le penthouse, tout en haut. Après, j'ai semé la ruine, et là il sème de l'urine.

Ha ha, classe, celle-là !

Chut, laisse-le parler.

D'après la médaille dorée sur son collier à diamants, il s'appelle Kip. Mais à cette vitesse-là, il va bientôt s'appeler Splotch. Dans d'autres circonstances, s'il avait dévoré un camp scout et comptait prendre du rab, ça ne me dérangerait pas forcément. Je suis toujours content de tuer. Mais Kip n'a rien fait pour mériter d'y passer maintenant.

Donc, tu l'aimes bien ?

Non ! Il est adorable, c'est sûr, mais ça n'intéresse que les êtres inférieurs. Moi, je suis du genre cœur de pierre, impossible à attendrir. Donc, pas de lien affectif homme/chien. Mais... il est trop chou, avec le vent qui lui tiraille les paupières comme ça...

Ahem. Cela dit, je cherche... purement par principe, comprenez bien... un moyen de lui sauver la vie. J'ai vu une vidéo la semaine dernière, sur le Net... une histoire de chien qui survivait à une chute de dix-neuf étages.

Tu ne l'as pas rêvée, celle-là ?

Peut-être, mais c'était trop bien ! Surtout la partie sur la vélocité terminale, la poussée vers le haut de la résistance au vent qui s'équilibre avec l'attraction de la gravité, bla bla bla. Un petit mammifère comme Kip atteint sa vélocité terminale bien plus vite qu'un grand type comme moi.

Donc... si je reste cramponné à lui, ça me ralentit, non ?

Pas du tout.

Puisque je continue d'accélérer, tu dois avoir raison. Kip se retrouve avec ma vélocité terminale à moi. Et puisque c'est hors de question, je le regarde dans ses grands yeux terrifiés.

— Il est temps que tu quittes le nid, mon petit. (Je le lance en l'air.) Vole, petit Kip, tu es libre !

Maintenant qu'il est tout seul, je suis sûr qu'il va s'en sortir, comme le chien dans la vidéo. Ah attends, c'était pas un chat ? Je crois que je me souviens d'un chat. Il jouait du piano. Pff, chat, chien, perroquet... c'est un peu pareil, tout ça.

Je continue d'obéir aux lois de la physique. Les cumulus tournent autour de moi comme de la crème dans un mixeur. Mmm. De la crème fouettée. J'irais bien manger, une fois arrivé en bas, mais le courant d'air fait remonter toute la puanteur de la ville, et ça me coupe l'appétit. Le sol doit commencer à se rapprocher. Je devrais sans doute regarder, juste pour estimer la distance qu'il me reste à descendre. Je pourrais me ralentir en rebondissant contre le mur, ou...

Trottoir ? Eh oh, trottoir ! Tu es où ?

Oh, juste là !

SPLATCH !

Je vous ai parlé de ma guérison, hein ? Vous savez, lorsque Wolverine, le teigneux des X-Men, se fait tirer dessus ou couper un truc, la blessure se referme toute seule ? Bah, moi c'est pareil, mais en mieux. Sauf si on me plonge dans l'acide, ou qu'on me désintègre entièrement, je repousse. Bon, d'accord, la plupart des supermachins reviennent si souvent d'entre les morts qu'il faut changer les gonds toutes les semaines, mais au moins eux, ils peuvent potentiellement y rester. Pour les ramener, il faut des rebondissements sacrément tordus. Voire un *reboot*.

Alors que moi, je suis immortel. Quoi qu'on me fasse, tout finit par repousser, cancer compris. Je vous ai dit que j'ai un cancer ? C'est ça qui m'avait poussé à m'inscrire pour le programme Arme X. L'Arme X était gérée par le gouvernement canadien, au fait. Je me suis dit que ça pourrait être un remède. Perdu ! Mon cancer se régénère, maintenant. Du coup, j'ai des lésions plein le corps et des rêves plein la tête.

Attends, ils ont dit rêves ou délires ?

Bref. Un membre en moins ? Quelques heures après il est revenu. Un crâne enfoncé ? Disons un jour ou deux. Oui, le cerveau fait partie des organes importants, alors il m'arrive de me réveiller un peu de travers. Je parle allemand, je me prends pour une danseuse du Bolchoï ou je ne sais quoi. Mais avec le temps... Bref, on dit que la mort et les impôts sont les deux seuls trucs auxquels on n'échappe pas, mais je suis immortel et je ne paie pas d'impôts.

Sur le papier, c'est génial, hein ? Mais quand ce sont *tes* os qui se cassent, tes entrailles qui éclatent comme un sac poubelle, c'est moins drôle. Le problème, c'est que je sens bien toutes les blessures, à chaque fois. Je pourrais vous parler de la souffrance immense et absolue qui traverse le moindre de mes neurones à ce moment-là, mais je garde ça pour mon prochain livre, *Non,* ÇA, *ça ne fait pas mal.* Pour l'instant, je me contenterai de citer Ronald Reagan qui, peu de temps après avoir pris une balle, a dit à qui voulait l'entendre : « Aïe ! Aïe ! Aïe ! »

C'est mieux que l'alternative, à savoir la mort. Prenez les deux types sur qui j'ai atterri. Vous n'avez pas eu le temps de les rencontrer, et ils ne sont déjà plus là. La plupart des gens me trouvent dur (et aussi moche, puant, etc.), mais je suis vraiment désolé pour ce vendeur de hot-dogs. Le trader, moins. Quoique sa montre Patek Philippe est impressionnante. Elle fonctionne encore, alors que je suis tombé dessus. Eh, s'il n'en fait rien, il me reste juste assez de doigts intacts pour...

VLAN !

Kip retombe pile sur la partie molle de ma poitrine éclatée, ce qui fait un peu un bruit de coussin péteur mouillé. Il est surpris, l'air un peu hagard, mais rien d'autre. Il pousse un petit jappement et met les voiles. Tant mieux pour lui. Tant pis pour moi.

Après tout, je suis venu le voler, ce clebs. Maintenant, je n'ai qu'à attendre en souffrant le martyre que mes blessures se referment assez pour retrouver un dalmate à Manhattan.

C'est pas un documentaire, ça ? *Un Dalmate à Manhattan...*

Non, tu confonds avec En tatanes à Manhattan.

Au fait, toute cette scène, là ? Bon exemple de la supériorité des *comics* sur le texte. Ç'aurait été beaucoup plus simple en images. Deux cases verticales avec des traits de mouvement, un plan rapide de réaction du vendeur de hot-dogs et du trader surpris d'être à l'ombre, et c'était torché. Une demi-page, max. Et la chute aurait eu vachement plus d'impact. Si j'ose dire.

Oh, mais que vont devenir ces rats de bibliothèque dans notre monde post-littéraire ? Mouha ha ha ha !

Pendant ce temps-là, dans notre histoire...

Ah ça va, hein. Me cherche pas.

Avant de pouvoir crier « Au pied le chien ! », j'ai la chance de recevoir une visite du Très Haut. Non, DE très haut, j'ai dit. Du penthouse. Le nouveau venu tombe devant moi, pas avec un splatch ou un paf bien massif, mais avec le sifflement doux et serein des réacteurs d'une armure de combat. Tiens, mais c'est ce facétieux garde du corps qui m'a jeté par la fenêtre il y a quelques instants. Il ne s'attendait pas à ce que je sois assez rapide pour saisir Kip au vol. Vous auriez dû voir sa tête.

Je ne sais pas s'il est vraiment grand et méchant, ou si c'est juste grâce à l'armure high-tech qu'il a sur le dos, mais son entrée est réussie. Le dernier souffle de ses réacteurs fuse sur le bitume, et fait valser les saucisses fumantes du chariot dans la rue. Mais le *vrrt-vrrt* qu'il fait à chaque mouvement nique un peu l'ambiance. C'est du breveté Stark Industries, ça. Pas le genre d'armure qu'on trouve sur Amazon. Donc, il doit porter une bonne vieille contrefaçon chinoise que son patron lui a trouvée sur eBay. Saleté d'Internet. Les armes automatiques, c'était quand même plus sympa.

Iron Maurice *vrrt* un peu plus près. L'armure fait le truc cool du lance-missiles qui se déplie de l'avant-bras. Me demandez pas comment ça marche. À moins qu'elle ne soit faite en vibranium, qui absorbe les vibrations, le recul devrait lui arracher le bras dans l'autre direction au moment du tir.

Mais il ne tire pas. Son casque s'ouvre, et je vois une tête au nez cassé, plus toute jeune. Ça se voit dans son regard d'acier : ce type est futé, et il n'en est pas à son début de carrière. Ce n'est pas un petit jeune qui veut montrer qu'il en a. C'est sans doute parce qu'il sait se battre qu'il est devenu garde du corps là-haut. Je le respecterais presque, tiens.

Jusqu'à ce qu'il la ramène.

— Je sais pas comment t'as survécu, et je m'en fous. Rends-moi le chien, ou je te décime !

J'éclate de rire.

— Tu vas me détruire à dix pour cent ?

— De quoi ? crache-t-il en tournant la tête comme s'il se vexait.

— Décimer, boîte de conserve, ça veut dire tuer une personne sur dix. Tu me crois pas ? Tu dois bien capter Internet, dans ta jolie armure. Google est ton ami. J'ai le temps.

— Putain de grammairien de merde. (Il lève le bras, qui porte dirait-on un canon lisse de 37 mm.) Je vais te faire la peau, ça te va ?

— Mieux, mais c'est pas une question de grammaire, c'est de la sémantique, c'est...

Il me pousse du bout du canon. Dans mon état, ça fait drôlement mal.

— Où est le iench ? (Il remarque enfin que je gis dans une flaque de sang et autres produits dérivés bien trop vaste pour n'être qu'à moi, il prend un air tout triste.) Tu lui es pas tombé dessus, quand même ?

Je ne savais même pas qu'on pouvait sentir son pancréas avant qu'il ne fourre son canon sous moi comme une pelle pour me soulever un chouïa.

— Ah ! C'est froid ! C'est vachement froid ! Il est pas là, il a filé. Il a filé !

Soulagé, le garde *vrrt* la tête et enfonce un bouton sur son avant-bras. Depuis son armure, une sensuelle voix synthétique de femme avec qui je passerais bien la nuit, annonce :

— Sifflet à ultrasons activé.

Les parties de ma nuque qui lui permettent de bouger sont pulvérisées, alors je ne peux pas changer de point de vue. Mais j'entends les griffes du chiot contre le bitume derrière moi.

Vrrt-Man affiche un sourire crâne, comme s'il savait dès le début que tout allait bien se terminer.

— Kip, petite crapule ! Te voilà ! Allez viens, sac à puces !

Il parle d'un ton bourru, mais avec une tendresse réelle. Il a vraiment l'air de tenir à cette bestiole. Ça me fait une boule dans le ventre. Ou alors c'était mon pancréas. Mais une partie de moi avait envie d'halluciner un montage le-garçon-et-son-chien, avec moi dans le rôle du garçon. Plus la baballe, le bâton et l'apprentissage de la propreté. C'est pas le moment.

Le garde du corps ne va pas être content, mais je dois lui dire quelque chose.

— Euh, mec ?

— Ta gueule. (Le chiot se rapproche encore.) Viens là, mon grand.

— Comment tu t'appelles, mec ? Regarde-moi, je suis comme mort, tu peux au moins me dire ça.

Il lève les yeux au ciel, mais il est content de retrouver son chien, alors il cède.

— Bernardo.

Derrière moi, j'entends une adorable respiration de petit chien, et une langue pendante qui bat contre cette adorable petite truffe à croquer.

— Bernardo, *mi amigo, por favor*, écoute-moi très attentivement. Je sais que Kip est mignon, je sais qu'on te paie pour le protéger, mais il ne faut pas prendre ce chien dans tes bras.

Avant que je ne puisse élaborer, je vois les fesses de Kip me passer sous le nez pour sauter entre les bras de métal tendus de Bernardo.

— Ah, viens-là, sale petite peste !

— Oui, on dirait un chiot, mais crois-moi, c'est...

Le chien lui lèche le visage. Bernardo éclate de rire, sans doute parce que ça lui rappelle une bonne journée de son enfance qui n'a jamais eu lieu.

— Eh, du calme ! (Le dalmatien se met à le lécher un peu plus fort.) Non, vraiment, tu te calmes, Kip !

— Pose-le, B. Crois-moi.

— Toi, je t'ai pas sonné.

La langue bouge plus vite. Le mouvement semble de plus en plus rugueux. Bernie est trop solide pour que ça lui fasse mal, mais je vois à son regard qu'il se demande ce qui lui arrive. Au lieu de s'en occuper, il détourne sa colère sur moi.

— T'es qui, toi, d'abord ? Quel genre de taré traverse un système de sécurité à un million juste pour piquer le chien d'un gosse ?

Puis l'adorable petite langue arrache le premier bout de peau de Bernardo, et révèle les muscles en dessous. Surpris (et à sa place, on aurait tous fait pareil), Bernardo crie. L'instinct le pousse à toucher la blessure, pour voir si c'est grave, mais il ne peut pas : il tient Kip avec les deux mains. Ce mignon petit Kip, qui mâchonne un morceau de sa joue comme si c'était un jouet en caoutchouc.

La douleur et la surprise se tirent la bourre, et c'est la colère qui gagne. Il lève Kip comme un ballon de football et utilise la force augmentée de son armure pour lancer la bestiole le plus loin possible. Mais la boule de poils retombe pile comme il faut. Kip roule, une boule noire et blanche qui rebondit sur le trottoir sur quelques dizaines de mètres. Mais en chemin, il grandit. Il grandit, et il grandit, jusqu'à ce que son corps soit trop lourd et l'interrompe dans son élan.

Et là, son corps... comment je vais vous décrire ça ? Eh bien, il se déplie, un peu comme une plante qui ouvre ses pétales, ou un oiseau qui écarte les ailes. Mais plus précisément, comme un monstre mutant qui grandit, qui change de forme et de couleur, et en quelques secondes se retrouve à mesurer... bon, j'ai pas de mètre sous la main, là. On va dire une quinzaine de mètres ?

Oui, à vue de nez, ça doit être ça.

Ensuite, l'ex-chiot crie, d'une voix qui résonne comme un machin qui résonne de manière impressionnante. Imaginez un gros pétard. Oui, un pétard vachement gros, qui ferait un bruit... de tonnerre. Voilà, un gros, gros coup de tonnerre :

— Je suis GOOM ! La Chose de la Planète X !

Bernardo écarquille les yeux. Je suis un peu déçu, je croyais qu'il avait de la bouteille. Mais il perd un morceau de joue, et voilà qu'il a l'air d'un pauvre type lambda qui n'a jamais vu de monstre géant. C'est une proie facile, en plus, trop occupé à rester planté pour se dire qu'il devrait courir.

Et moi ? Mon corps est peut-être tout cassé, mais avec mon cœur et mon âme bien au chaud dans la flaque rouge que je suis devenu, je lui crie :

— Eh, Bernardo ? Eh, mec !

— Quoi ? QUOI ?

— Je te l'avais bien dit.

CHAPITRE DEUX

Pendant tout ce temps, mon facteur de guérison faisait son boulot : il refermait les trucs ouverts, régénérait les bouts d'organes manquants, remettait mon petit glutéal à côté du grand. Je ne peux pas encore marcher, mais avec le retour de mes muscles sterno-cléido-mastoïdiens (oui, je connais leur nom, la belle affaire...), je peux enfin bouger la tête. La tête à l'envers, je regarde le truc qui s'appelle Goom.

Vache, il est gros, l'animal !

Non, vraiment. Genre, cinq étages de haut. La peau tachetée, épaisse comme de la pierre. Il a un corps de catcheur avec une grosse tête orange comme une citrouille, et de jolis petits yeux verts à craquer. Le pauvre chiot innocent a disparu. Et à sa place...

— Goom est vivant !

Avec sa grande gueule qui enfonce les portes ouvertes, je suis à l'endroit rêvé pour remarquer qu'il n'a aucune dent sur la mâchoire du haut. Ce serait un rêve de dentiste, sans les deux molaires inférieures qui sont assez grosses pour écrabouiller un bus. Je suis sur le point de lui donner un huit sur dix pour look de monstre, lorsque je remarque les ailes toutes nases qu'il a sous les aisselles. On dirait une cape de Dracula de farces et attrapes, taille 5XL, teintes en orange pour aller avec sa peau.

Vous pensez que je devrais lui dire qu'elles sont moches ? Je ne sais jamais quoi faire, dans ces situations-là.

Mon pote le garde du corps, Bernardo avec sa joue en moins, finit par percuter. Chien ? Chien parti. Gros monstre. Fuir, fuir,

fuir ! Bernie quitte mon champ de vision, mais je l'entends faire plein de *vrrt-vrrts*. Dont au moins un qui doit nettoyer son fond de culotte high-tech.

Et moi ? D'un coup, je me retrouve dans l'ombre, comme si un immeuble me tombait dessus (oui, j'ai eu l'occasion de voir ce que ça fait). Mais ce n'est pas un immeuble. C'est le bras de mon poteau Goom, qui se tend au-dessus de moi. Je tourne mon cou récemment réparé pour le voir attraper Bernardo dans sa main de King Kong à quatre doigts.

Bernardo joue son rôle et crie comme Fay Wray dans *King Kong* :

— Aaaaaaaaah !

— Goom a faim !

Moi, j'aime bien quand un monstre vous tient au courant de la situation. Bon, j'aurais deviné où il voulait en venir, à la façon dont il actionne les mâchoires et porte Bernardo à sa gueule ouverte. Goom a envie de reprendre de la joue.

Bernie est peut-être sympa, on aurait peut-être été amis dans d'autres circonstances, alors j'ai envie de l'aider. Bon, pas physiquement, vu que je peux pas bouger, mais j'ai mieux : j'ai des renseignements.

— Bernardo ? Eh, Bernardo ?

Il gigote pour se libérer, mais il m'entend :

— Quoi ?

— Salut, je lui dis en agitant les doigts.

— Mais t'es malade ? qu'il me demande en me regardant les yeux écarquillés.

— Bernardo ? Bernardo ?

— QUOI ?

— Oui.

Les quatre doigts se resserrent. Le bras le rapproche.

— Goom va te dévorer !

J'essaie de murmurer façon théâtre, mais je ne suis pas très doué.

— Je crois qu'il veut te manger.

— Mais p... de m... laisse-moi crever peinard, tu veux ?

Je ferais bien une blague du genre « Peinardo, Bernardo », mais je sens que mon public n'est pas réceptif.

— OK, comme tu veux, mais... Bernardo ?

— Quoi ? Quoi ?

Je lui fais un grand sourire, pour profiter de mes muscles réparés.

— C'est un canon que tu as sur le bras, ou tu es juste content de me voir ?

D'abord, il a l'air contrarié. Puis la lumière apparaît.

— Oh. Ouais.

Vif comme un coup de langue, il tire avec son gros canon. Vous savez quoi ? Bernardo porte effectivement une armure sans vibranium, et les lois de la physique ont toujours cours. Le petit missile part d'un côté avec un souffle discret, et son bras est propulsé de l'autre, avec un peu de recul absorbé par l'armure. Il ne se fait pas tout à fait arracher le bras, mais il ne risque pas de signer d'autographe tout de suite.

— Aaaargh !

J'aime bien un bon *aaaargh*. Pas vous ?

Le missile laisse un sillage si blanc et cotonneux que ça pourrait être un nuage sorti d'un livre pour enfants.

Ou d'un avion dans le ciel.

Lorsque le missile percute la partie molle de la poitrine du monstre, Goom fait boum ! Des morceaux de monstre retombent un peu partout dans l'avenue. La main et le bras qui tiennent Bernardo font une sorte de charmant salto... ils sont vachement moins reliés à Goom qu'avant. Avant que les quatre grosses phalanges ne retombent sur l'asphalte, Bernardo a repris sa liberté.

Goom est au tapis, mais bien sûr personne ne pense à me remercier. Bernie fait des pirouettes en l'air et se tient le bras, en criant qu'il est cassé. À aucun moment il ne me demande comment je me sens.

Non, il n'y en a que pour lui : « Ah ! Ah ! Aaaaah ! »

Tiens, d'ailleurs, mon bras à moi m'a l'air en bon état, maintenant.

Lorsqu'il arrête de tourner dans tous les sens pour parler, il ne s'intéresse toujours pas à moi.

— Bordel. Comment je vais expliquer ça ? Le fils du patron adorait son chien.

Ayant retrouvé la capacité de tortiller de mon torse d'Adonis, je me soulève sur un coude et hausse un sourcil. Ce qui lui échappe totalement, vu que je porte un masque.

Vous le saviez, hein ? Il faut que je vous dise que je porte un masque ? Et une combinaison rouge et noire ? Bon sang, il n'y a même pas de couverture, sur ce machin ?

— Ah oui, le gamin. Le gamin. Bien sûr, c'est ça le souci. Pourquoi ne pas l'admettre, mon gros ? Toi aussi tu l'aimais bien, le chien, jusqu'à ce qu'il essaie de te manger. Mais depuis que c'est devenu un gros monstre, ça veut juste dire qu'il a plus d'amour à donner. Allez, avoue. Ça te fait mal aux tripes parce que tu as l'impression d'avoir flingué ton chien.

Bernie flotte à deux ou trois mètres du sol. Il se tait, sans doute parce qu'il ne sait pas trop quoi dire, ou parce que notre relation se passe de paroles, maintenant. Mais avant qu'il ne me redemande si je suis fou, il se rend compte que j'ai raison, de A à Z.

Goom a vachement d'amour à donner. Et la distribution n'est pas finie.

La dépouille de Goom aurait dû rester là où elle en était, genre tas fumant de putrescence lovecraftienne. Au lieu de cela, ça tremble de partout. Avec une sorte d'aspiration moite, de nouveaux tissus se forment, les trous se remplissent et tout est remis à neuf.

— Goom est vivant !

Ah la charogne, il a un facteur de guérison comme le mien. Mais vachement plus rapide. Je suis sur le cul. Je suis énervé. Et plus qu'un peu humilié. Je regarde mon corps pathétique, qui continue de galérer à me reconstituer des organes internes, et je lui lance un *ttt-tt-tt* bien senti.

— Pourquoi tu ne guéris pas aussi vite que Goom ? Pourquoiiii ?

Mais Bernardo a de nouveau des ennuis, parce que... mais si, souvenez-vous.

— Goom a faim !

Paniqué, les jets tout emmêlés, Bernie se tourne vers moi, puisque j'ai eu assez de jugeote pour lui sauver les fesses la première fois.

— Et maintenant, je fais quoi ?

Je hausse les épaules, en me disant : « Eh, je peux à nouveau hausser les épaules ! »

Mais en vrai, je lui réponds :

— Mec, qu'est-ce que j'en sais, moi ? Fais défiler tes applis, trouve un truc qui tire et balance-lui dans le gosier.

— Dans quoi ?

Hormis la définition du gosier, c'est plus compliqué qu'il n'y paraît. Bernie a le bras droit en rideau, et il n'a pas l'air ambidextre. Sa main gauche s'agite dans tous les sens, comme la nana à la caisse automatique ce matin, qui ne savait pas où mettre ses pièces.

Dans la fente, crétine. DANS LA FENTE !

Tu aurais dû la flinguer.

Au lieu de flinguer la machine.

Bref, je soumets un ingénieux changement de stratégie.

— Ses petites ailes de rien ne doivent pas fonctionner. Tire-lui dessus de loin !

Il hoche la tête et met la gomme. Les jets crachotent, comme s'il y avait un morceau de Goom dans la valve d'arrivée. Il ne s'en va pas, mais commence à monter au moment où la patte du monstre se tend vers lui. Elle le frôle, mais Goom referme la main sur du vide.

— Envole-toi, petit garde, envole-toi !

Bernie est soulagé. Ça se voit à son sourire. Moi aussi, mais seulement un instant. Parce qu'apparemment, les ailes ne servent pas que pour la parade nuptiale. Goom peut voler. Et assez vite, en plus. Il le rejoint en un clin d'œil et attrape Bernardo par les jambes. Au lieu de répéter son erreur précédente et de nous soûler parce qu'il a faim, Goom gobe Bernardo.

Là, comme ça, en plein vol.

Ça me fait penser à ces documentaires où la mouette pense qu'elle est en sécurité, mais là le requin saute et...

J'allais donner des conseils à Bernie, mais il y a un bruit de... froissement. Une bonne armure aurait lâché un craquement viril avant de céder. Celle-là ne grince même pas.

Alors que Bernardo, par contre...

— Yaaaaargl !

Avec un petit *vrrt-vrrt* ici, et un autre *vrrt-vrrt* là... il rend l'âme.

Et si on était dans un *comics*, son dernier cri aurait été dans une bulle très cool, avec les bords en dents de scie.

Au moins, le monstre ne dit pas :

— Goom mâche.

Le cercle de la vie, hein ? C'est aussi pour ça que je ne m'attache pas aux animaux, ou aux personnages secondaires, ou à quoi que ce soit. On ne sait jamais quand ça peut mourir. Après tout, je viens à peine de rencontrer Bernardo, et je suis tout sentimental parce qu'il...

Oooh ! Regardez ! Une montre Patek Philippe qui ne sert à personne !

Je prends enfin ce joli petit bijou, lorsqu'un gémissement d'angoisse vient perturber mon vol opportuniste. On dirait une école élémentaire pleine d'enfants terrorisés. Ah ben oui, tiens, sur le trottoir d'en face, il y a une école élémentaire en brique, pleine d'enfants terrorisés. Les gosses se sont mis à la fenêtre, et crient comme des mouettes pendant que Goom approche.

Pas de « Goom avale », ou « Goom s'essuie les lèvres. » Juste : « Goom a faim ! »

Je serais instit' sur la planète X, j'aurais honte de moi.

Les enfants hurlent. Leurs courageuses maîtresses les écartent de la fenêtre. Il y en a même une qui ferme les stores. On ne sait jamais.

Bon, allez. Tant pis pour le chiot qu'il a été, là il abuse. Il me soulève, je m'ébroue pour faire tomber les hot-dogs, et je dégaine les deux katanas que j'ai dans le dos.

Malheureusement, je n'avais pas remarqué que mon omoplate s'était régénérée autour d'une des lames. Ouille. Ça flingue complètement mon iaido. Et ça fait un mal de chien, accessoirement. Désolé la douleur, pas le temps de discuter. Je me mets à courir, les bras prêts à frapper la première grosse cheville orange que je croise.

Goom lève la main et se redresse, comme s'il comptait abattre le mur d'un seul coup. Si j'étais plus grand, je pourrais lui couper le tendon d'Achille sans problème. À la place, je lui retire un assez gros morceau de cheville pour qu'il tombe à la renverse.

Et pour tomber, il tombe. Le sol tremble. L'asphalte se fissure. La circulation est coupée dans les deux sens. Deux taxis, une fourgonnette et une Acura se retrouvent tout aplatis. Une borne à incendie s'arrache et projette de l'eau à dix mètres de haut. Bref...

Voilà. Cool comme ça, la bulle.

Goom est sur le dos, désorienté, on dirait un papa qui joue avec son bébé dans le salon et se demande où la petite canaille a pu filer. Mais sa très grosse tête de citrouille (et pas sa tête de Grosse Citrouille, qui serait une référence à Snoopy et n'aurait rien à faire ici) se tourne vers moi.

Le temps qu'il fasse la mise au point sur ma tête, sa cheville a guéri. Et flûte.

— Goom va te détruire !

— Deadpool va esquiver, mon pote !

Sa main se tend vers moi. Malgré mes incroyables réflexes, il est trop rapide pour le plan A (esquiver ; essayez de suivre). Je passe au plan B, et je lui tranche un doigt.

— Goom a mal !

— Euh, vous n'avez pas d'interjections de douleur sur la planète X ? Il n'y a que des narrations concises et autoréférentielles ? « Goom a mal ! » « Goom est désolé ? » « Goom entre dans une spirale de honte ? »

Avant qu'il ne retire la main, je l'allège d'un deuxième doigt.

— Aïe !

— *Merci !*

Eh ben en fait, on n'a pas besoin de tous ses doigts pour donner une baffe. Au lieu de prendre une minute pour récupérer ses doigts, Goom me tarte d'un revers de la main. Je décolle. Pas tant vers le ciel que vers le mur de l'école élémentaire. Granit, mortier et une sorte de capsule-souvenir de 1954 me tombent dessus. Rien de cassé ? Chic ! Je me relève et lui balance une bordée de répliques de films sur un ton bien tendu :

— Yippi-ka-yeah, pauvre con. Vas-y, allez, fais-moi plaisir ! J'ai plus de bubble-gum ! Elle va cracher, ma vieille frangine ! C'est à moi que tu parles ? Je suis pas enfermé ici avec vous, c'est vous qu'êtes enfermés ici avec moi ! Je suis l'homme qui frappe à la porte ! Mon dernier souffle, je le vomis sur toi, parce que je te hais !

Goom s'assied, le sommet de son crâne domine le deuxième étage de l'immeuble derrière lui. Ses doigts ont retrouvé leur état d'origine et ils reviennent à la charge. Mais cette fois, je suis prêt. Je saute sur son index et remonte son bras en courant.

Donc, Goom peut faire repousser des bouts. Super. Voyons s'il peut faire repousser sa tête.

Sous ses joues rugueuses, son cou est presque invisible, on dirait le narrateur du *Rocky Horror Picture Show*. Mais je le vois. J'atteins son épaule et je saute, katana brandi.

Goom tombe !

Tandis que je vole vers ma cible, le monde se brouille. On apprécie rarement mon travail, et je me suis fait une raison depuis le temps, mais cette fois je l'entends, de plus en plus fort : le rugissement de la foule. Tous les écoliers sont debout et m'encouragent. Moi ! Le petit Wade, le gamin dont tout le monde se moquait, je suis devenu leur idole parce que je vais gagner le match ! J'ai le ballon, il ne reste que quelques secondes, et je vole vers le filet. La balle va rentrer, je vous le dis, j'en suis sûr ! Je vois Sophie McPherson, la fille que j'aime, qui tremble d'impatience et crie mon nom en boucle, bientôt repris par la foule :

— Wade ! Wade !

— Regarde-moi, Sophie, regarde-moi !

Je vous ai dit qu'il m'arrive d'avoir des hallucinations au pire moment ? Je ne sais jamais comment le glisser dans la conversation. C'est comme de savoir au bout de combien de rendez-vous on doit dire qu'on a des gamins ou qu'on est lépreux. Enfin bon, c'est dit. Au bout d'un moment, vous ne remarquerez même plus. D'où ça vient ? Ça pourrait être qu'à chaque dégât cérébral guéri par mes pouvoirs, ma conscience se retrouve fragmentée. Ou alors les expériences qui m'ont donné mes pouvoirs, en s'ajoutant au cancer, ont fini par exacerber des problèmes psychologiques sous-jacents.

C'est peut-être l'excitation du moment qui sert de déclencheur émotionnel ?

Oui, tu te souviens, papa nous battait souvent.

Quoi ? Vous pensez qu'en me battant contre un monstre géant qui veut manger des enfants, ça m'évoque un match de basket au lycée ? Bref, admettons.

J'aimerais vous dire que je reconnais toujours mes illusions, parce qu'elles finissent par disparaître, mais... au bout du compte, tout disparaît, pas vrai ? Enfin bref, un instant, les cris de la foule en délire se noient tout autour de moi. Et l'instant d'après, mon adolescence s'enfuit. Pas de panier de la victoire, pas de Sophie.

Au lieu de cela, pour clore les applaudissements, Goom m'écrase entre ses paumes. Il les frotte un peu l'une contre l'autre. Je résiste, je grogne, je me tortille. Mais pour ce qui est de me libérer, macache. Puis il me lance très, très, très, très, très, très fort.

Je traverse le toit renforcé d'un Humvee garé là. Je traverse le siège en cuir. On pourrait croire que le châssis m'intercepterait, mais non, je le traverse aussi. Jusqu'à m'arrêter sur l'asphalte, dans un tout nouveau nid de poule en forme de... disons que c'est un nid de Pool.

Façon Bugs Bunny, mais avec du sang.

Tout ce que j'avais pris le temps de régénérer ? À nouveau cassé. Avec d'autres trucs abîmés, aussi. Je crois que j'ai un bras en état de marche, mais avant de pouvoir vérifier, Goom soulève le Humvee.

Apparemment, il n'a pas oublié que je lui ai coupé des doigts. Au lieu de m'attraper, il jette la voiture sur le côté et saute, clairement dans l'intention de me retomber dessus avec ses arpions pointure « bateau de plaisance ». Histoire de finir de m'aplatir.

Eh, j'ai survécu à tout un tas de choses : blessures par balles, flèches dans la tête, ongles incarnés. Mais même moi, je ne sais pas si je survivrais en me faisant entièrement aplatir. En plus, ça fait toujours mal.

Vautré là, dans l'ombre de plus en plus odorante des panards de Goom, je pense moins à ma mortalité qu'à ce que je vais rater à la télé.

La nouvelle saison d'*Agents of S.H.I.E.L.D.* a déjà commencé ?

S.H.I.E.L.D. ?

Oh la vache. Je me sens comme Dorothy lorsqu'on lui dit qu'elle aurait pu repartir quand elle le voulait (franchement, si j'avais été à sa place, Glinda aurait senti mes jolis souliers de rubis pour m'avoir fait ce coup-là). Pourquoi rater quoi que ce soit ? J'ai exactement ce dont j'ai besoin, depuis le début. Avec mon dernier bras encore fonctionnel, je tire l'arme secrète glissée dans ma ceinture discrète et élégante. J'aimerais dire que c'est super-cool, mais c'est juste une bombe aérosol.

Je vise le pied de Goom qui se rapproche, et je lui envoie une giclée. Mes employeurs du moment, ceux qui m'ont donné la bombe, appellent ça un nanocatalyseur. Vous savez, la plupart des organismes vivants, à part les amibes, sont composés de cellules connectées ? Le nanocatalyseur que je viens de vaporiser brise ces connexions.

Si ça travaille vite ? Vous n'avez qu'à regarder. Enfin, à lire.

Tandis que sa masse rocailleuse tombe vers moi, la Chose de la Planète X se décompose en petites gouttes de Goom. On dirait qu'il fait la bombe dans une grosse piscine remplie de lui-même.

Au lieu de me faire écrabouiller, je me fais éclabousser.

Ça ne le tue même pas, parce qu'il n'est pas vraiment mort. Pas parce qu'on se souviendra toujours de lui. Mais puisqu'il peut se régénérer, chacune de ses cellules est vivante. Simplement, au niveau collectif, il est réduit à l'état de grosse flaque rose qui ondule. Chaque élément rappelle un peu moins Goom, la Chose de la Planète X que Point, le Machin à la Fin de cette phrase.

CHAPITRE TROIS

C'est pas la première fois qu'un morceau de la Grosse Pomme se fait gober. Les sirènes des services d'urgence couvrent déjà le vacarme des gamins de l'école, des piétons, des voitures qui klaxonnent et des bouts d'immeubles qui tombent. J'aurais une sacrée migraine, si je n'avais pas encore du Goom plein les oreilles.

Je fais de mon mieux pour me les vider, mais c'est rentré profond. Je n'ai toujours pas fini quand un gémissement se fait entendre au-dessus de moi et étouffe la cacophonie. Les voitures de police, les ambulances et les camions de pompier peuvent aller se rhabiller : quatre hover-fliers se posent autour de moi.

Vous n'avez jamais vu d'hover-flier ? Si on était dans un *comics*, bam, vous l'auriez sous les yeux. Imaginez un porte-avions volant qui aurait pondu des œufs, contenant une équipe d'intervention rapide de quatre ou cinq agents. Par comparaison, le porte-avions volant (aussi appelé Héliporteur) emporte environ 5 000 personnes, et croyez-moi, il n'y a pas de hublot pour tout le monde.

Les deux appartiennent au S.H.I.E.L.D.

Si vous ne connaissez pas le S.H.I.E.L.D., j'ai bien envie de vous menacer physiquement. Mais il m'arrive d'oublier le nom des voix que j'ai dans la tête, alors on ne peut pas se souvenir de tout.

On a un nom ?

Chut.

Il était une fois, S.H.I.E.L.D. qui signifiait Supreme Headquarters International Espionage Law-Enforcement Division (*Q.G. suprême de l'espionnage international, division judiciaire*, NdT). Dans les années 1990, c'est devenu Strategic Hazard Intervention Espionage Logistics Directorate (*Directorat de logistique – risques stratégiques, intervention, espionnage*, re-NdT) avant de se décider pour Stratégie Habileté Intervention Exécution et Logistique Défensive. Mais comme chantait Mecano, une rose est une rose est une rose.

Pour moi, ç'a toujours été Stress, Hargne et Impatience Employés pour Latter les Détritus. Du moment qu'ils gardent leur logo qui claque (avec la jolie devise, « Nous sommes là pour vous protéger ! ») et me paient en liquide, ils peuvent s'appeler comme ils veulent.

Les turbines se calment, les écoutilles s'ouvrent avec un petit sifflement très classe, et le chef d'équipe compétent débarque pour évaluer la situation. C'est une petite black mignonne comme il faut ; mère, épouse, distributrice de beignes. Et c'est un robot. Certains trouveraient que son corps synthétique pourrait perdre quelques kilos, mais elle est contente, parce qu'elle s'aime comme ça. Elle est parfaite. L'exemple type de l'efficacité et de l'autorité tranquille. Jusqu'à ce qu'elle fasse la même grimace que devant la chambre de ses gamins.

Elle lève les yeux au ciel, soupire, et parle dans sa radio d'un air très officiel.

— Je veux un périmètre autour de cette... bouillie, et *pronto*. À part les secours pour les blessés, personne ne rentre, personne ne sort avant qu'on ait tout ramassé.

Un groupe d'agents en combinaisons intégrales de kevlar noir, exemplaires de par leur variété ethnique et sexuelle, descendent des appareils, se dispersent et se mettent au travail.

Après quelques coups de plus sur ma tête et un *plop* satisfaisant, j'ai enfin débarrassé une de mes oreilles de Goom. Je lève le pouce en direction de l'agent en chef.

— Salut Preston ! Eh, j'ai pas cédé, parce que « vous étiez là pour me protéger » !

Elle lève à nouveau les yeux au ciel.

— Bonjour, Wade.

Elle a le droit de m'appeler comme ça parce que c'est mon nom, Wade Wilson. L'agent Emily Preston et moi sommes copains. J'en ai pas beaucoup. Je parle des copains, pas des noms.

Mais puisque je parle des noms, à vrai dire, je ne suis pas certain que Wade Wilson soit mon vrai nom. Mes circonstances mentales font que je me souviens de pas grand-chose avant l'Arme X. Ni pendant. Ni après. Un jour, j'ai rencontré un type qui m'a dit être le *vrai* Wade Wilson. Ou alors c'est moi qui l'ai imaginé. Ou alors j'étais devant un miroir avant d'emmener Sophie au bal. Ou pas.

Mais bon, pour ce que vous en savez, j'ai tout inventé de bout en bout. Sans les images, comment vous pourriez savoir, hein ? Une image, ça ne ment jamais. C'est les bulles dont il faut se méfier.

Un jour, j'ai joué à faire des bulles. Vous savez, avec le tube en plastique, et l'eau savonneuse. J'adorais ça, j'en tremblais tellement j'étais content. Jusqu'à ce que mon père me dise :

— Wade. (Il m'appelait Wade, puisque c'était mon papa, donc ça doit vouloir dire que je m'appelle vraiment Wade.) Quelle heure est-il ?

Alors j'ai regardé ma...

Oh. Oh mon Dieu, mon Dieu, mon Dieu.

Le flacon était ouvert ?

T'étais pas en train de donner le bain à un chien, plutôt ?

Non. Jamais eu de chien. Jamais. Enfin, à ce que je sais. Je voulais seulement un chien quand j'étais gamin pour impressionner Sophie. Les filles, ça aime bien les trucs mignons.

Bref, Preston est l'une de mes... allez, disons trois amis. Je crois. Je ne sais plus. Soit ils meurent, soit ils me trahissent, soit ils n'existent pas et j'étais tout seul depuis le début. D'ailleurs, Preston aussi est morte à un moment. Ça explique le corps de robot. Techniquement, c'est un Simulacre de Vie Modélisé ; une reproduction d'une personne vivante, conçue par le S.H.I.E.L.D. On dit S.V.M., pour aller plus vite.

On dirait vraiment un humain, ce qui n'est pas toujours mon cas.

En plus d'Em, il y avait Al l'aveugle, mais je la retenais un peu prisonnière. Et Bob, l'agent d'Hydra. Il aimait beaucoup ce que je faisais, mais j'ai essayé de le faire tuer, il a voulu me tuer, et après c'était plus comme avant. À part ça... bon, si ça vous intéresse vraiment, vous n'aurez qu'à lire mes *comics.* À moins que vous soyez du genre « Oh, je ne lis que des livres, parce que je suis trop intelligent, la la la, regardez comme je suis super intelligent. »

Auquel cas, la prochaine fois que je crève le quatrième mur, ce sera avec votre tête. Croyez-moi, je peux sortir de ces pages pour avoir une petite conversation sur votre capacité à conceptualiser des relations spatiales.

Oui, vous. C'est à vous que je parle.

— Wade, à qui tu parles ?

Personne. Euh, pourquoi ?

Mince, j'ai oublié le cadratin.

— Personne, Em ! Euh, pourquoi ?

— Laisse. Ça me regarde pas, ça m'intéresse pas, répond-elle en approchant, les sourcils froncés.

— Attention, ne marche pas dans Goom.

Elle baisse les yeux, fronce le nez et fait signe à deux agents. Ils arrivent au trot, brandissant une sorte d'aspirateur high-tech avec un embout en métal blanc. Fière comme le patron, elle claque des doigts et ils braquent immédiatement l'aspirateur là où elle leur montre.

Une caresse sur l'écran tactile et des diodes s'allument, l'air défile, et ce que Pierre Dac aurait appelé le Schmilblick commence à aspirer Goom comme si c'était du sirop à la cerise. La bouillie gargouille dans le tuyau et va remplir un gros réservoir monté sur un des hover-fliers. C'est de la taille du truc dans lequel Homer Simpson rangeait les crottes de Spider-Cochon, dans le film. Et en parlant de mots en C, ce machin est considérablement consciencieux pour un condensateur de créature : il aspire la bouillie, toute la bouillie, mais rien que la bouillie. Levez pas la main droite, ça éclabousse.

Une fois le sol qui nous sépare nettoyé de toute créature extraterrestre en pulpe, l'agent Preston approche.

— Tu es blessé ?

— Précise ta question.

— Plus que d'habitude.

— Je serai sur pied en un rien de temps, parce que « vous êtes là pour me protéger » !

— Tu vas arrêter cinq minutes ? Plus personne n'utilise cette devise depuis les années 1960.

Je ne l'entends pas très bien, alors je me tape sur une oreille pour essayer de déboucher l'autre. En vain. Maintenant, j'ai l'oreille débouchée qui tinte, parce que j'y suis allé de bon cœur. Je m'entends à peine parler, et les autres encore moins. Du coup, je crie :

— ÇA DOIT ÊTRE MOINS HUMILIANT QUE DE M'ENGAGER POUR ENLEVER DES CHIENS PARCE QU'ILS POURRAIENT SE TRANSFORMER EN MONSTRES GÉANTS !

Em siffle entre ses dents comme si j'avais pété dans une église.

— La ferme ! Officiellement, on vient seulement nettoyer ton fatras. C'est pour ça qu'on t'a embauché.

Je me reflanque une tarte.

— COMMENT, EM ? WAYNE A ÉTÉ ENLEVÉ PAR DES EXTRATERRESTRES ?

Elle plisse les yeux et fait un signe de tête aux agents.

— Nettoyez-le.

Ils me fourrent leur aspirateur là et là (voir fig. 1) et aussi à des endroits où… non, mais oh !

— EH, GAFFE AUX BIJOUX DE FAMILLE !

— Jusqu'à la dernière goutte.

— Bien, madame.

— HA HA ! ÇA CHATOUILLE ! OK, PRESTON ! J'ARRÊTE, J'ARRÊTE !

Je saisis l'embout de l'aspirateur et le plaque contre mon oreille. Avec un schlurp sonore, une boule de je-ne-veux-pas-savoir-quoi est arrachée à ma trompe d'Eustache préférée pour filer à toute allure dans le tuyau de l'aspirateur et arriver dans le réservoir avec un *ploc* retentissant.

— Et c'est le but ! (Je pousse un petit soupir de foule en délire, mais l'ambiance n'est plus la même sans Sophie et le public du lycée.) Agent Preston, je dois vous signaler qu'on vient peut-être d'aspirer un morceau de mon cerveau. Attention. S'il s'agissait de la jonction temporo-pariétale droite, mon sens moral pourrait être compromis. Ne m'utilisez pas si vous êtes enceinte ou désirez le devenir.

Elle croise les bras.

— Tu n'as *aucun* sens moral. Et puis, le Gale Max 9000 n'aspire que la matière biologique qui a été compromise par le nanocatalyseur.

Je brandis mon aérosol salutaire.

— Mes compliments au chef pour le meilleur pistolet à eau que j'aie jamais eu. (Je le pointe et fais des bruits de pistolet laser.) Piou ! Piou ! Piou !

Preston se plaque au sol. Les autres agents, que j'ai la flemme de vous décrire en détail, s'éloignent à pas rapides.

— Deadpool ! Ce truc peut liquéfier n'importe quel être vivant, toi compris !

Je fais tourner l'aérosol deux ou trois fois en l'air, avant de le ranger dans ma ceinture.

— Je plaisante. Je sais. Je ne suis pas débile. J'ai lu l'étiquette. En diagonale. Dernier recours.

Elle regarde les trous béants dans la chaussée et les bâtiments, et les véhicules qui, il y a encore peu de temps, pouvaient rouler.

— Dans ce cas, on dirait que tu aurais pu le sortir un peu plus tôt.

— Il fallait que je vérifie que Kip posait une menace, non ? (Mon facteur de guérison fonctionnant à plein régime, je peux me lever et m'étirer.) Crois-moi, Pres, c'est une histoire trop courante dans ces rues si cruelles. Goom était vivant, Goom avait faim, Goom a mangé Bernardo, Goom était encore vivant, Goom avait toujours les crocs et voulait croquer une école primaire. Vraiment, quelqu'un devrait savoir qu'il faut ranger nos ressources de base (les enfants) en sous-sol.

— Tu as bien dit Goom ? De la Planète X ? demande-t-elle en refaisant le truc plissé avec son front.

— Oui, cinq fois dans la même phrase. Pourquoi ? Tu le connaissais ? (J'arque le dos, et un truc dans ma colonne fait *krch*, ce qui signifie soit qu'il s'est remis à sa place, soit qu'il n'avait rien à faire là.) Vous avez vécu ensemble ? Ton mari Shane est au courant ? Donne-moi des détails, ma puce.

— Non, j'ai... l'impression de connaître ce nom.

Ses yeux high-tech de S.V.M., qui le reste du temps ressemblent à des yeux normaux, commencent à projeter des données dans l'air. C'est un peu flippant, mais je ne dis rien pour ne pas lui faire de peine. Elle parcourt les infos et fronce les sourcils. Le dossier qu'elle cherche est verrouillé.

— Bon, on sait que la personne qui occupait le labo abandonné de l'Arme X travaillait sur un prédateur ultime avec une phase larvaire canine. Mais on ne savait pas bien en quoi les chiens se transformeraient. Le vrai mystère, c'est pourquoi on les a fait passer dans le circuit de l'adoption.

Je hausse un sourcil, mais comme je l'ai déjà dit, ça ne se voit pas sous mon masque.

— C'est *ça*, le vrai mystère ? On est blasé au point de ne pas se demander pourquoi quelqu'un irait créer un monstre cannibale avec une phase larvaire qui ressemble à un chiot ?

— D'accord, c'est peut-être plus le mystère *immédiat*. Mais puisqu'il y en a d'autres dans la nature, on a largement de quoi s'occuper. (La projection des données disparaît.) Je te préviens si on apprend autre chose.

— Tu bipes comme ça quand tu dors ? Shane est un type patient.

— Oui. Mais Jeff adore que je lui lise des histoires holographiques pour l'endormir.

L'équipe d'aspiration a fini son travail, et elle leur fait signe d'embarquer.

— Un chien de moins, mais la liste est longue, Wade. Si d'autres se transforment, cela risque de faire beaucoup de victimes. Tu devrais te mettre au travail.

— Pas de souci, *kemosabe.*

Je tire mon pad et parcours la liste.

Je ne me rappelais pas qu'elle était aussi longue.

Même une fois qu'on a rayé le premier.

Et on va se faire dérouiller comme ça à chaque fois ?

— Euh... Preston ? Dans l'esprit de cette prévention dont tu parles, ce serait mieux de *ne pas attendre* qu'ils fassent des dégâts, tu ne crois pas ? Tu vois, de les asperger *avant* qu'ils ne se transforment. Pour gagner du temps et économiser beaucoup en réparations.

Oh, le regard qu'elle me lance...

— Non, ce ne serait pas mieux. Je t'ai dit que cette liste provient d'un centre de distribution légal. Les larves de monstres ont été mélangées aux livraisons ordinaires. On n'a aucune idée du nombre de monstres dans la liste, mais les autres sont des chiots normaux.

— Et... ?

— Wade ! Je croyais que tu aimais les chiens ! me lance-t-elle avec de gros yeux.

— Pas du tout. J'ai juste raconté ça pour la quatrième de couverture. Ça permet au lecteur de s'identifier à moi. Je suis un professionnel détaché. Je n'ai jamais eu de chien, et je n'en veux pas. En plus, dans certains pays, les chiens sont une viande de gourmet.

Elle écarquille encore les yeux. Je n'aurais jamais cru que c'était possible. C'est peut-être un truc de S.V.M. Avant qu'elle ne se casse un servomoteur écarquilleur, je pose le pied sur un éclat de bitume, place mon coude sur mon genou et me lance dans un rapide monologue :

— Bien sûr, j'aimais bien Snoopy quand j'étais gamin, mais si je me liais avec un chien maintenant, on finirait tous les deux par en souffrir. Je commencerais doucement, en lui lançant la balle, sa truffe froide contre mon cou, et quelques coups de langue innocents. Et ensuite, sans prévenir, il se retrouverait à dormir à mes pieds, à me réchauffer les orteils et à me donner de l'amour 24 heures sur 24. Tu imagines le résultat ?

— Euh, oui, tu serais heureux. Arrête les conneries, je te connais. Tu ne ferais jamais de mal à un vrai chien, pas vrai ?

Je mets les mains dans mon dos, baisse les yeux et pousse un caillou du bout du pied.

— Non, sans doute pas.

— Je m'en doutais, répond-elle en souriant.

— Mais ça serait plus efficace.

— Pardon ? lance-t-elle en écarquillant les yeux de plus belle.

— Rien, rien.

— Tu veux te faire payer pour ce travail, pas vrai ?

— Oui.

— Regarde-moi ! crie-t-elle les poings sur les hanches. Regarde-moi tout de suite. Tu as envie que je te vire, c'est ça ?

— Non. Mais je croyais que ça te plaisait, quand je tue des méchants.

— Je n'aime pas que tu tues qui que ce soit. Et parle comme un adulte, tu veux ? Je crois que tu as l'âge pour ça.

— Ahem. Et lorsque j'ai abattu l'assassin d'Hydra qui s'en prenait à ta famille ?

— C'était pas pareil. Tu nous as sauvé la vie. À moins que ces chiots ne se transforment en menace immédiate, tu ne sauverais la vie de personne. Et arrête de me parler comme si j'étais ta mère. J'ai déjà assez de mal à être ton amie.

— D'accord. Je peux aller dans ma chambre ?

Elle me congédie d'un geste exaspéré, comme si j'étais une grosse mouche rouge et noire.

— Allez. Fiche le camp avant que je ne reprenne mes esprits et cet aérosol en même temps. Rappelle-toi, tu n'as ce boulot que parce que j'ai affirmé que tu étais moins fou qu'on ne croit. Ne me fais pas mentir.

Je repars, impressionné par son zeugma. Les réflexions font la super-baballe dans ma tête.

Tu ne ferais jamais de mal à un chien.

Pas vrai ?

Certaines personnes s'inquiétaient de ce que ce dialogue intérieur pourrait donner, en format livre. Bon, cette question-là reste en suspens, mais je me demande à quel point c'est nécessaire, de toute façon.

Attends.

Pardon ?

Bah, à quoi vous servez, en fait ? En BD, c'est rigolo, mais même là, vous ne servez qu'à trois trucs :

1) Fournir une juxtaposition entre la fiction et la réalité objective (ou au moins consensuelle). Mais j'ai réussi la même chose avec mon hallucination de match de basket, sans dialogue intérieur.

Oui, mais...

2) Distinguer ce que je me dis *in petto* de ce que je dis à voix haute. Mais puisque c'est moi qui raconte, on sait que seuls les machins avec un tiret devant sont prononcés, comme dans mon dialogue avec Preston.

Quand même...

3) Exprimer mes personnalités multiples, comme Gentil Wade/Méchant Wade, Wade Fou/Wade moins fou.

Voilà ! Ça.

Ça, tu ne peux pas le faire sans nous.

Erreur. Je n'ai pas vraiment de personnalités multiples. Je *sais* que vous êtes moi. Et puis, les personnalités multiples ne sont plus un véritable diagnostic depuis plusieurs années. Alors au temps pour les fans de *Psychose*, mais de nos jours, les psychologues pensent plus que c'est une sorte de jeu de rôle dans lequel on se laisse emporter.

On ne t'aide pas à garder prise avec la réalité ?

Non, mais oh ! Si un arbre tombe dans une forêt et que personne n'est là pour l'entendre, est-ce qu'il fait du bruit ?

Oui.

Ah bon ? Et comment tu le sais ?

De la même façon que tu sais qu'un arbre est tombé dans la forêt alors que personne n'était là, abruti.

Hmm. Oh, et puis flûte, je n'ai pas envie qu'on se fâche. C'est bon, vous pouvez rester !

CHAPITRE QUATRE

Preston n'a aucune raison de s'inquiéter, pour les chiens. Pas pour des raisons de sentiments, mais j'ai mes limites. C'est vrai, j'aime tuer. Et je suis doué pour ça. Mais je ne tue que des ordures meurtrières qui le méritent vraiment. Bien sûr, j'y pense souvent. Et j'en parle à longueur de temps, pour entretenir mon image. Mais en fin de compte, je ne ferais pas de mal à un dragon de Komodo qui aurait une chaussure dans sa grande gueule venimeuse à moins d'être certain qu'il y avait eu un pied dans la chaussure. Sinon, je ne pourrais pas me regarder en face.

Non pas que je me regarde beaucoup, avec ma tête couverte de cellules cancéreuses purulentes. Certaines personnes portent un masque pour cacher leur véritable identité, d'autres pour protéger ceux qu'ils aiment. Moi, c'est pour empêcher mon visage de tomber.

Le deuxième endroit sur la liste est l'Animalerie Adorable d'Armand l'Amusant, à Yonkers. Le tenancier a pu recevoir à son insu un *American Alsatian* qui serait en fait un kaiju (en japonais, chers amateurs de genre, cela désigne les monstres étranges). Connaître sa race me fait une belle jambe. Je ne saurais pas distinguer un *Alsatian*, et je suis trop fainéant pour faire des recherches sur mon téléphone. C'est celui qui ressemble à un berger allemand bouffi, ou celui avec la tête toute fripée ?

Bof, on verra ça sur place.

Et tout ça sans conduire ni utiliser les transports en commun, en plus. Le S.H.I.E.L.D. a ses hélico-machins, Michael Knight a K.I.T.T., Roy Rogers a Trigger (qu'il a fait empailler quand il est mort, d'ailleurs ; bonjour l'ambiance). Moi, j'ai un téléporteur intégré dans ma fine et élégante ceinture à accessoires. Ainsi, le cœur en fête, les cheveux au vent et le pantalon en lycra bien remonté dans les bonbons, je tape des talons, je donne une caresse à ma boucle de ceinture et je dis « Bamf ».

Je dis *bamf* parce que j'ai horreur du *bzzz* que fait le téléporteur. On dirait un radioréveil agaçant, ceux en plastique beige. Il ne fait jamais de bruit à l'arrivée, cela dit, ce qui est pratique pour prendre les gens par surprise. Mais cette fois, il y a un éclair criard assez inédit... et qui ne s'en va pas.

Le téléporteur a peut-être été endommagé pendant ma chute du chapitre 1 ? Non, il fonctionne bien. Comme d'habitude, le problème vient de la réalité. Cette lumière de très mauvais goût émane de l'enseigne au néon d'Armand l'Amusant, au-dessus de moi.

Ce n'est pas une petite boutique de quartier, c'est un de ces immenses magasins-entrepôts. Au lieu de la collection habituelle d'objets inanimés destinés à la consommation ostentatoire, Armand fournit une large gamme de formes de vies élevées, conditionnées et vendues pour le soutien émotionnel et la distraction de l'espèce actuellement dominante sur notre planète.

C'est même gros pour un entrepôt, puisque cela occupe presque tout le centre commercial juste en face du grand hippodrome, le Yonkers Raceway, à deux pas du Hillview Reservoir.

Non pas que cela soit une prédiction ou quoi que ce soit, mais imaginez à quel point ce serait dramatique si toute cette alimentation en eau était en péril ? Imaginez, Hillview fournit des millions de Manhattanais en eau potable. Imaginez, je vous dis !

Le dramaturge Anton Chekov a écrit un jour : « Retirez tout ce qui n'a aucun rapport avec l'histoire. Si vous dites dans le premier chapitre qu'un fusil est accroché au mur, il doit absolument servir dans le deuxième ou le troisième chapitre. Sinon, c'est qu'il n'a rien à faire là. »

Mais il est mort, et moi je suis là, et je vous répète qu'il ne faut pas faire attention au fait que j'ai dans ma ceinture un nanocatalyseur capable de liquéfier n'importe quel être vivant, près d'un réservoir d'eau potable.

Et l'hippodrome ? Aucun rapport avec la choucroute.

Donc, je résume : aucun cheval, et rien à signaler côté réservoir, *capisce* ? Ce chapitre ne parlera que du danger potentiel qui rôde chez Armand. Et de moi, Deadpool, l'homme de la situation, au bon moment, au bon endroit, au mauvais esprit.

Je saute avec entrain sur le seuil, devant les portes automatiques, parce que je trouve fascinant de les voir s'ouvrir toutes seules ! C'est de la magie ! Lorsqu'elles s'écartent, le magasin se montre digne de son nom : un adorable mélange d'odeurs fécales et animales assaille mes narines. Des aboiements, des trilles et des chants me chatouillent les tympans... et je ne parle que des enfants jurant leurs grands dieux qu'ils s'occuperont de leur nouveau <insérer machin domestique>, même si leur chambre est en bazar, dis-oui-dis-oui-dis-oui !

— Je peux avoir un chien, papa ?

D'un côté, le méga-mur d'aquariums parcourus de bulles. De l'autre, des oiseaux qui se fichent que vous *pensiez* savoir pourquoi les oiseaux en cage chantent. Plus loin, toutes les souris et autres rongeurs sont occupés à forniquer devant leurs enfants et les vôtres. À côté, nous avons les reptiles prédateurs, qui observent les mammifères plus exigeants, comme les furets et les phalangers volants, en se demandant combien de temps il faudrait pour les digérer. À droite, ma cible : tout un tas de chiots chahuteurs.

Chacun d'entre nous pourra y trouver une leçon. C'est ici que nos jeunes nourris à la viande industrielle découvrent le cycle de la vie, ici que les adultes apprennent le cycle du commerce, et ici que les étudiants apprennent le cycle des petits boulots de merde.

Mais je sais quelque chose qu'ils ignorent : sous cette apparente utopie de cages, copeaux de bois et de nourriture aisément accessible se trouve une bombe à retardement potentielle. D'un instant à l'autre, Armand et tout son inventaire pourraient être ravagés par un titan en furie, déguisé en petite boule d'amour.

Ou pas. Ça pourrait être un chiot *Alsatian* comme les autres.

Moralité, qu'est-ce que je peux faire ? Kip s'est transformé devant moi, mais c'était peut-être un coup de chance. Si ça se trouve, la transformation n'aura lieu que dans plusieurs jours, voire plusieurs semaines. Mais ma liste est longue, et quelque chose me dit qu'il vaut mieux agir rapidement pour déloger l'horreur tapie, avant qu'elle arrête de se tapir et se mette à bondir. Sans trop pouvoir définir ce « quelque chose ». C'est sans doute une voix dans ma tête.

Ne me mets pas ça sur le dos.

Ni à moi.

Hm, Kip s'est transformé juste après être tombé d'un haut immeuble. C'est peut-être une décharge d'adrénaline qui déclenche le processus.

Je pense que c'est un argument fallacieux, ça.

Post hoc, ergo propter hoc. Même si une chose a lieu après une autre chose, cela ne signifie pas qu'elle en est la conséquence.

Donc, il me suffit de lui causer une petite décharge d'adrénaline pour voir ce que ça donne.

Les katanas sont très pratiques lorsqu'on ne veut pas attirer l'attention. Mais cette fois, je saute sur une jolie PLV, je dégaine mes deux Glock automatiques.45 et je commence à tirer.

Pan ! Pan ! Tzing !

Des morceaux de faux plafond et de plâtre tombent. Les clients crient. Les employés courent se mettre à l'abri. Les poissons rouges se réfugient dans leurs faux châteaux dont ils ne ressortiront jamais, et mieux que tout, ces putains d'oiseaux la ferment enfin. De peur que quelqu'un ne se méprenne sur mon intention, je parle d'une voix forte et posée :

— Ne vous inquiétez pas, citoyens ! Je suis un tireur d'élite ! Personne ne sera blessé. J'essaie juste de pousser un monstre à se démasquer !

Pan-pan ! Pvvii !

Mais bien sûr, personne ne m'écoute. Personne ne remarque les jolis dessins que je fais sur les murs. Non, ils se contentent de paniquer, de paniquer, de courir, de courir, de courir. Pff, Sherlock Holmes écrivait des mots entiers en tirant dans son mur, à Baker Street, et Mme Hudson ne bronchait pas. Personne ne reconnaît mes efforts.

Pan-pan !

Le gérant finit par lever la tête. Plié en deux, il se rapproche de moi, en agitant un de ces machins en aluminium qu'on utilise pour attraper les objets sur les étagères en hauteur.

— Arrêtez ! Arrêtez !

Il balance son truc comme s'il s'agissait d'une batte. Je pourrais lui faire remarquer que même si c'en était une, ce ne serait pas très utile contre deux pistolets. Au lieu de cela, je le regarde avec admiration.

— Il faut des couilles pour s'approcher d'un type masqué qui tire dans un magasin, monsieur, c'est admirable.

Je continue de tirer, mais avec admiration.

Tak-tak-tak-tak !

— Espèce de malade !

— Monsieur, les détails sont tout à fait confidentiels, mais j'ai peur que vos clients et vous-même soyez en danger.

— Bien sûr ! Vous tirez dans tous les sens, espèce de malade ! crie-t-il en me frappant.

Sa perche en aluminium se froisse contre le meuble où je me tiens, et le gérant fait une tête toute triste. J'aurais pu lui dire que ce n'était pas une bonne arme, mais il ne m'a pas posé de question. Pour lui faire penser à autre chose, je continue de le faire parler.

— Monsieur ? Je cherche un chiot *Alsatian* que vous auriez reçu il y a deux jours, mais... j'ai un peu honte de l'admettre... je ne sais pas à quoi ça ressemble. Vous pourriez m'en décrire un ? Pas forcément en détail, mais assez pour que je puisse le reconnaître.

Plaf ! Plaf !

Il devient tout rouge.

— Un *Alsatian* ?

Il essaie de m'attraper les pieds, mais ce pauvre type est quelques centimètres trop petit. Ça explique la perche.

— Ce n'est pas la peine de me parler sur ce ton-là, vous savez. Je fais de mon mieux.

— Vous détruisez ma boutique pour rien ! lance-t-il la sueur au front.

— C'est peut-être l'impression que vous avez, mais comme a dit George Orwell : « Ceux qui rejettent la violence ne peuvent le faire que parce que d'autre commettent des violences en leur nom. »

Pouing ! Takat !

— Espèce d'abruti ! On vient de le vendre, ce chien !

Packeta...

— Oh.

Bon, de toute façon, mes Glocks sont vides. Je les pointe vers le plafond et éjecte les chargeurs. Vu cette boulette, la manœuvre n'a pas l'air aussi classe que j'aurais voulu. Et l'un des chargeurs rebondit sur le crâne du gérant pour tomber dans la cage d'un furet.

— Euh... il y a longtemps ?

— Juste une minute avant votre arrivée. Regardez l'état de ma boutique ! Mon Dieu ! Mon Dieu !

Un peu penaud, je me retourne. Il y a des tous dans les murs et dans quelques rayonnages, mais pas une seule fêlure sur un aquarium. Je parlerais bien des omelettes et des œufs, mais mes oreilles détectent un son familier : des sirènes.

— Mais, monsieur, enfin ! Vous avez appelé la police ?

Le gérant courtaud, mais intrépide ne m'écoute pas. Il est occupé à faire sortir les derniers clients et les employés par-derrière. Je les salue de la main.

— Rentrez bien !

Et je suis seul, seul avec mes pensées. Seul avec mes souvenirs troubles, mes perceptions imparfaites... et quelques centaines d'animaux. Eh, ça veut dire que je ne suis pas tout seul, pas vrai ? Mais qui sont les vrais animaux ? Les créatures impuissantes que nous forçons à vivre chez nous ? Les humains qui, tels des dieux, achètent et vendent ces vies ? Ou le fou avec des Glocks tout chauds ?

Le type avec les Glocks.

Ça ne fait aucun doute.

C'est très troublant. Mais maintenant, alors que le plâtre retombe en fins nuages et que la litière pour chat fini de s'écouler comme une neige artificielle et grisâtre, j'entends un autre son par-dessus les sirènes, un cri plaintif qui transperce la nuit :

— À l'aide ! À l'aide ! Au secours !

Quelque part, une âme innocente est en péril. Et là où naissent les victimes, les monstres apparaissent.

Je sais en mon for intérieur que je dois la secourir.

CHAPITRE CINQ

Captain America – super soldat, héros de la Seconde Guerre mondiale, un homme qui, malgré les décennies qui le séparent de sa rencontre avec le sérum qui le rendit si puissant, se rappelle encore ce que c'est qu'être faible, et comprend donc vraiment ce que c'est qu'être fort.

Captain America – le premier Avenger, un homme tant imprégné des étoiles et des rayures qu'il porte sur la poitrine que même ses proches ne savent pas tout à fait où commencent ses idéaux et où s'arrête l'homme de chair et d'os.

CAPTAIN AMERICA – la Sentinelle de la Liberté, le Champion de la Démocratie, le Garde du corps de la Constitution, un homme hors du temps, un homme piégé dans un monde moderne qui avance tellement vite qu'il semble parfois oublier les principes mêmes qui l'ont amené aussi loin.

CAPTAIN AMERICA... n'est PAS dans ce livre.

Je vous ai bien eus ! Quand on est psychotique, on n'a jamais besoin de s'excuser. Il faut se méfier de tout, les amis. Même de cette dernière phrase.

Mais passons.

Le cœur affolé, les jambes en plein effort et mes réflexes _______________ (un truc plus rapide que l'éclair) en pleine action, je file vers la sortie du magasin décimé.

Oui. J'en ai environ détruit dix pour cent.

Je suis prêt à l'action, paré à me lancer dans un conflit canin capilotracté conditionné par la thématique. Mais vous savez quoi ? Dans notre vie moderne, où tout va toujours trop vite, il est important de prendre le temps de savourer les petits plaisirs de l'existence. Alors je m'arrête quelques instants pour sauter à pieds joints devant les portes automatiques, pour les regarder s'ouvrir et se refermer deux ou trois fois. J'adore ce système.

Euh, et le monstre ?

Je m'en occupe. Une fois à l'extérieur, j'entends à nouveau le cri paniqué :

— À l'aide ! À l'aide ! Au secours !

Je regarde à gauche, je regarde à droite, je regarde derrière moi. Je regarde sous ma chaussure. Rien. Enfin, rien que je voudrais toucher. Ne me regardez pas comme ça. L'audiolocalisation n'est pas le point fort des humains. C'est pour ça qu'on n'a besoin que d'un seul caisson de basses chez soi : presque personne ne peut situer l'origine des basses fréquences.

— À l'aide ! À l'aide ! Au secours !

Pff. C'est peut-être un cri intérieur ?

Non.

Ce n'est pas moi, en tout cas.

Ayant épuisé toutes les autres, je me tourne vers la dernière direction où je n'ai pas regardé : le haut. Et justement, je trouve la personne qui crie. Hmm. Pas très impressionnant. Ça pourrait être un père qui comptait offrir un chiot *Alsatian* à ses enfants, ou un homme d'affaires qui voulait une présence chez lui le soir pour rompre la solitude. Je pourrais vous décrire la couleur de ses cheveux, son âge, sa taille ou son poids... ou je ne sais quelle métaphore évocatrice (le visage aigre comme un pamplemousse pressé), mais en fait, il n'a rien d'intéressant. À tout prendre, je préférerais repartir en arrière et vous reparler des agents du S.H.I.E.L.D. Et puis son dialogue manque grave d'originalité :

— À l'aide ! À l'aide ! Au secours !

Rien pour définir son caractère ni la moindre info pour faire progresser l'intrigue. On aurait pu espérer un : « Au secours, on essaie de me kidnapper ! » Ou : « Mon nouveau chiot s'est transformé en une créature immense et j'en viens à penser qu'il me veut du mal ! » Voire : « Diantre, c'est le monde à l'envers. Ce que je tenais à l'instant dans mes bras s'est à présent saisi de moi ! »

Par contre, le monstre qui le tient ? *Ça*, c'est intéressant. Oh là là. Qu'on m'apporte mon éventail en soie, celui avec les strass noirs, je sens que je vais m'évanouir !

Doté d'ailes largement plus impressionnantes que celles de Goom, il volette environ 20 mètres au-dessus de Central Avenue, serrant le vociférant M. Rasoir dans ses... nous dirons mains, faute d'un terme plus approprié. L'impression générale tient davantage du très vieux bâtiment en pierre grise, mais on comprend vite que ce n'est pas un immeuble... parce qu'on voit rarement des maisons qui volent. À la limite, il pourrait évoquer un des gros ballons des défilés de Thanksgiving... mais ça ne tombe pas aujourd'hui, et qui irait fabriquer un ballon géant tout gris ?

Le cœur un peu serré, je grimpe sur une fourgonnette pour mieux voir. Depuis sa peau de pierre grise, des traits se dessinent, un peu comme sur une reproduction pas très nette du mont Rushmore. Et ces ailes... Oh là, là... de grands machins, comme celles d'une chauve-souris. Assez élégantes, en plus : leurs pointes d'os sont parfaitement assorties aux grandes oreilles pointues qui dépassent de sa tête de gobelin. Un truc taillé tout net dans le granit ne devrait pas avoir besoin de vêtements, et pourtant, il porte un short aussi gris et bosselé que sa peau, pour couvrir des parties qu'il ne doit pas avoir.

Contrairement à Goom, ce type ressemble énormément à une de ces... comment ça s'appelle, les statues sur les corniches, pour faire couler l'eau loin du toit. Saint Romanus en a combattu une au VIIe siècle ? Il y a eu un dessin animé... Je l'ai sur le bout de la langue.

— Le monde va sentir la puissance de Gorgolla, la Gargouille Vivante !

— Une gargouille, c'est ça ! m'écrié-je en claquant des doigts. Merci ! Par contre, Gorgolla... ça fait un peu fromage.

Le monstre m'ignore. Ou alors il est trop haut pour m'entendre. Pas de problème. Chacun de mes gestes est un poème en soi. Un bond d'expert sur le dernier barreau de l'échelle d'incendie, je grimpe en vitesse, je bondis de nouveau, je pivote en plein air pour atterrir d'une roulade, et me voilà sur le toit de chez Armand, juste à côté de la bestiole ailée.

— À l'aide ! À l'aide ! Au secours !

Oui, oui, tu l'as déjà dit. On fera un communiqué de presse.

Je n'ai plus de toit, donc je saute sur le multiplex à côté. L'endroit est encore en chantier, et c'est un chantier qui mérite bien son nom : il y a tant de saletés qui traînent que je zigzague entre les caisses ouvertes, les chutes de conduits d'aération et les détritus indéterminés. Dans la première version, je marchais même sur un râteau qui se redressait et me percutait en pleine tronche, mais tout le monde a trouvé ça ridicule. Il y a un conduit d'évacuation, qui mène droit à une benne à gravats. Mais bien sûr, personne ne s'en sert et laisse tout en vrac...

Je redouble donc d'efforts, et finis par rattraper Gorbachevolla. J'agite les bras pour attirer son attention.

— Eh oh, Georgetta ! Tu m'entends, maintenant ?

Il regarde droit devant lui, comme si je n'existais pas. Je lui lance une brique sur le nez, et il se tourne juste le temps de me reprendre :

— Je suis *Gorgolla* ! Et j'ai faim !

Ah, donc j'avais raison, il m'ignorait volontairement. J'ai dû lui faire de la peine. Tant qu'il tient Rasoir-Man, je ne peux pas utiliser l'aérosol, alors je continue de le titiller.

— Eh, Gogo-gadgetola ! Ça te hérisse les graviers quand les petits humains se trompent sur ton nom ? Tu veux en imposer. Je comprends. Mais si tu voulais *vraiment* que le monde, *sente ta puissance*, comme tu disais... on peut se demander pourquoi une Gargouille Vivante comme toi s'encombre de M. Monotone dans ses grosses pattes ! Tu te rends compte de l'image que ça donne ? Que ça te plaise ou pas, on nous juge toujours d'après les victimes qu'on tourmente, tu sais.

Il brandit le quidam et le regarde.

— À l'aide ! À l'aide ! Au secours !

À voir sa mine de gargouille dégoûtée, il est assez d'accord.

— Si j'étais toi, je le remplacerais par un meilleur modèle, quelqu'un qui en jette un peu plus, un visage connu. Un peu comme...

Je bombe le torse, sur le point de dire *moi*, mais mon plan fonctionne plus vite que prévu. Il lâche le gueulard.

Aucun doute, tu es doué.

Et malin, en plus !

Bon, que je vous laisse rester, c'est une chose. Mais si vous commencez à être insolentes, je pourrais changer d'avis.

Pendant que Gouda le Panda part à tire d'ailes chercher son otage de rêve, je dois m'occuper de la victime.

Qui, bien sûr, crie « À l'aide ! À l'aide ! Au secours ! » en descendant.

Pff. Je ne suis pas un super-zéro qui passe sa vie à rattraper tous les pauvres types *in extremis* avant la collision contre le ciment. Mais il serait encore bien à l'abri dans les pattes de Gorgollapalooza si j'avais fermé ma grande gueule. Bref, c'est de ma faute, il faut que je l'aide.

Puisque ma spécialité, c'est de tirer, je balance quelques cartouches dans les fixations de la colonne d'évacuation des gravats. Elles lâchent, la colonne pivote et intercepte Monotone-Man au beau milieu d'un « au secours », et lui permettra de couler le restant de ses jours monotones dans une paix monotone et une relative sécurité.

Parce que... euh, *là*, c'est le moment de le dire.

Aucun doute, tu es doué.

Ça, c'est clair !

Le sauvetage parfait. Complètement sain et...

Ah, ou pas. Il a percuté la colonne assez violemment, et roule comme une poupée désarticulée... voire un cadavre inerte. Je *crois* qu'il va bien, mais c'est difficile à dire, puisqu'il ne répète plus « À l'aide » à tout bout de champ.

Flûte. Maintenant, il faut que j'aille vérifier.

Au temps pour moi. J'ai à peine posé le pied dans la benne qu'il se redresse, me prend dans ses bras et blottit son visage au creux de mon épaule. Et que trouve-t-il à dire, après cette expérience radicalement novatrice ?

— Merci ! Merci ! Bravo !

Bonjour l'angoisse.

Je sauve mon costume de ses mains ordinaires.

— Sérieux ? C'est tout ce que vous trouvez à dire ? Même votre gratitude est ennuyeuse ! Allez, fichez-moi le camp. Zou ! J'espère que vous n'aurez jamais une pensée originale. Le choc vous serait fatal.

Les mains levées comme si c'était un braquage, il recule.

— D'accord, d'accord, oui !

— Non, mais ! Imaginez, même un monstre affamé vous a oublié en un clin d'œil !

Tiens, à ce sujet, Gorgolla le Brobdingnag a suivi mon conseil et commencé à chercher sa cible suivante. Vous vous rappelez l'hippodrome ? Celui dont j'ai dit qu'il n'avait rien à voir avec l'histoire, au chapitre précédent ? Eh bien maintenant, il a à voir.

— Grossbouff a faim !

Non, il n'a pas vraiment dit ça. Soyons sérieux.

Mais lorsque la faim vient frapper à ma porte, je ne suis pas du genre à attendre qu'elle se fatigue en faisant le mort. Bien sûr, ça pourrait être un VRP, mais comment en être sûr ? Non monsieur, non madame, je vous le dis tout net : quand la faim frappe à ma porte, je ne reste pas vautré sur mon canapé : j'accours gaiement pour lui ouvrir.

Ahem. Où en étais-je ? Ah oui. Yonkers Raceway, construit il y a plus d'un siècle, fait partie du merveilleux World Casino. Ce nom semble sorti tout droit d'une BD, ce qui est assez légitime, puisqu'on dirait un morceau de Las Vegas tombé du ciel. Avec tout le toutim des éclairages arc-en-ciel, le complexe propose tous les jeux d'argent imaginables, de luxueux restaurants et des spectacles de stand-up comédie façon Manhattan. Mais c'est la canopée pseudo-artistique multicolore suspendue au-dessus de l'entrée qui attire notre gargouille en mal d'admirateurs.

Les lumières chamarrées créent un contraste agréable avec Sa Grisеté (si seulement vous pouviez voir ça...), mais je l'entends commencer à battre des mâchoires quand il aperçoit ce qui se trouve derrière. Il file vers la piste ovale de l'autre côté plus vite que le petit ami d'une baby-sitter quand la voiture des parents arrive.

Pourquoi tant de précipitation ? La première course de trot attelé du soir, déjà entamée.

Trop attelée ?

Ben, si c'est trop, ils n'ont qu'à en faire moins.

À quoi ça sert que je vous emmène partout si vous n'apprenez jamais rien ? Le trot attelé, c'est comme Ben Hur, mais avec le jockey assis sur un attelage à deux roues appelé sulky. Du point de vue de Gorgolla, on dirait une amicale de *food trucks* avec dégustation gratuite.

Sans me soucier de détails comme le prix d'entrée et les vigiles, je fonce vers la piste. Je suis juste à portée de vue quand huit magnifiques trotteurs américains passent le dernier virage pour entamer la ligne droite.

Et quelle course ! Deux des chevaux sont au coude-à-coude. Un instant, c'est Poule aux œufs d'or qui mène, et la seconde suivante, Crédit à vie prend le relais. Attends... Le favori, Boulettes farcies, remonte à l'intérieur. Il n'est qu'à une encolure de Crédit à vie ! Il ne reste que quelques secondes avant l'arrivée ! Quoique...

Incroyable ! Gorgolla la Gargouille vivante, alias 50 Nuances de Gris, descend en piqué derrière le peloton. Ses ailes écartées soulèvent un énorme nuage de poussière. En une magnifique démonstration d'osmose, jockeys et animaux regardent derrière eux pour découvrir 50 Nuances, l'estomac dans les talons et sur leurs talons !

Le cheval de tête passe la ligne d'arrivée et ne ralentit pas. La course reprend de plus belle !

Et la foule est en délire ! Pas du tout comme j'aurais imaginé d'ailleurs. Je m'étais attendu à une bousculade de toute beauté, rapport au monstre. Pas du tout. Soit c'est un public très blasé, soit ils ont l'habitude des spectacles de haut vol et se disent que ça fait partie de la course.

Ils applaudissent et encouragent les chevaux.

Il faut les comprendre. Regardez-moi ces canassons ! Ils courent comme si leur vie en dépendait. Et c'est le cas ! Même l'outsider Dans le Cochon Two, en dernière place, se donne à fond. 50 Nuances a commencé sur les chapeaux de roue, mais on arrive au premier virage et il semble peiner à garder le rythme !

Non. On dirait que Garg en avait sous le pied. Il rattrape son retard. Dans le Cochon Two tente le tout pour le tout et garde une dizaine de centimètres d'avance. La sortie du virage arrive et on dirait que l'animal va s'en...

Oh.

Trop lente.

50 Nuances l'attrape d'une main, se le colle dans la bouche et l'avale tout rond.

On dirait que Dans le Cochon Two est bon...

Allez... genre, vous ne l'aviez pas vue venir.

Heureusement pour le jockey, Dans le Cochon Two est une grosse portion. Le sulky privé de cheval se renverse, mais le petit bonhomme se remet vite debout, comme si son pantalon avait besoin de danser. Il a déjà déguerpi avant que 50 Nuances n'ait fini d'avaler.

Je pensais que Gorgolla avait envie de prouver sa force, mais ces monstres ont l'air d'être très axés sur la consommation de chair vivante. Leur métabolisme muté est peut-être instable. Non pas que le désir de conquérir le monde soit un gage de stabilité.

Cela mis à part, à moins que je ne m'abuse quant à la dynamique morale indiquée par les événements actuels, nous avons atteint ce moment bien particulier où l'éthique m'autorise à, voire me dicte de, niquer sa race à Caillou-Man.

Moi, j'aime l'éthique !

Je me fraie un passage au milieu des spectateurs figés sur place, tout en prenant le nanocatalyseur à la main. Avec toute l'agitation qui règne autour de moi, il est difficile de viser. Mais après avoir beaucoup gigoté, je trouve mon angle. Une pression rapide, et Googly le Moteur de Recherche nous fera une grosse flaque d'amour.

Flutouille. Il faut toujours des complications. Il y a toujours un *mais* ou un *jusqu'à ce que* ou un *soudain*. En l'occurrence, je suis sur le point de jouer les héros lorsque *soudain* un hippophile à la main lourde me saisit par le bras. Et quand je dis la main lourde, je ne veux pas dire musclé, je veux dire gros. Des bras comme des jambons. Je ne comprends pas comment il a pu les faire rentrer dans sa chemise, et je ne parle même pas de sa veste. Et pour encore renforcer l'aura porcine, il a des poils courts et durs sur les joues et le menton, comme un cochon gras.

Je ne dis pas ça pour humilier les gros. Il le porte bien. Ça lui va bien. Mais cet échappé de *L'Île du Dr Moreau* m'a attrapé par la *main*. Il colle son odeur de gel douche juste devant ma tête et me crie :

— Qu'est-ce que vous faites ?

Qu'est-ce que je fais ? J'ai fait *beaucoup* de choses qui demandent une explication, par le passé. Essayer de sauver des gens d'un monstre dévoreur n'en fait pas partie. Je suis tellement estomaqué qu'au lieu de lui sortir une réplique bien sentie, je tends la main vers la grosse gargouille, comme si elle n'était pas assez visible, et je lui explique l'évidence.

— Je vais arrêter ce monstre et sauver les chevaux.

Porzilla secoue sa grosse tête flasque.

— J'ai parié ma maison que Crédit à vie va faire encore trois tours avant que cette chose ne l'attrape. Laissez-les finir la course.

À ces mots, une grande nénette maigre avec un drôle de chignon et des lunettes en colère me secoue son poing osseux sous le nez.

— Ouais ! Laissez-les finir !

La minute d'après, je suis au centre d'une foule qui me ferait presque passer pour sain d'esprit. Je ne sais pas si ce sont des joueurs professionnels, des accros au regard fou ou des touristes qui aiment crier. Ils n'arrêtent pas de me tripoter, genre *La Nuit des morts geignants* ou *Le Jour le plus con.* Ils sont tous en colère, et ils crient :

— Laissez-les finir ! Laissez-les finir !

J'hallucine, hein ? C'est comme le match de basket avec Sophie ?

Non.

Je ne crois pas.

Si je suis devenu la voix de la raison, on est vraiment dans la mouise.

— Eh, moi aussi j'aime regarder un bon massacre, mais même sans parler des chevaux, vous ne vous inquiétez pas pour les jockeys ?

Ils se taisent tous et ils me regardent. J'ai peut-être fini par leur faire entendre raison, par éveiller leur humanité, ou par les sonner, leur donner un bon coup dans les roubignoles oratoires. À part que ce n'est pas moi qu'ils regardent, c'est la piste. Ils n'ont arrêté de crier que pour regarder un autre trotteur américain se faire transformer en tartare. J'espère que Boulettes farcies aura fait honneur à son nom.

Les perdants se lamentent sur leur déveine. Les autres, Porzilla et Lunettes en rogne les premiers, poussent un vivat pour encourager leur favori.

Vous êtes *sûrs* que je n'hallucine pas ?

Mec, j'en sais plus rien.

Bon, au boulot. Donc, je commence à tirer (oui, d'accord, pas sur qui que ce soit, mais les bang bang résonnent et font passer le message).

— Allez, rentrez tous chez votre maman, soyez gentils.

La plupart filent sans demander leur reste, comme de bons petits primates avec un instinct de conservation. Pas Porzilla. Il continue de regarder la course. Pff. Ce type a un vrai problème. Du coup, ses gros yeux rivés sur la piste, les tickets serrés dans ses doigts boudinés, il ne bouge pas. Je pourrais faire le tour, mais comme une montagne, il est là, alors je l'escalade. En arrivant à son sommet, je lui assène un coup de pied.

Ça, ça le fait bouger.

— Continue de courir ! lui crié-je. Ça fonctionne !

Je saute par-dessus la rambarde et vais me planter au centre de la piste. Quand Crédit à vie sera passé, il ne restera que de l'air et de la poussière entre l'Estomac qui Gargouille et moi. La bête arrive, les ailes et les bras tendus.

— Lorsqu'ils verront ma puissance, les Terriens seront vite asservis !

C'est très clair, notre Gargouille Vivante est un beau spécimen. Pas futée, mais très athlétique.

— Écoute, Gargl, sans même parler du fait que tu as un bout de cheval coincé entre les dents, tu es vraiment sûr de ton coup, pour l'asservissement ? Économiquement, un marché libre avec une classe moyenne prospère te donnerait des clients plus éduqués et plus acheteurs.

Ah, il ne m'écoute pas. Il est trop occupé à regarder sa foule auparavant captive détaler vers le parking. Il se tourne vers cette cavalcade-là.

— Humains ! Contemplez ma puissance ! lance-t-il d'un ton un peu triste.

Conscient de l'ironie, je les encourage de la voix !

— Cavalez, bande de tarés, cavalez !

Et la course reprend de plus belle ! Après un arrêt rapide pour placer des paris, je trouve la meilleure place de spectateur. Regardez-moi ces humains ! Ils courent comme si leur vie en dépendait ! Même Porzilla se donne à fond. Et voilà Lunettes en Rogne, qui renverse tous ceux qu'elle croise, condamnant les autres à une mort certaine pour prolonger sa propre existence de quelques secondes.

Porzilla essaie de la dépasser, mais Lunettes en Rogne le fait trébucher et lui marche dessus ! Comprenant qu'elle est peut-être l'otage idéale, 50 Nuances se rapproche. Mais elle lève la patte de plus belle. Lunettes en Rogne a une dizaine de centimètres d'avance. Lunettes en Rogne, presque à la portière de son 4×4. Lunettes en rogne, qui appuie son porte-clefs et ouvre la portière ! On dirait qu'elle va y arriver, mais...

Oh !

50 Nuances a failli l'attraper, mais elle plonge et glisse *sous* sa voiture ! Quelle imagination ! Et ce n'est pas fini. Il attrape toute la voiture et la soulève. Lunettes en Rogne essaie de s'éloigner en rampant, mais elle n'a plus de voie de refuge !

Mrrr. Je peux laisser faire, hein ? Pas vraiment. Mais quand même... Allez, s'il vous plaît.

Non.

Tu ne peux pas.

Bon, d'accord. Vous savez que vous commencez à parler comme Preston, tous les deux ?

Je saute sur un lampadaire près de l'action, puis grimpe jusqu'au sommet. De là, je réalise un bond fantastique jusqu'à Gumbo le Lady Gaga. J'atterris sur son large dos, me cramponne à sa nuque rocailleuse, et plonge mon katana dans son épaisse chair turgescente.

— Et ma force à moi, Gargouillis, tu la sens bien ?

Blessé, au moins pour le moment, il rugit. Il se retourne, et j'accompagne le mouvement comme sur un taureau mécanique – un gros taureau mécanique tout gris. Eh, mais je suis doué en rodéo, moi ! Allez, à fond ! Je lève une main en l'air et crie :

— Yeee-haa !

Ne jamais sous-estimer sa monture. Au moment où je crie, il s'élance en avant et je glisse sur le côté, comme une goutte d'eau sur une gargouille. Je percute une Prius qui a encore l'autocollant du concessionnaire sur la vitre. Heureusement pour moi, les hybrides sont plutôt souples. La voiture se cabosse et absorbe une grosse partie de l'impact.

Le Goebbels Vivant est colère. Tellement colère qu'il en change ses priorités. Il a moins envie de montrer sa puissance, et plus de me tuer. Il se lance vers moi, mais j'ai sorti le nanocatalyseur, et je suis assez près pour toucher la cible. Le doigt sur le bouton, je vais marquer la fin de la course. Mais (il faut toujours un *mais*...), Gargouillis n'a pas confiance. Sentant le danger, il déploie ses ailes et en donne un grand battement.

Fwoush !

N'étant pas aérodynamiquement correct, je suis projeté en arrière et dégringole jusqu'au sol. N'étant pas non plus aérodynamiquement correct, mais bien plus léger, le nanocatalyseur s'envole comme un bout de papier pris dans une tornade. Et à votre avis, où file ce terrifiant aérosol d'annihilation, hein, je vous le donne en mille ?

Vous vous rappelez le réservoir dont je vous ai parlé ? Celui qui fournit des millions de personnes en eau potable ? Celui dont je vous ai *juré* qu'il n'avait aucun rapport avec la choucroute, comme les chevaux et l'hippodrome ?

Oui, il va par là.

En fait, Chekov avait raison, même s'il est mort.

CHAPITRE SIX

Gort la Gribouille Violente meurt d'envie de m'écraser, mais les gros monstres en vol ne virent pas sans mal, alors il me reste quelques secondes avant de m'occuper de lui. Je me relève d'un saut périlleux, parce qu'il y a des moments où se relever normalement ne suffit pas, et je mets de la distance en sautant de voiture en voiture, façon parkour.

Je traverse le parking à toute allure, en direction des eaux étincelantes du réservoir. Je repère la bombe aérosol, qui trace un arc argenté en retombant. Je suis le mouvement du regard, jusqu'à ce qu'un bosquet de pins étiques me bouche la vue.

Soit il est tombé dans les arbres, ce qui serait plutôt cool. Soit il est tombé sur la route d'accès au réservoir, ce qui serait pas trop mal. Soit il est *dans* le réservoir, ce qui serait carrément catastrophique. Enfin, si on aime les gens.

Je suis optimiste, alors je file d'abord vers les arbres. Il fait sombre, les arbres me cachent l'aérosol. Je suis à quatre pattes, comme si je cherchais une lentille de contact, lorsque Gogolito la Gambette Velue règle le problème en passant en rase-mottes *à travers* les arbres, ce qui en arrache la moitié. Entre les racines et la terre, un véritable trésor d'objets métalliques tombe en cascade.

— Gorgolla va te décimer !

Allons, l'heure n'est plus aux corrections sémantiques. Je commence à trier. Canette de bière. Canette de bière. Canette de soda. Emballage de chewing-gum. Aérosol de nanocatalyseur. Canette de bière. Canette de bière. Bouteille de bière. Classe. Saint-Suaire de Turin ? Qu'est-ce que ça fout là ? Canette de bière. *Étiquette* de bouteille de bière. Eh ! Attendez ! C'était quoi, le cinquième truc que j'ai dit ?

L'ombre de Gorgolla me survole, j'attrape le cylindre en métal, me retourne sur le dos, vise Sa Rocaillitude, j'appuie et...

... je manque de me couper le doigt sur la languette relevée.

Flûte. Canette de bière.

— Sens mon courroux !

Mais où... ? Je tourne la tête. Oh, la voilà ! Je l'ai ! Mais vous vous rappelez de cette histoire de « tendre l'autre joue » ? Ce n'est pas toujours une bonne idée. Tandis que je me retourne pour asperger Gorgonzola, mon autre joue rencontre un gros poing gris.

Dans mon travail, les coups puissants, ça va et ça vient. Mais là, c'est de l'authentique ! Bien avant de ressentir la douleur, je rebondis sur la terre et je décolle du sol. Je vois des lumières pulsées, du genre quand on ferme les yeux pour regarder ses paupières. Les miennes sont souvent d'un rouge vif. Gorgolla dit un truc sur écraser notre race insignifiante dès qu'il aura mangé un morceau, mais sa voix est étouffée, distante, brouillée par le vent qui souffle à mes oreilles.

Ma vision s'éclaircit juste à temps pour me montrer le charmant quartier de maisons en briques où je vais retomber. Chouettos. Il y en a même deux ou trois avec une piscine. Pas celle où je me dirige, cela dit. Celle-là, elle a une serre.

Crunk !

Celle-là, elle avait une serre. Les éclats de verre et de pots en céramique piquent un peu, mais la douleur du coup de poing me rattrape.

Oh, là, je déguste.

Et la douleur n'est pas la seule chose qui me rattrape. Boy-Gargouille prend un raccourci à travers la maison. Et quand je dis *à travers* la maison... il ne reste qu'un tas de brique, de mortier, des bouts de bois et quelques appareils électriques crépitants. Heureusement que personne n'était là.

Je l'attends. Pendant qu'il s'ébroue pour débarrasser ses yeux de la poussière, je réduis la distance qui nous sépare, sabres au clair. Je lui enfonce les deux sabres si loin dans les tripes que mes mains et mes bras rentrent presque en même temps.

Pour ma peine, je récolte un « Yeaaargl ! » surpris. Ça me donne envie de continuer, mais pour ça, il faut que je ressorte mes sabres. Pendant que je suis sur lui, les pieds appuyés sur son ventre pour mieux tirer, il essaie de me donner un nouveau coup. Cette fois, je le vois venir et je me positionne astucieusement pour que sa patate titanesque (*schtonk !*) me renvoie exactement là d'où je venais : le bosquet d'arbres arrachés où se trouve le nanocatalyseur (*fwoush !*).

Vraiment, je vous assure. J'avais tout calculé.

Ben voyons.

Si tu le dis.

Jamais contents, ces deux-là. Bien sûr, l'atterrissage est un peu rude, mais si ce n'était pas prévu, comment voulez-vous que je me sois retrouvé là-bas, à côté du nanocatalyseur alors que Gonzo la Grenouille Vaillante était tout là-bas, à se demander où j'avais disparu ? Hein ? Allez-y, j'attends une explication.

Il y a des moments, j'aimerais vous arracher de ma tête pour vous mettre la main dessus.

Compte pas sur moi, mes mains sont déjà bien occupées.

Oh oui, moi aussi. Surtout qu'en l'appelant 50 Nuances de Gris, tu m'as rappelé des trucs.

Je plonge vers l'aérosol. Gorgolla, déjà guéri, décide de ne pas voler et se la joue plutôt Hulk : il me rejoint d'un seul bond. Et il vise bien, l'animal. Un pied se pose à ma gauche, l'autre à ma droite. Je ne veux pas vous dire ce que j'ai sous les yeux.

Bon, puisque vous insistez. Des cailloux. Rien que des cailloux.

Ses ailes soulèvent un autre nuage de poussière, et *une fois de plus*, l'aérosol s'envole vers le réservoir ! Cette fois, il n'y a plus aucun arbre pour la retenir, et la bouteille s'envole et s'envole.

Il y a des jours, on a beau faire des efforts, on n'arrive pas à protéger l'eau potable.

Heureusement, il y a une passerelle de service qui traverse le plan d'eau en diagonale. Je sais, je sais, mais c'est vrai ! Elle est vraiment là, je vous jure. Vérifiez sur Google Earth. La bombe la percute et roule sur le métal.

Il ne faut jamais tourner le dos à une Gargouille Vivante. D'un tonique « Sens ma puissance ! », Gorgolla me soulève et s'envole dans le ciel. En quelques secondes, nous sommes enfin seuls, au milieu des étoiles, loin au-dessus de Yonkers. Je baisse les yeux pour chercher la bombe du regard, mais mon chevalier servant continue de monter. L'air refroidit. Je pense qu'il compte monter jusqu'à la lune.

Il ne peut pas faire ça, hein ?

Pourquoi pas ? Les amis de Cartman ont construit une échelle pour monter au Paradis, une fois.

Si seulement j'avais mon truc à la main, je pourrais lui balancer une bonne giclée. Oui, forcément, si vous sortez ça du contexte... Je lui assène un déluge de beignes – un déluge, vous dis-je ! Des morceaux de Gargouille s'arrachent. Je continue, et cogne sa peau de granit à un tempo tel que ce serait sans doute sympa de danser dessus.

Avec une grimace, Gargolla me lève devant son visage.

— Je vais t'annihiler !

Je lui fais *OK* de la main.

— Voilà ! Annihiler, c'est cool ! Pas si difficile de choisir le bon mot quand on fait un effort, hein ? Mais, euh... Comment tu comptes t'y prendre ? En m'écrasant ? Marchera pas. En me tapant ? Tu as déjà essayé.

Il fronce les sourcils. Ça fait même du bruit, parce qu'il est en pierre. Il hésite. Histoire de crâner, j'ajoute :

— En me mangeant ?

Oh oh. Le Mercenaire Disert devrait apprendre à la fermer. Gorgolla écarquille les yeux et aspire mon bras comme un spaghetti dans un dessin animé.

— Eh ! Je plaisantais !

Je retire le bras, mais pas assez vite. Des dents de pierre se referment sur mon poignet. Le bras se dégage, mais je n'aime vraiment pas le bruit de déchirement qui accompagne le mouvement. L'instant d'après, j'ai un moignon ensanglanté sous les yeux.

— Tu m'as bouffé la main ! Mais ça va pas, non ? Recrache-moi ça ! Recrache, je te dis !

Je n'ai pas de journal roulé sous la main (pas de main, pas de journal !), mais je lui lance un regard noir pour qu'il retienne la leçon.

Il avale et se lèche les lèvres.

— Tu l'as mangée ? Tu as mangé ma main ? Oh, tu vas le regretter, ça !

Je ne peux plus utiliser deux katanas, mais je peux en utiliser un. Plus vite que Jiminy Cricket pour faire un vœu, je tranche la pierre où son aile droite rejoint son dos.

— Tiens, mange ça, aussi !

Le « Aaaaaah ! » qui suit est très satisfaisant. J'apprécie particulièrement le moment où il se cambre de douleur et me lâche. Cramponné d'une main, je laisse mon poids entraîner la lame jusqu'à ce que l'aile se détache entièrement. Je me rattrape à son épaule avec les jambes, et regarde l'aile tomber, tomber, tomber, en tournoyant comme un de ces fruits hélicoptères de l'érable, mais en plus gros et gris.

Secoué, Gorgolla tente de poser la main sur son moignon.

— Terrien crétin ! On va tomber tous les deux !

Il n'a pas tort, mais j'aurais préféré un terme moins raciste. Me voir défini par mon lieu de naissance, je trouve ça très réducteur. Je remarque toutefois qu'on accélère de plus en plus vers ma planète natale.

— J'admets que je n'avais pas réfléchi, mais, mec, *tu m'as bouffé la main* !

Les étoiles tourbillonnent avec une céleste indifférence. Moins indifférente, mais tout aussi tourbillonnante, la gargouille géante tente de m'arracher à son dos. Je me colle à cet endroit pénible qu'on n'arrive jamais à gratter. J'ai besoin d'une main pour me cramponner, alors je ne peux pas lui donner de coups de poing, mais j'ai encore mes pieds. Je rengaine mon katana, puis serre bien les doigts autour de son oreille pointue et je lui balance une avoinée avec mes petits petons en chaussures de combat.

Cogne-cogne-cogne !

Ça ne lui fait pas vraiment mal, mais ça l'agace. Ça l'agace même tellement qu'il me crie :

— Arrête ! Arrête !

Cogne-cogne-cogne !

Il essaie de me rendre coup pour coup, mais Gringo le Gentil VRP n'arrive pas à lever les pieds. J'essaie de rester au-dessus pour qu'il amortisse ma chute. Il essaie de rester sur moi pour que j'amortisse sa chute. Et nous voilà, en train d'accélérer vers la vélocité terminale déjà mentionnée au chapitre 1 (faites attention, il va y avoir une interro), pris dans une danse folle et enjouée. Mais comme l'ont dit les Charlots (ou John Lennon, ou Hergé) : « La vie, c'est ce qui se passe pendant qu'on prévoit autre chose. »

Son aile manquante repousse. On dirait ces montages image par image d'éclosion de fleur au lever du soleil, ou les plans très ralentis des grains de maïs qui éclatent dans un micro-ondes. Une fois qu'elle est intacte, il écarte les deux ailes et ralentit notre descente avec un looping saisissant.

Je me cramponne avec mes trois appendices entiers, mais ce n'est plus pareil. Le moment est passé. Il va me falloir des heures pour récupérer ma main, moi. Pourquoi fallait-il qu'il se régénère plus vite que moi ? Hein ? Hein ?

Pauvre petit chou.

Il y a toujours des gens qui ont plus que toi, tu sais. Et d'autres qui ont moins.

Non ! Moi aussi, je suis unique ! Sophie ! Regarde-moi ! Regarde-moi ! Je vais avoir un chien ! C'est juré !

Pour éviter le retour d'une certaine hallucination de basket-ball lycéen, je me concentre sur mon moignon. Je grogne.

— Gnéééééé ! Allez, la main ! Tu peux y arriver ! Gnéééééé ! Repousse, bon sang, repousse !

En guise de récompense, j'ai une giclée de sang depuis une artère sectionnée. Pour ajouter l'injure à la blessure, elle me remonte dans le nez. Ce monstre... cette grosse brute... éclate de rire.

— Si tu ne peux rien faire de mieux, la Terre sera facile à conquérir !

Je cache mon moignon dans mon dos.

— Arrête de me regarder. Je vais te montrer, moi !

Sur la passerelle du réservoir en contrebas, la mort en canette roule. Lentement, certes, mais sûrement... comme le dernier cochon qui n'en finit pas de tourner dans Angry Birds. Elle approche encore et encore de l'eau, toujours plus près, encore plus près... et encore... jusqu'à ce que...

CHAPITRE SEPT

Ça ne vous agace pas, vous, les livres avec des chapitres très courts, genre ça ?

CHAPITRE HUIT

Monstre gris = énorme.

Aérosol de nanocatalyseur = petit.

Mais est-ce la taille de la baguette qui compte, ou la magie qu'elle opère ?

Sa Pierritude occupe presque tout mon champ de vision. Pour le moment, l'une de mes mains, ma main *préférée* (désolé Gauchette, mais c'est comme ça) se fait digérer par les sucs acides que produisent les organes internes de Gorgolla. Je suis en plein combat pour ma survie... genre pan, vlan, poum, paf...

— Sens ma colère !

— Toi-même !

Mais c'est l'aérosol, ce tout petit aérosol, tout en bas là-bas, cabossé, rayé, mais encore assez rond pour rouler... qui semble bien plus gros que Gorgolla. La lutte entre son élan faiblissant et son inertie croissante semble résonner du grondement du monde.

Le suspense va me tuer. Je suis à fond. Je laisse même Gorgolla me cogner sans réagir, pour regarder plus longtemps. Combien de tours avant la fin ? Un ? Deux ? Autant que de coups de langue pour arriver au cœur des sucettes avec un chewing-gum dedans ?

J'essaie de ne pas me faire de reproches, mais c'est difficile d'en vouloir à Gorgolla. Il fait son truc de monstre. C'est encore plus difficile d'en vouloir à l'aérosol. Faute d'être relié au moindre réseau neural ou mécanique qui lui permettrait d'acter ses désirs, il n'a clairement aucune volonté.

À moins que... certains disent que l'information *aspire* à être libre (généralement pour justifier des téléchargements illégaux). Les militants écolos croient que la Terre est consciente (et ce qu'ils fument est légal presque partout, de nos jours). Nous parlons d'esprits collectifs, d'esprits ruche, d'esprits Minecraft. Pourquoi pas un esprit aérosol ? Que peut-il bien penser ?

Roule, roule, roule. Roule, roule, roule.

Ou bien : *Oh non, je vais tuer des millions de gens, si seulement je trouvais un moyen de m'arrêter !*

Pourrait-il se poser les grandes questions de l'existence ? Est-ce moi qui roule, ou la Terre qui roule et moi qui reste immobile ? Suis-je une simple victime de mon environnement, incapable d'influer sur le cours de l'existence ?

Moralité, parviendrais-je à la faire culpabiliser ?

D'une manière ou d'une autre, je ne peux pas descendre assez vite pour le récupérer.

Mais je dois essayer. J'escalade l'épaule de Gorgolla comme s'il s'agissait d'un jeu de cour d'école, et il fait son vexé.

— Sale lâche de Terrien ! Au lieu de m'affronter, tu passes dans mon dos ?

— Ha ha ! Mais il y a une folie à ma raison, G. De là, je peux passer ma seule main valide autour de la base de ton aile gauche, comme *ça.* Et en m'étirant un peu, je prends ton aile droite entre mes chevilles... comme *ceci.* En maintenant, d'une torsion de mon corps remarquablement bien proportionné... comme *ça*... youpiiiii ! Tu descends. Enfin, on descend.

Glandouille le Granit Vexé n'a pas l'air impressionné.

— Parle tant qu'il te plaira, Terrien...

— Oh, bonne idée. Bla bla bla bla bla !

— ... même si tu me forces à atterrir, cela ne t'aidera pas !

Voilà une remarque pertinente. Si le nanocatalyseur a roulé dans l'eau, je pourrais essayer de nous orienter vers le bassin et sauter au dernier moment. Mais tiens, la bonne surprise... La bombe n'est pas tombée.

Elle n'est pas seule, non plus.

Preston et la cavalerie du S.H.I.E.L.D. ? Non. Le nanocatalyseur mortel s'est échoué dans la fine main gantée de noire d'un magnifique spécimen de bombassitude féminine. Elle a exactement le genre de corps auquel je pense lors de mes nuits solitaires.

Voilà vers quelle M.S.F.M. (Mystérieuse Silhouette Féminine Masquée) je me dirige actuellement.

Enfin, vers qui je tombe.

Elle porte un justaucorps noir terriblement moulant, avec une cape lamellaire et des accents rouges, qui couvrent non seulement son corps, mais aussi son visage. Avec un corps comme ça, comment pourrait-elle posséder un visage autrement qu'assorti ? Avec un corps comme ça, qu'est-ce qu'on en a à foutre ? N'allez pas croire que je suis superficiel. Je vous jure que je l'aimerai, quelle que soit son apparence. Du moment qu'elle a cette apparence-là.

Et encore mieux, dès qu'on est à portée, elle lève la bombe et...

— Sens mon...

À un moment, je suis cramponné à de la pierre. L'instant d'après, je suis au milieu d'une grosse flaque d'onctuosité rose. Qui tombe en lourdes gouttes dans l'eau... ahem... « potable ». J'exécute un joli salto qui me fait atterrir sur la passerelle.

Oui, tout le reste est tombé dans le réservoir. Preston a dû dire un truc comme quoi le catalyseur devenait inerte une fois qu'il s'était lié à une cible, mais j'ai aussi pu entendre ça à la télé. Bon, on verra plus tard.

Pour le moment, j'ai une bombasse à impressionner.

Je m'approche de ma sauveteuse d'un pas léger, et chasse nonchalamment une goutte de mon costume. Il me vient toutes sortes d'idées inavouables pour lui prouver ma gratitude, si elle exprime son consentement.

— Oh, mais voyez-vous ça. J'ai dû monter beaucoup plus haut que ce que je pensais, pour recevoir une telle vision du Paradis. Qui êtes-vous donc ?

Elle braque la bombe vers moi. J'essaie d'être à l'écoute des signaux subtils du langage corporel, alors j'interprète ça comme un message de temporisation.

— Eh... euh... pourquoi vous braquez ça sur moi ?

Elle ne m'a rien demandé, mais je lève les mains en signe de reddition, parce que c'est le genre de chose qu'une dame ne devrait pas avoir à demander à un homme lorsqu'elle le menace.

— Vous pouvez m'appeler... Jane.

Sa voix est comme une musique, mais dénuée de toute mélodie reconnaissable. Donc pas du tout comme de la musique.

— Jane. Quel nom charmant. Ça signifie don divin. Vous savez, Jane, je me rends compte qu'on se connaît tout juste, mais je tiens à préciser que vous tenez peut-être la seule chose sur cette planète qui serait capable de me tuer.

Tu n'aurais sans doute pas dû lui dire ça.

Non, moi j'aurais plutôt tenté « Vous savez que ça ne me fera rien, hein ? »

— On peut reprendre à zéro ? (Je baisse les mains et fais quelques pas en arrière, avant de revenir vers elle.) Oh, mais voyez-vous ça. Qui êtes-vous donc ?

Elle baisse un peu l'aérosol. Je crois qu'elle sourit.

— Je ne viens pas vous nuire, Wade Wilson. Je l'admets, j'apprécie qu'un homme tente de me séduire juste après être tombé du ciel en chute libre. Mais croyez-moi, je suis la dernière personne avec qui vous voulez nouer une relation.

— Qui est la première ? Enfin, je veux dire, pourquoi dites-vous ça de vous...

Je m'approche d'un demi-pas. La bombe refait son apparition, à quelques centimètres de mon nez.

— Pardonnez ma prudence, mais je ne peux pas me laisser distraire par le tourbillon de phéromones qui nous sépare. Nous manquons de temps. Vous devez m'écouter avant que vos employeurs du S.H.I.E.L.D. n'arrivent.

— Vous écouter ? OK ! (Je m'assieds en tailleur sur la passerelle et je pose le menton sur mon moignon.) Parle-moi, ma grande, je t'écoute.

Elle soupire.

— C'est un problème de Q.

— Ça ne m'étonne pas. Tu sais chérie, au fil du temps, on se rend compte que tout tourne autour de ça.

— Non, non. Q., Quentin, on était ensemble. C'était... (Elle se détourne, timide.)... mon partenaire.

— On a tous des mauvais souvenirs. C'est ce qui nous rend humains.

— C'est lui qui a manigancé toutes ces mutations canines. Je pensais le connaître... je pensais qu'on cherchait la même chose... mais maintenant, il veut utiliser son armée de monstres pour conquérir le monde. Je... j'ai peur de lui.

Je me lève. Elle se tourne vers moi, nos regards se croisent. Le courant passe entre nous. Pas façon Electro – non, le courant romantique. Je lui prends la main, celle qui ne tient pas la bombe. Elle résiste un instant avant de céder, tremblante.

Il y a comme un rire soulagé dans ma voix.

— Oh, Jane. Peu importe le passé. Tout ce qui compte, c'est ce que nous res... Attends. Si Quentin veut former une armée avec ces monstres, pourquoi les envoyer dans des animaleries ?

— Il est allergique. Il souhaite les réunir quand ils auront muté, mais...

— Il n'a pas envisagé de se faire soigner ?

— Ça aurait pris des années. Il a dit qu'il n'avait pas le temps, mais...

— Je suis sûr qu'en fait, il a peur des aiguilles et n'ose pas l'avouer. Ils ont une crème qui anesthésie la peau...

— Mais arrêtez de m'interrompre ! Je veux...

— Pardon, je ne le ferai plus.

— Vous venez de le refaire. Je voulais vous demander...

— Oui, mais c'était la dernière fois, c'est juré.

— JE VEUX VOUS ENGAGER POUR TROUVER QUENTIN ET LE TUER !

Je recule d'un pas, glisse le petit doigt dans mon oreille et l'agite.

— Pas la peine de crier. Je n'accepte plus ce genre de contrat de tueur à gages. Je ne tue que les gens qui l'ont vraiment mérité. Même pour vous.

Sous le masque, ses sourcils tressautent.

— Tant que Quentin sera en vie, son armée de monstres représentera un danger pour l'humanité. C'est une justification suffisante ?

Je secoue la tête.

— Non, pas si j'arrête ses monstres comme prévu.

— Je vous paierai deux fois le prix que le S.H.I.E.L.D. vous a proposé.

— L'argent ne m'intéresse pas.

Elle approche d'un pas. Le tissu qui couvre nos lèvres se frôle.

— Je ferai tout ce que vous voulez.

— Je veux un dépôt et récupérer mon aérosol.

Elle me rend le nanocatalyseur et une enveloppe épaisse. Je ne sais pas où elle l'avait cachée, sous cette combinaison moulante – mais bon, je trimballe deux katanas, une paire de glocks, un téléporteur et le nanocatalyseur, alors je n'ai de leçons à donner à personne.

J'ouvre l'enveloppe et feuillette les billets à l'intérieur. Je fais semblant de les compter, mais je suis si fada de Jane qu'ils pourraient aussi bien être faux. En quelle année Salmon P. Chase était président, déjà ?

— Où je peux le trouver, ce Quentin ?

Comment tu veux que je le sache ?

Elle a mis les voiles, mec.

Ah oui. Rapide, la greluche.

Je prends le vent qui se lève pour une douleur dans mon cœur. En fait, c'est le S.H.I.E.L.D. qui arrive sur place. Deux des agents survolent la surface du réservoir avec leurs aspirateurs, avalant la mucosité résiduelle de Gargouillis. Le troisième appareil s'arrête devant moi.

J'ai à peine le temps de ranger le liquide dans mon costume que la porte s'ouvre sur l'agent Preston. Toujours professionnelle, elle exprime son mécontentement des événements en me hurlant dessus.

— Dans le *réservoir*, Deadpool ? Le réservoir ? Heureusement que le nanocatalyseur se lie à la première forme biologique avec laquelle il entre en contact ! Qu'est-ce qui m'a pris de te laisser te trimballer avec ce machin ? Rends-le-moi !

Histoire de détendre l'atmosphère, je me lance dans ma meilleure imitation de Jean Gabin.

— Tu vois mon p'tit, j'sais pas si on peut vraiment appeler ça un catalyseur, tu vois. Enfin, si ton machin se lie à n'importe quoi, comme tu dis. Parce qu'à moins que j'me goure, un catalyseur, ça provoque une réaction chimique sans subir le moindre changement lui-même, pas vrai ? Tu comprends où je veux en v'nir, mon p'tit ?

Échec critique.

— La ferme ! C'est pas moi qui lui ai donné ce nom-là. C'est composé en partie d'un nanobot avec une intelligence artificielle limitée... mais toujours moins limitée que la tienne ! Les caméras de sécurité t'ont filmé en train de parier sur quels civils réussiraient à s'enfuir !

Ça, ça me fait de la peine.

— Tu te prends pour le capitaine Renault dans *Casablanca*, surpris de voir des paris devant un champ de courses ? Je les ai tous sauvés, non ? Ta façon de me parler commence à m'agacer.

— Et tu as perdu trois chevaux !

J'ai bien envie de lui faire Belmondo, mais vu le chou blanc de Gabin, je me ravise.

— Eh, c'est pas moi qui les ai mangés, hein. J'ai même pas fait une blague du genre : « Je pourrais manger un cheval. » J'ai pas eu le temps.

— Rends-le-moi.

Je tiens l'aérosol dans mon dos.

— Te rendre quoi ?

Les armes de l'appareil cliquettent en se braquant sur moi. Ça ne me tuerait pas, mais ce serait inconfortable. Je lui tends la bombe.

— Oh, c'est de ça que tu parles ?

— Oui. Ça. Maintenant.

— Allez, Preston, dis-je en la lui lançant. On sait tous les deux que tu ne m'aurais pas tiré dessus.

— Tu as raison. Ça aurait pu endommager l'aérosol.

— Oh, c'est pas gentil, ça.

Elle voit l'état de l'aérosol, rayé et cabossé, et s'énerve de plus belle.

— Tu trouves que c'est pas gentil ? Attends un peu. Tu es viré, tu comprends, Wade ? Je me fous de savoir ce que je te dois, ou à quel point tu es doué, t'es juste trop taré. Même quand tu veux bien faire, tu es dangereux. Je ne peux pas mettre le public ou mon boulot en danger pour tes beaux yeux. Jeff a tout juste huit ans, mais il finira par faire des études, et le S.H.I.E.L.D. a un bon programme de subvention, et je ne peux pas me permettre de le perdre.

— Viré ? (Je lui montre mon moignon.) J'y ai laissé une main, moi ! Tu veux dire que j'ai un avertissement, c'est ça ? Genre, il faut que je suive un séminaire sur la gestion des émotions alors qu'on sait tous les deux que j'en connais plus que n'importe qui dans ce domaine, c'est ça ?

— Non, Wade. Viré. Comme ça.

Avec un *fsh* aérien (par opposition à un *vrrt* mécanique), la porte se referme. Les autres appareils rétractent leurs aspirateurs, et l'escadrille s'en va.

Je suis seul, au milieu d'une eau à nouveau potable.

On peut pas faire plus seul.

Tu devrais peut-être penser à ce que tu as fait de travers, pour éviter que ça ne se reproduise.

Mais ce n'est pas à ça que tu penses, hein ?

Non. Je pense à Jane.

CHAPITRE NEUF

Non seulement je suis déprimé, parce que j'ai perdu une main, un boulot et la première femme pour qui j'ai eu le coup de foudre depuis Sophie, mais en plus je découvre que le type qui écrit ce bouquin a aussi le blues aujourd'hui. C'est peut-être moi qui l'ai mis à plat, remarquez. Mais il est en plein trip « Eh, j'ai 50 ans, aucune sécurité de l'emploi, pourquoi mes bouquins ne se vendent pas autant que ceux de Stephen King ? » Ouin-ouin-ouin.

Eh !

Tu fous en l'air la suspension consentie de l'incrédulité, là.

Vraiment ? C'est *ça* qui la fout en l'air ? Je parle méta à chaque fois, je pète le quatrième mur d'ici jusqu'à Ragnarok, mais c'est quand je parle de l'auteur du livre qu'il y a un souci ? Les lecteurs connaissent le principe. Ce n'est pas comme si la page de titre était classée secret-défense. Savoir dans la tête de qui je suis une voix, ça change quelque chose ?

Je crois que tu cherches les ennuis.

Ça suffit, là.

Vous allez arrêter de me dire ce...

EUH, LES MECS ? ON PEUT PASSER À AUTRE CHOSE ? JE SUIS DÉSOLÉ, J'AI LE BLUES, MAIS JE SUIS DÉJÀ PAS TRÈS EN AVANCE SUR MON ROMAN, LÀ...

Ah toi, ne t'en mêle pas ! Combien de polices différentes tu vas utiliser pour ton bouquin, à la fin ? Ça ressemble déjà à rien !

JE ME DISAIS JUSTE...

Ouais, tu te disais juste. C'est ça ton problème, tu dis, c'est tout. Va te faire un café, tu veux ? Laisse les professionnels s'occuper de leur existence fictive, M. J'ai-une-vraie-vie !

EUH... BON... OK...

C'était qui, ça ?

On s'en fout !

Bref, ne vous en prenez pas à moi si ce chapitre vous déprime. Une longue dépression, ça demande une persévérance qui ne me ressemble pas du tout. La main ? Je sens déjà que ça bouillonne sur mon poignet. Elle aura repoussé d'ici demain. Me remettre dans les bonnes grâces du S.H.I.E.L.D. et retrouver ma M.S.F.M. bien aimée ? Je crois que j'ai déjà trouvé comment faire.

Mais oui ! On a encore la liste des chiens, donc il suffit d'éliminer le monstre suivant dans les règles.

Le S.H.I.E.L.D. sera forcé de nous reprendre !

Euh. Je comptais chercher Jane sur les réseaux sociaux, mais, OK... Oui, votre idée avec les chiens, c'est pas mal. Voyons. Dalmatien, *Alsatian.* Eh, c'est que ça rimerait presque. Le suivant, c'est un colley. Je les connais, ceux-là, c'est comme Lassie, non ? Celui là est parti au... Charleston Hospice à Astoria, dans le Queens.

C'est marrant, ça. La salle de torture où on flanquait les rebuts de l'Arme X, ça s'appelait aussi un hospice. Mais c'est comme qualifier la cave de John Wayne Gacy de centre aéré.

La chienne sert sans doute de mascotte pour les pensionnaires en stade terminal. Ça va bien leur remonter le moral, s'il devient tout mastodonte. Je ferais mieux de m'y mettre.

Une pression rapide sur mon téléporteur, et je me retrouve dans l'agréable cour privative d'un bâtiment en brique beige, assez simple. Au premier abord, ça pourrait aussi bien être une maternité qu'un mouroir. Sous couvert d'obscurité, je reste caché dans les jolis buissons taillés contre le mur. Pas beaucoup de sécurité. L'inverse m'aurait étonné.

Je jette un coup d'œil par la baie vitrée d'une sorte de salle communale. Et me voilà, le mercenaire le plus mortel de l'univers, capable de récupérer de n'importe quelle blessure... et j'ai la trouille d'entrer.

Non pas que ça me rappelle l'hospice de l'Arme X. Après que j'ai tué le mauvais gars, mes gardiens m'ont flanqué dans cette salle de torture avec tous les autres rebuts de leur projet. Au moins, on pouvait encore servir pour les expériences, hein ? On y passait à tour de bras. Les employés tuaient le temps en pariant sur l'ordre dans lequel on clamserait. Il y a eu beaucoup de perdants, avec moi.

Donc, là, on n'en est pas à ce niveau-là. Tant s'en faut. L'établissement est plein de patients et de chiots. Malgré les tubes qu'ils ont dans le bras, l'affaiblissement général et les jours qui décroissent, certains sourient. Un adolescent, dans les vapes à cause de ses médicaments, caresse un corgi d'un geste mécanique. Il lève la tête et lui lèche les doigts, comme s'il voulait réveiller le gamin. Un vieil homme regarde la scène, tout seul, et rigole en se donnant une tape sur le genou. Quitte à partir, il doit se dire que le moment ne serait pas mauvais.

Une gamine de huit ans peut-être, blafarde et émaciée, lance une balle à un berger allemand frétillant. Le chien trouve tout ce qu'elle fait merveilleux. Puis il y a une femme, avec les yeux pleins de vie, comme si aucune maladie ne pouvait l'approcher. La chimio lui a fait perdre tous ses cheveux. Dans son fauteuil roulant, on dirait la sœur jumelle du Professeur X, et elle a un labrador sur les genoux. On dirait qu'elle lui raconte son histoire, et le chien la regarde avec une bienveillance incroyable.

Parfois, c'est plus facile de parler à un chien. J'en viens à me demander ce que je rate. Ce que j'ai raté. J'ai raté quelque chose ?

La scène me rappelle des souvenirs. Est-ce que j'ai eu un chien, que j'aurais oublié ? Impossible.

Pourquoi ne pas entrer et en finir ? Je ne sais pas. Peut-être parce que la scène me paraît incroyablement normale. C'est une histoire d'amis, de familles, d'employés qui essaient de prendre soin de leurs patients. L'impression de finalité est moins horrible ici qu'au programme Arme X, et du coup, tout est plus *triste.* Je ne sais pas pourquoi ces gens sont là, mais l'espace d'un instant, je préférerais que ce soient eux, les immortels, et pas moi.

Je vous avais bien dit que ce chapitre allait vous déprimer.

C'est aussi le dernier endroit où on a envie de voir un monstre géant, comme A le B vivant, ou C la Chose de D. Alors je ne peux pas me permettre de pleurnicher dans mon coin.

Je n'ai aucun mal à repérer le colley. Elle a un museau pointu et un long manteau fauve avec une bande blanche. Le plus difficile, ça va être de l'emmener sans faire de grabuge. Tout le monde en a après elle. La belle arrivante passe de genoux en genoux.

Première étape : lui proposer un rendez-vous et la traiter comme une reine.

Pardon ?

Non, ça, c'est la M.S.F.M.

Ah oui. Première étape : entrer. J'ai déjà parlé de l'absence de sécurité. La porte latérale la plus proche est retenue en position ouverte par une brique – sans doute par un infirmier qui veut s'en griller une discrètement, ou un pensionnaire qui se dit que ce n'est plus l'heure d'arrêter de fumer. J'entre dans un couloir sombre et vide, à côté de la grande salle.

Deuxième étape ? Aucune idée. Je ne suis plus dans mon domaine. Je veux impressionner le S.H.I.E.L.D., alors je ne peux pas arriver la fleur au fusil ou faire des blagues morbides. Oh, je sais !

Je retire mon masque.

Je vous ai déjà dit que je comptais sur l'Arme X pour soigner mon cancer, et que ça n'avait pas vraiment marché. La maladie ne peut plus détruire mes organes, mais elle se régénère aussi, ce qui me colle sur la tronche tout un tas de cicatrices et de lésions. Il y a des gens qui savent bouger les oreilles, moi je dégouline de la tronche. Sans le masque, je peux me faire passer pour un patient particulièrement moche. Une fois que je serai à l'intérieur, j'attendrai mon tour avec Lassie Jr, je proposerai de lui faire faire un tour dans la cour, puis je disparaîtrai dans le silence de la nuit.

Je fourre mon masque dans une poche, couvre le costume avec une robe et des chaussons d'hôpital, et j'entre dans la salle commune.

Je m'attendais à ce que ça sente mauvais comme dans l'animalerie ou au moins que ça sente le pipi de chien. Mais non. À part une vague odeur d'antiseptique, ça sent surtout le chaud. Au début, tout le monde reste concentré sur les chiens. Je m'éclaircis la gorge, mais tout le monde le fait la moitié du temps.

Le vieil homme qui se claquait les genoux finit par m'apercevoir. Il vient vers moi, à petits pas, soit myope, soit très décidé à ne pas avoir l'air horrifié.

— Tu dois être Jeff, le nouveau patient. Je suis Bill Sloan, enchanté. Assieds-toi ! Assieds-toi, je te dis. (Il marmonne tout bas :) Mon pauvre vieux.

La main sur mon épaule, il me pousse dans un fauteuil.

— Eh, dites bonjour à Jeff !

Ils se tournent lentement vers moi, tout le monde essaie d'être poli, tout le monde cache sa réaction, à part la petite fille. Elle couine et serre son berger allemand contre elle, comme si elle avait peur que je dégouline dessus.

Le silence s'éternise. Personne n'a envie de me demander comment je vais, on dirait.

Plus tôt je filerai d'ici, mieux ce sera, alors j'essaie de rompre le silence tendu.

— Euh... je peux avoir un chiot ?

Bill va vers un vieux monsieur. Il prend le chien le plus proche et me le fourre sur les genoux.

— Tiens.

— En fait, j'aurais bien aimé...

La femme au labrador roule vers moi et me donne son chien.

— Prenez-en deux. Vous en avez plus besoin que moi.

— Elle est adorable, c'est sûr, mais j'aimerais...

— Tenez, et le mien, aussi.

L'un après l'autre, ils entassent les chiots sur mes genoux, jusqu'à ce que je sois enfoui sous les truffes froides curieuses, les fronts chauds et les moustaches qui chatouillent.

Ils essaient sans doute de cacher ta tronche.

Non, je crois qu'ils sont vraiment gentils.

Ha. C'est vraiment agréable, d'être au milieu de toutes ces boules de poils affectueuses. Les chiots se foutent complètement de ma tronche, de qui je suis ou de ce que j'ai fait. Et toute cette attention, tous ces grands yeux sur ces petites têtes, ce n'est pas une illusion, ni même une série de tableaux.

Je me sens...

Heureux ?

Papa, je peux avoir un chien ?

Attends... ça sort d'où, ça ?

Papa était un enfoiré de première, un militaire à la main leste. Il ne me comprenait pas... Je crois même qu'il ne m'aimait pas. Est-ce que j'ai osé lui demander un chien, un jour ? Est-ce qu'il m'a répondu que ça m'aiderait à apprendre la discipline ? Ou est-ce que tout est dans mon imagination ?

Entre les coups de tête et les coups de truffe, je revois presque sa tronche, j'entends presque le « ouais » qui s'échappe de ses lèvres.

Un chien ? Vraiment ? Pour moi ?

Non ! Je dois être fort ! Je... dois... repousser... ce... sentiment... de joie !

Eh, où est passée cette foutue bestiole ? Merde ! Vous voyez ce que je disais ! Bonjour la distraction.

Je me lève d'un bond, et tous les chiens se cassent la binette. Je serais bien resté à me faire câliner, mais le baptême d'indifférence me ressemble déjà un peu plus. J'observe la pièce. La porte se referme, mais juste avant, j'aperçois le colley qui se carapate dans le couloir, comme si elle savait que je suis à ses basques.

Je sautille au milieu des chiots, en les poussant au besoin. La fillette laisse échapper un nouveau glapissement. Un infirmier approche de moi, et me parle comme si j'étais un cheval qui se cabre.

— Oh, du calme, monsieur. Je ne sais pas si c'est une bonne idée de vous lever.

Il voit mon visage de près et il recule.

Je percute la porte si fort qu'elle s'arrache de ses gonds. J'entends un chœur de hoquets et d'aboiements derrière moi, mais ce n'est pas le moment de faire attention. Lorsque la porte tombe au sol, la chienne se retourne, me voit et saute par la fenêtre.

Elle sait que je suis à ses trousses. Ou alors ma tête ne lui revient pas.

D'une façon ou d'une autre, je la suis. Je me jette par la fenêtre, j'atterris sur un aide-soignant et un docteur, qui s'étalent dans la cour sous l'impact.

Lassie ? Oh, Lassie ? Où es-tu ?

Tout le monde croit que les chiens ne grimpent pas aux arbres. Leurs pattes sont trop longues et leurs griffes pas assez acérées. Ce ne sont pas des chats. YouTube nous a depuis longtemps prouvé le contraire, et le colley le sait. Ventre à terre, elle grimpe sur une branche basse de l'érable du Japon, et dans un tonnerre d'aboiements volants, saute par-dessus le mur de briques.

D'un appui sur l'arbre, j'enjambe le mur et essaie de la repérer. De là, il n'y a que deux possibilités : droit devant, les quatre voies de Hoyt Avenue, puis la route 278 à six voies et Astoria Boulevard. Douze voies au total, bourrées de la circulation du vendredi soir. La deuxième voie de repli ? Des rues bordées d'arbres à droite et à gauche, devant des maisons familiales. Plus un dédale de ruelles et de jardins derrière les maisons. Un chien un peu dégourdi pourrait s'y cacher pendant des semaines sans qu'on ne le trouve.

Alors où il est parti, mon boulet ? Droit dans l'embouteillage. C'est peut-être son petit crâne qui lui écrase le cerveau. Elle file au milieu des premières voitures qui freinent net, et continue jusqu'à ce que quelques 4×4 inattentifs la fassent reculer d'une voie pour attendre une ouverture.

On dirait *Frogger*.

Et maintenant ? Si j'étais certain qu'elle se transforme en truc énorme, je me dirais :

— Après tout, laissons une voiture l'écraser pendant qu'elle est encore vulnérable.

Ce serait comment, moralement ?

Un péché par permission ?

Mais je ne suis pas certain. Donc, je cours entre les voitures pour la rattraper.

Les klaxons et les appels de phare relancent les hallucinations de plus belle. Je vois défiler des visages : mon père chez lui, Sophie au match de basket, un téléphone cassé. Je ne vois pas le rapport.

Les complications s'enchaînent parce que la chienne est décidée à s'éloigner de moi. Lorsqu'elle voit que je la rattrape, elle abandonne toute prudence et se jette dans la voie suivante. Un taxi new-yorkais, pédale au plancher, que l'on pourrait imaginer indifférent à tous les obstacles, vire si sec qu'il manque de basculer sur deux roues.

Les freins couinent comme Wilbur dans *Le Petit Monde de Charlotte* s'il avait perdu le concours (« Quel » dîner !). Le taxi dérape sur non pas une, mais deux voies. La première est occupée par une belle berline Honda toute neuve, et la deuxième par un tas de boue qui n'a pu passer le contrôle technique qu'avec un gros bakchich. Le tout faisant une magnifique collision à trois. Ou, comme on dit dans les *comics* :

Mais ce n'est pas tout. Les bouts de carrosserie fusent, les airbags se gonflent. Je remarque un semi-remorque qui file droit sur ma petite boule de poils. J'aimerais dire qu'elle est figée comme un lapin pris dans les phares, mais c'est une chienne. Alors elle est figée comme une chienne prise dans les phares.

Je saute telle une grenouille en blouse d'hôpital, en pliant les capots au passage, jusqu'à arriver dans la cabine du semi-remorque où je braque le volant un grand coup. Ce qui surprend beaucoup le routier à moitié endormi. Lorsque sa casquette froissée tombe de son visage froissé, il me regarde, je le regarde, et on crie tous les deux.

Le semi-remorque ne s'arrête pas – force d'inertie, voir plus haut –, mais se plie en deux et dessine un très joli V autour du colley. Le gémissement du métal et le crissement du caoutchouc réveillent la chienne de son numéro de statue vivante dans la rue. Après avoir été presque réduite en pâtée (pour chien, allez !) par les roues, la chienne saute sur le capot.

Lorsque le camion finit par s'immobiliser, elle a tout l'air d'un ornement adorable, et le chauffeur et moi nous sourions. Puis il recommence à crier. Avant qu'il me compare à un cauchemar, je l'assomme.

C'est mieux comme ça. Il n'aura pas à regarder toutes ces voitures s'encastrer dans son camion. Il y en a tellement. Je ne vais même pas me fatiguer à faire les bruitages. Quitte à attendre que les chocs et les tremblements retombent, je renfile mon joli masque noir et rouge et je retire ma blouse d'hôpital.

Étant l'un des rares gusses costumés qui fait *moins* peur avec que sans son masque, j'espère que ça calmera assez la chienne pour que je lui mette la patte dessus. Je donne un petit coup de pied au pare-brise pour le faire tomber sur le côté du camion. Je me mets à ramper sur le capot, et la chienne fait un saut très acrobatique sur le toit d'un camion FedEx. Parce que, vous voyez, il fallait absolument que ce soit là.

Le camion accélère et la chienne me regarde. Elle se la raconte à mort. Les oreilles dressées, la fourrure au vent, la langue pendante. Elle se croit maligne, mais elle se réserve une belle surprise. Je sais que les chiens sont des animaux grégaires, poussés par l'évolution à appartenir à une meute et à obéir au chien alpha. Je prends ma voix la plus autoritaire et je crie.

— Viens ici tout de suite.

Bon, ça n'a pas marché avec Gorgolla, et ça ne marche pas non plus cette fois.

Le chauffeur routier, réveillé, rampe sur le capot jusqu'à moi.

— Oui monsieur.

— Mais non, pas toi.

Maintenant, c'est moi qui cours après un camion. Comme si c'était moi le chien. Je m'arrête, en partie pour protéger mon amour-propre et en partie parce que je cours moins vite qu'un camion. Un taxi pile derrière moi. Le chauffeur, l'air aimable comme une tomate trop mûre, sort la tête.

— Mais ça va pas la tête ?

— Non, mais c'est pas ton plus gros problème pour le moment, mon vieux, lui dis-je en posant la main sur le capot.

Je grimpe sur son toit, et je me cramponne à son signal lumineux comme si c'était le bout de mon surf. Je crie, au chauffeur de taxi et au monde en général :

— Suivez ce colley !

On pourrait croire que les chauffeurs de taxi rêvent toute leur vie d'entendre un truc comme ça. Mais ce type roule si lentement que... au choix :

a) Les zombies vont nous rattraper.

b) Il nous faut trois heures pour regarder *88 Minutes.*

c) On va prendre une prune pour stationnement.

Je secoue la suspension.

— Plus vite, imbécile ! Il s'enfuit !

— Je vais déjà à 20 kilomètres au-dessus de la limite !

— Quelle limite ? Je n'ai aucune limite !

Je plante mon katana dans le toit, en évitant le chauffeur (à part un bout de sa jambe de pantalon) et cloue l'accélérateur au plancher. Le moteur s'emballe. Les essieux tournent.

Voilà, là, on avance ! Je remonte le bas de mon masque pour essayer de laisser ma propre langue pendre au vent. J'ai toujours voulu essayer. Ça a un goût de... victoire !

Sous mes pieds, quelque chose se réveille dans le chauffeur de taxi. Invoqué par une loi bien plus ancienne que les limitations de vitesse, il obéit. Délivré de sa peur, une folle étincelle dans le regard, il zigzague follement d'une voie à l'autre, coupant la route aux Audi comme aux Honda.

Ce qui n'annonce rien de bon ? Mais si, bien sûr ! Malgré une adversité apparemment implacable et quelques Humvees trafiqués, il rebondit contre le rail de sécurité central et se retrouve à quelques mètres du camion FedEx.

Nous remontons à sa hauteur. Je vois le chauffeur. Ce n'est qu'un gamin, tout juste sorti de la fac, pris dans une guerre qui ne le concerne pas. Il a le regard droit devant lui, concentré sur sa mission.

Sur mon ordre, le chauffeur de taxi frotte un peu contre le camion, pour attirer son attention.

Là, il me remarque.

— Ralentis et gare-toi ! C'est très important !

Mais quand on est un manchot en rouge et noir debout sur le toit d'un taxi lancé à toute vitesse, on a du mal à se faire respecter, de nos jours. Au lieu de ralentir, le chauffeur accélère et tourne vers une sortie appelée « Ditmars Blvd. »

Pendant ce temps, mini-Lassie me regarde, goguenarde, et se dit certainement : « Wouf. Wouf-wouf ! »

Le gamin s'éloigne et bifurque sans freiner. On le suit quand il tente de prendre à gauche sur la 23ᵉ. Les amateurs de la NYC Metropolitan Transit Authority reconnaîtront la station Ditmars Boulevard comme le dernier arrêt des métros aériens N et Q qui longent la 23ᵉ rue. Les amateurs de physique sauront que prendre un virage serré en allant trop vite dans un véhicule lourd du haut présente un risque de renversement. Alors imaginez notre surprise quand ça se produit !

Le camion FedEx se couche. Dans un grand grincement accompagné d'étincelles. Il percute un des piliers du métro aérien. Derrière lui, fonçant droit sur le camion, le taxi éclate d'un rire funeste.

— Quitte à partir, pourquoi pas comme ça ?

Quel taré...

J'arrache mon katana de l'accélérateur et le plante dans le frein. Soudain décidé à conduire, le taxi évite de justesse la collision. Mais moi, je pars en vol plané par-dessus le camion FedEx... jusque dans le montant du métro.

Eh ! Eh ! Eh ! Entendez ma douleur ?

C'est clair, on ne se méfie jamais assez.

Et moi, j'ai tout pris !

J'aimerais dire que je laisse un creux en forme de Deadpool dans l'acier, mais c'est plutôt moi qui ai un trou en forme de poutrelle dans le crâne. La chienne, elle, reste imperturbable. Elle monte en courant les marches vers la station de métro.

Je lance au taxi quelques billets de l'enveloppe de Jane, sans doute 10 000 dollars, je lui pince la joue et je pars en courant vers le quai. Le métro, c'est moins cher qu'un taxi, de toute façon, surtout lorsqu'on enjambe le tourniquet. Bien sûr, il y a une rame à quai. Oui, la chienne monte. Et oui, les portes se referment avant que je n'arrive. Je tape à la vitre du conducteur, mais ça ne marche jamais. Le colley me regarde, langue pendante, puis fait semblant de lire un journal, comme si je n'étais pas là.

Avec ce drôle de sifflement qui ressemble à un pet d'éléphant, le métro se met en route.

Je cours le long du quai et saute sur les rails, puis je cours à reculons, en agitant les mains. Le conducteur aussi fait semblant de lire le journal. L'énorme bélier en acier prend de la vitesse. Un instant plus tard, je me retrouve à courir dos au métro, histoire d'empêcher la loco de me faire un bobo.

Non. Attendez, attendez, attendez. Ce n'est pas ce clebs qui va me faire tourner chèvre. Je lui réserve un chien de ma chienne. Je glisse ma lame à côté d'un rail et je pousse... juste assez pour déloger un rail. De quoi gêner.

Voyant ça, le conducteur me fait les gros yeux.

— Ah, cette fois tu m'as remarqué, hein ?

Les freins se serrent. La rame ne dérape pas du tout dans un crissement d'enfer comme dans le *Fugitif.* Lorsqu'elle arrive sur le rail tordu, elle a assez ralenti pour se contenter d'un petit grincement, comme si elle était fatiguée et voulait faire une petite sieste.

Le train continue de gémir, mais je grimpe sur le côté et j'arrache une porte.

Le colley me regarde sous les lumières clignotantes.

— Rien de personnel, mais il faut que je t'emmène à l'abri, au cas où tu te transformerais en monstre.

La chienne tourne la tête, façon *Ah, mais il fallait le dire plus tôt* et saute dans mes bras.

Pff.

Le colley sous le bras, je descends et j'admire la scène. Le train s'arrête, après quelques grincements supplémentaires, mais personne n'est blessé. Dans les rues en contrebas, le taxi est reparti en maraude pour trouver une course, et notre rencontre n'est déjà plus qu'un souvenir. En revanche, j'aperçois un certain chauffeur FedEx qui saute dans tous les sens devant son camion en flammes.

À l'est, je vois de la fumée et quelques flammes au milieu des voitures accidentées.

Et j'entends un bruit, si banal dans ma vie : des sirènes. Mais au moins, la chienne va bien.

— Pas vrai ma grande ? Qui c'est qui a mis la pagaille ? C'est toi ? Oh oui c'est toi ! Mais tu es tellement mignonne... je vais te mettre dans une boîte pour t'offrir à Preston. Si j'oublie les trous pour que tu respires, tu me le dis, hein ? Un seul coup d'œil, et le S.H.I.E.L.D. m'aimera à nouveau !

Évidemment.

Ça, c'est sûr !

CHAPITRE DIX

Je caresse le chien, je le gratouille entre les oreilles, sous le menton… et je me demande combien de temps le S.H.I.E.L.D. va mettre à remarquer le bazar qu'on a mis. Avec des caméras partout et la manie qu'ont les gens de mettre en ligne tout ce qu'ils sortent de leur nez (#MateMaMorve), ils ne devraient pas tarder à comprendre que ce n'est pas un carambolage comme les autres. Ça vous défrise, toute cette surveillance ? Déconnectez votre téléphone d'Internet. Vous ne pouvez pas en vouloir à Big Brother si vous lui montrez vos fesses en permanence pendant qu'il essaie de lire, hein ?

J'imagine la scène au Q.G. du S.H.I.E.L.D. : un petit diplômé boutonneux du MIT, ses jolies chaussures noires qui claquent contre le sol, descend un très long couloir aux éclairages tamisés, dans un bourdonnement généralisé de câblage électrique mal isolé. Arrivé au dernier bureau, la chemise en carton serrée contre la poitrine comme une armure, il crie à son chef de section harassé :

— Je crois que j'ai trouvé quelque chose, chef !

Ils vont arriver d'une minute à l'autre.

D'une minute à l'autre.

Bon, toutes ces images de surveillance, ça doit prendre un moment à parcourir, en même temps. Mais bon, je ne peux pas attendre toute la nuit avec un colley dégoupillé à la main. J'ai des trucs à faire, des gens à voir.

Donc, je me téléporte dans le bureau de Preston, dans la division de New York. La pièce est si sombre et fraîche, par rapport à la station de métro enfumée, que le colley manque de s'endormir. C'est un peu austère, aussi. Les seules touches personnelles sont une photo de famille d'Em avec son mari Shane et leur fils Jeff, et une belle impression en bichromie qui dit « RESPIRE ».

Ironique, puisqu'à ma connaissance, les S.V.M. ne respirent pas.

Em, assise à son bureau dans un fauteuil ergonomique, est concentrée sur les écrans multiples que ses yeux marron de robot projettent en l'air. Un café chaud dans une main, elle se gratte la joue de l'autre et ne m'a même pas remarqué. Je m'approche sur la pointe des pieds et lui colle le nez humide de Lassie dans l'oreille.

— Améeuh ! dit-elle.

J'adore quand elle dit « Améeuh ! »

Avant que le café ne lui retombe sur les cuisses, je prends une photo de son expression impayable et la poste sur un réseau social scandaleux.

Et top du top, quand le café retombe, j'ai droit à un deuxième « Améeuh ! » mémorable.

— Je mettrais de l'eau gazeuse avant que ça ne s'incruste, à ta place. Mais regarde ce que je t'apporte ! (Je lui tends le chien, qui la fixe avec curiosité.) Je suis réengagé, hein ?

Avant qu'elle ne puisse répondre, nous sommes entourés de lumières vives, de sirènes affolées et d'une alerte vocale enregistrée annonçant la présence d'un intrus dans la sécurité irréprochable du S.H.I.E.L.D. Verrouillage en cours. Barrages métalliques en place. Protocoles actualisés.

Preston halète deux ou trois fois avant de frapper un gros bouton vert de réinitialisation. Quelques secondes plus tard, une voix de patron résonne dans la sono. Ça pourrait être Phil Coulson, ou Nick Fury en personne. Je ne m'occupe pas de la continuité. Je-ne-sais-pas-qui dit un seul mot :

— Deadpool ?

— Deadpool... soupire Preston en fermant les yeux.

Les lumières et les sirènes s'arrêtent. Les murs de protection se relèvent. Et ensuite, les cris commencent.

— TOI ! commence Preston. Je ne sais même plus comment te qualifier. Dangereux, ce serait un euphémisme, imprudent une sorte de compliment, et malade serait redondant !

— Je sais, je sais, j'ai des trucs à régler. Mais arrête, on dirait un cliché de lieutenant de police qui crie sur son meilleur inspecteur parce qu'il est prêt à sortir du droit chemin pour arrêter les criminels. Et regarde ! Un chien !

Elle se prend la tête à deux mains.

— Il y a des moments, Wade, je te promets, s'il n'y avait pas Jeff et Shane, je sauterais par la fenêtre pour ne pas être obligée de te parler.

— Tu ne le penses pas vraiment. Regarde le chien !

Je lui tends le colley. Elle jappe et remue la queue. Le colley, pas Em. Si Em faisait ça, ce serait bizarre. En revanche, Em finit par regarder la bestiole.

— Sur la liste ?

— Charleston Hospice, Astoria. Celle-là ne s'est pas transformée en monstre, mais elle m'a quand même donné bien du mal. Pas vrai ma grande ? (Je lui tiens les pattes avant et je lui fais faire des petits gestes, comme si elle boxait.) Enfin, je crois que c'est une fille, d'ailleurs. Je n'ai pas regardé. (Je corrige mon étourderie.) Oui, c'est une fille. Tu sais, dans les films et la série télé, Lassie était censée être une fille, mais ils utilisaient des mâles, parce qu'ils sont plus gros et plus impressionnants. Mais certaines doublures étaient des femelles. Alors, on peut la tester pour voir si elle est normale ?

Em secoue la tête.

— D'après ce qu'on sait pour le moment, la transformation se déclenche à un niveau subcellulaire. Elle reconstruit littéralement l'A.D.N. Tant qu'elle ne se sera pas transformée, ça restera un chien.

— Ah. Et on sait combien de temps ça va prendre ? Il lui faut peut-être quelques encouragements ? (Je la secoue un peu et la colle contre mon oreille : rien d'autre que le petit tap-tap-tap d'un cœur de chiot excité ; je tire sur un de ses crocs.) Grrrrr !

— Wade, arrête ! dit Preston en agitant les mains. Arrête ! Même si ça marchait, je n'ai pas envie qu'elle se transforme en monstre ici, dans mon bureau. C'est déjà pénible que toi, tu y sois.

Au même moment, un stagiaire boutonneux arrive hors d'haleine, chemise en carton à la main.

— Agent spécial Preston, je crois que j'ai trouvé quelque chose !

— À Astoria, Carl ? lui demande Em l'air méfiant.

— Euh... oui...

Il me remarque, ses épaules s'affaissent et il repart en traînant des pieds. Preston soupire.

— Je n'arrête pas de lui dire qu'il devrait me prévenir par e-mail ou par texto. Je pense qu'il se sent seul, à l'Analyse de données.

— Avant que je fasse semblant de compatir, on pourrait se débarrasser des formalités ? Je suis réengagé ou pas ?

Une multitude d'expressions défilent sur son visage. Il y en a certaines que je n'avais jamais vues.

— J'ai envie de dire non, de la pire façon possible. Mais j'allais te contacter, en fait.

Je fais une petite danse de victoire.

— Ha ! Tu n'as personne d'autre à qui confier ce boulot, hein ?

— Pas vraiment. (Elle attrape des serviettes et éponge le café sur ses vêtements.) La division tactique a analysé toutes les vidéos de sécurité et de circulation à Yonkers. Ils ont conclu que si tes méthodes n'étaient pas cohérentes, au vu de ta précision surhumaine, une équipe du S.H.I.E.L.D. aurait sans doute causé plus de dégâts collatéraux. Alors on a eu une réunion au sommet. Malgré les apparences initiales, ils estiment que tu as respecté les règles.

Les règles ?

Il y a des règles ?

Elle froisse une serviette et la lance dans sa corbeille.

— Le verdict sera le même à Astoria ?

— Comment veux-tu que je le sache ? Euh pardon, je veux dire, bien sûr !

Toujours penchée sur sa corbeille, elle me regarde en coin.

— Vu tes compétences atypiques, le fait que tu es considéré comme sacrifiable…

Je me penche pour mettre ma tête à la même hauteur que la sienne.

— Comme si on pouvait me sacrifier…

Elle ferme les yeux.

— … et le niveau unique de déni que ton image publique nous offre…

— Mais oui, des nids ! Je peux me cacher dans un nid pour attendre que le chien passe, et hop, je lui saute dessus !

— … on a décidé que la stratégie de l'agent isolé restait préférable, et que tu es le meilleur pour ce travail.

Je suis tellement surexcité que je la redresse de force.

— Prépare-toi, je vais te serrer dans mes bras !

En général, lorsque j'avance pour enlacer quelqu'un, même Galactus ne pourrait pas m'arrêter. Preston me repousse d'un seul doigt.

— ATTENDS ! Il nous restait une question importante. Comment te confier le nanocatalyseur, alors que tu as failli le faire tomber dans le réservoir ?

— Mais tu m'as soutenu, hein, ma vieille ?

— C'est moi qui ai rappelé le problème.

— Oh. Dur. (Je recule d'un pas.) Bon, si tu le prends comme ça, tu devrais peut-être arrêter d'utiliser mon mot de passe Netflix, et on n'a qu'à en rester là.

— Tu ne m'as jamais donné ton mot de passe.

— Oui, mais je pourrais.

Elle pose l'index sur la tempe.

— J'ai déjà toutes les vidéos dont j'ai besoin pour le moment, merci beaucoup. Mais les types de la technique ont imaginé ça.

Elle se tourne vers une mallette en métal sur son bureau, que je n'avais pas mentionnée plus tôt parce que l'auteur vient seulement d'y penser.

Elle l'ouvre et me dévoile une arme tout ce qu'il y a de plus séduisante. Des lignes pures, un alliage blanc... l'iPod des flingues.

— On aurait dû y penser tout de suite. Les circuits ressemblent à ce qu'on utilise sur le Gale Max. Mais les événements se sont précipités et on a dû improviser.

— Alors si je fais une bêtise avec le nanocatalyseur, tu me tires dessus avec ça? Tu sais bien que ça ne marche jamais.

Elle lève l'arme.

— Avec ça, si. C'est un nouveau conditionnement pour le nanocatalyseur. Nos techniciens amateurs d'acronymes l'ont appelé A.D.A. : Appareil de Dispersion d'Aérosol. Il est assez solide pour encaisser un tir de calibre.44 à moins un mètre. Il a une visée laser, dont tu n'as sans doute pas besoin, mais la partie intéressante, c'est ça. (Elle indique une petite grille au-dessus du canon.) Le mécanisme de tir n'est activé que s'il détecte de l'A.D.N. de monstre. Si tu braques autre chose, il ne tire pas. On a peut-être trouvé un moyen de protéger le grand public.

— Relativement. (Je hoche la tête, appréciatif.) Si j'ai bien compris ce que tu as dit sur la transformation, je ne pourrais même pas l'utiliser sur un chiot potentiellement monstrueux, rien que sur les gros. Je ne sais pas si ce niveau de méfiance m'enchante, mais je comprends. Ça a plus de classe que la bombe antimoustiques. Tu es sûre que ça marche ?

Avant que j'aie pu dire « Améeuh ! », elle me braque et appuie sur la détente.

Clic.

— Oui, ça marche.

— Oh ! Eh, j'ai un chien à la main, là ! Imagine si ça n'avait pas marché !

— Ha ! (C'est son premier vrai sourire depuis mon arrivée.) Il n'est pas encore chargé. Mais ça m'a fait plaisir de te voir sursauter. Ça t'apprendra à me mettre des chiens dans l'oreille.

— Elle était bonne. (En repensant à l'avance de Jane, je soulève une autre question épineuse.) Et puisqu'on rigole à propos de ma mort probable, on pourrait parler d'une augmentation ? On ne voudrait pas qu'un autre employeur vienne vous priver de mes services, hein ?

— Non.

— Même pas sur une base carpe au diem ?

— Je n'ai aucune idée de ce que ça signifie.

LIVRE DEUXIÈME

DEHORS, SATANÉ SPOT. DEHORS, J'AI DIT !

CHAPITRE ONZE

Forest Hills, Queens, est une sorte de croisement entre la ville et la banlieue résidentielle. Il n'y a aucun gratte-ciel d'où tomber, mais plein de rues avec des immeubles de six étages en brique d'un côté et des bâtiments style néo-Tudor de l'autre.

Néo-Tudor ? Qu'est-ce que tu baves ?

Euh, j'ai une tête de dictionnaire ? Internet est ton ami.

Pas de maisons préfa modernes, non plus, comme à Westchester. Ici, on trouve principalement des trucs construits à l'époque où les hommes étaient des hommes, et où les briques étaient des briques. Et ça coûtait moins cher de construire des maisons en briques qu'en hommes.

Maintenant que je suis à nouveau dans les bonnes grâces du S.H.I.E.L.D., je me rends dans ce quartier pour retrouver un bichon maltais. J'ai regardé en ligne quelle tête ça a. Ce n'est pas un faucon – c'est plus petit et tout blanc. Ça fait partie des chiens acceptables en haute société, modèle réduit qui tient dans le sac à main. On les aime, on les déteste ou on se les fait au déjeuner – dans le monde des chiens, c'est la catégorie la plus petite. À moins qu'on ne parle de mutants ou qu'on utilise un rayon rétrécissant, auquel cas tout est permis. Mais vu sa petite taille de départ, j'espère qu'il se transformera en petit monstre – genre Titoute, la Chose de Sous les Coussins.

La cible vit dans une rue particulièrement calme. C'est un pavillon, qui sent la tranquillité dès l'extérieur. Exactement le genre d'endroit où on a envie de faire élever ses enfants par quelqu'un d'autre. Le soleil se lève à peine, les éboueurs s'étirent et baillent pour saluer le jour. Si les occupants sont encore dans les bras de Morphée, la visite sera courte.

Mais ce ne serait pas très amusant pour le lecteur, pas vrai ?

Maintenant que le colley est bien à l'abri au S.H.I.E.L.D., j'ai les coudées franches. Et ma main ne va pas tarder à repousser, même s'il vaut mieux ne pas regarder pour le moment. J'ouvre une fenêtre latérale, comme un gentil petit monte-en-l'air. Les derniers arômes du dîner de la veille me chatouillent les narines. Malheureusement, je n'ai pas le temps d'aller piquer les restes dans le frigo. D'ailleurs, avant que j'aie pu grimper à l'intérieur, la porte d'entrée s'entrouvre et j'entends les jappements surexcités d'un petit chien.

Bingo. Ce n'est pas le nom du chien, au fait. Enfin, pour ce que j'en sais.

Une voix de femme, patiente et assez âgée, répond à l'aboiement comme s'il s'agissait d'un petit-fils trop agité.

— Oh, du calme, B. Ne t'épuise pas avant d'arriver au parc.

B. Peut-être qu'il s'appelle bien Bingo, en fait. Ou Bill. Ou Bernardo. Vous vous souvenez de Bernardo ?

Je grimpe sur le toit et je longe le bord pour jeter un coup d'œil. Doucement, doucement. Doucement. Voilà la bestiole, à peine plus grosse que son collier. Et quelle adorable mamie de l'autre côté de la laisse. *La* mamie gâteau qu'on a tous rêvé d'avoir. L'archétype même de la vieille dame adorable. Elle a l'air si fragile que j'ai peur de lui donner une crise cardiaque en lui piquant le chien. Il va me falloir une approche plus subtile. Ce qui couvre, en gros, n'importe quelle approche sauf la mienne.

Je saute du toit pour arriver devant elle avec toute la légèreté dont je suis capable, et m'incline comme un gentleman.

— Pardonnez-moi chère madame, je n'ai pu m'empêcher de remarquer l'adorable bichon que vous promenez.

Fiasco. Je ne sais pas qui a l'air le plus terrifié, du chien ou de sa maîtresse. Mais elle crie assez fort pour les deux.

— Hiiiii !

— Ho, ho ! Pardonnez-moi, dis-je en levant les mains. Je ne voulais pas vous faire peur. Je voulais...

Elle plie le dos en arrière, tend les bras sur le côté comme si elle prenait une posture de défense pour retraités. L'espace d'un instant, je me demande si ce n'est pas elle qui va se transformer en monstre.

— Qui êtes-vous ? Laissez-moi tranquille !

Je recule.

— Euh, le chien... il est... adorable. Je... je peux le prendre dans mes bras ? Je vous le rends tout de suite. Promis.

Je mets les deux mains sous mon visage et je penche un peu la tête sur le côté, l'image même de l'angélisme. Mais même le clebs n'a pas l'air de me croire. Pendant que le bichon jappe de toutes ses forces, la vieille dame le ramasse et le serre contre elle.

— Ne m'approchez pas, monstre ! À l'aide !

— Monstre ? (J'éclate de rire.) Et encore, vous ne m'avez pas vu sans le masque. Écoutez, je ne veux pas vous faire de mal...

Elle a moins de scrupules : en lieu et place du traditionnel coup de sac à main, j'ai droit à une bonne rasade de Lacrymo pour Mamie, par Christian Dans-Ta-Face. Et ça fait un mal de...

Bref. Dès que j'y vois à nouveau clair, j'arrête de prendre des pincettes.

— Donnez-moi ce chien !

Elle est déjà en train de filer vers la porte, rapide comme Usain Bolt.

— Ne vous approchez pas de Benny ! À l'aide ! Aidez-moi !

— Mais j'essaie de vous aider, madame !

— Non, vous essayez de me prendre mon bébé !

— Mais non ! Enfin, si, mais vous ne comprenez pas ce qu'il...

Son Taser « Et Ta Sœur » (double dose... de tranquillité !) me frappe à la poitrine comme un serpent qui saute sur moi.

Gzt.

Aïe. Pas le même aïe que quand on te tire en pleine poitrine, mais ça secoue et ça laisse un bon goût métallique dans la bouche. Ayant vécu pire, je pose la main sur le collier du chien, et je tire. Mais la dame n'est pas seulement dynamique, elle a de la force. Elle résiste, je tire de plus belle... et ainsi s'engage la compétition de tir-au-chien. Au moins, pendant qu'on a les mains prises, elle ne peut plus se servir de sa bombe lacrymo ou du taser. Mais je suis coincé. Je ne peux pas tirer trop fort : le chien pourrait se casser, ou pire, le bras de la dame pourrait se déboîter. Si elle semble bien du genre à ramasser son membre arraché pour me frapper avec, je doute qu'elle soit capable de se régénérer. Alors j'essaie de faire doucement, ce qui ne me ressemble pas.

— Lâchez mon chien !

— Mais non, vous, lâchez le chien !

— Non, vous !

Et l'instant d'après, je suis sur le cul, cinq mètres plus loin. Je me dis que mamie a émis une onde de choc, une sorte de défense secrète de dernier recours pour les retraités. Mais elle a été culbutée aussi dans la direction opposée. Quelque chose nous a repoussés *tous les deux.*

Le chien ?

Comment tu veux qu'un chien fasse ça ?

Attends, tu vas comprendre...

Oh, oui. C'est un monstre.

D'accord, le bichon a l'air très en colère. Son petit corps est penché vers l'avant, sa petite queue est toute raide, et ses petites gencives roses sont à découvert. Mais c'est typique d'un chien qui va attaquer, ça. Le grondement de gorge qui fait trembler le trottoir et la façon dont il fait voler des éclats de bitume en grattant par terre, ça, c'est autre chose.

Il se transforme. Mais pas aussi rapidement que Goom ou Gorgolla ni avec la même rage. Je ne sais pas ce qu'il va devenir, mais je ne peux pas le laisser se déchaîner dans un joli quartier résidentiel. Lorqu'il charge vers moi, je dégaine la belle A.D.A.

— Madame, fermez les yeux. Faites-moi confiance !

Hm. Si elle les ferme assez longtemps, je peux transformer Benny en flaque, me téléporter dans une animalerie, lui acheter un autre bichon maltais et espérer qu'elle ne remarquera pas la différence.

Le mini-monstre est presque sur moi, et je tire. Enfin, j'aimerais tirer. Je réessaie. Que dalle. Rien. Que pouic. La bulle. A.D.A. fait la grève. Ce foutu chien se transforme si lentement que le senseur ne l'a pas encore reconnu.

— YIP !

Le dessus du crâne étonnamment épais de Benny (comment fait-on rentrer un cerveau dans ce machin ?) me percute à la poitrine. Trois côtes se fêlent, et des esquilles me rentrent dans les poumons. Je tends les bras. Mes pieds quittent le sol. Je file en position semi-assise jusqu'à ce que mon dos percute un de ces vieux lampadaires élégants, en fonte. Avec un craquement, un grincement, un choc sourd et l'éclatement de son verre et de mes os, le lampadaire bascule dans cette rue paisible.

Quelque part, un bébé endormi se réveille en pleurant. Ailleurs, une misophone qui ne sait pas d'où vient le bruit regrette de ne pas avoir allumé sa machine à bruit blanc. Moins loin, un propriétaire de voiture va se demander ce qui a pu arriver à sa Mercedes.

Et moi ? Moi, je m'occupe de ce que j'ai devant moi.

— Bon, oubliez ce que j'ai dit, madame, ouvrez les yeux. Ce sera plus facile pour vous enfuir !

Mais elle ne m'écoute pas. Elle est trop occupée à se griffer la poitrine en criant :

— Pitié !

Et elle tombe !

CHAPITRE DOUZE

Retraitée au grave problème de santé, bichon maltais qui se transforme lentement en brute prédatrice...

Quelqu'un doit intervenir !

Toi ?

Bien sûr ! Les pieds bien écartés pour me stabiliser, j'agite le doigt vers le chien encore assez petit.

— Fais le mort !

De petits filaments de fourrure blanche se croisent sur ses pupilles noires et ses cornées jaunes quand il me fusille du regard.

— Fais-le mort, bon sang ! Fais le mort.

Rien à faire. Il ne veut pas faire le mort. Je ramasse un morceau de lampadaire et le lance.

— Rapporte !

Non plus. Il ne rapporte pas. Il n'a pas envie de jouer.

Il gonfle la poitrine. Un ancien besoin, toujours renouvelé, monte en lui. Le même instinct immuable qui a fait sortir la vie de son sommeil paisible pour l'amener à la surface et engendrer la violence de l'évolution. Esclave de son appel implacable, le bichon blanc cotonneux approche de moi.

— Assis ! Pas bouger !

Je n'ai pas assez d'assurance, c'est presque une question, pas un ordre. Peu importe que le Bien et le Mal existent objectivement, peu importe que ma compassion ait ou non une importance pour la réalité elle-même, plutôt qu'une valeur relative et individuelle. Car dans la terrible terreur de cet instant... le méchant chien a gagné.

Euh, tu nous fais quoi, là ?

Je ne sais pas, mais j'ai l'inspiration, je sens que ça claque.

— Méchant chien ! Méchant !

La distance entre le Bichon et le Beau Gosse se rétrécit. On en vient aux mains, enfin, aux pattes, et un chien implacable percute un Wade invariant. Il me mord – *rar !* Je le mords – *grr !* Aucun de nous n'a un goût de poulet. Il recrache un morceau de Wilson, je recrache un paquet de fourrure qui a déjà repoussé.

On reprend le combat. Un coup de pied, un coup de poing, un coup de griffes, un autre coup de pied, on se remord à qui mieux mieux, avec quelques cris assez grossiers au passage. Enfin, moi, je crie. Un deuxième coup de (petite) tête me renvoie par terre, mais je parviens à balancer la bestiole à l'autre bout de la rue en même temps. C'est ma première erreur. Sur cette page, je veux dire. Le chien retombe à quatre pattes et, le bitume déjà crevassé sous ses griffes, court vers un petit espace de jeu dans le parc de jeux idyllique au bout de la rue.

Un parc de jeux ? On n'a pas eu une école primaire il y a quelques chapitres ? Mais c'est dingue le nombre de gamins dans cette ville !

Je me jette sur son chemin, j'atterris sur le côté, la tête sur ma main comme si j'étais allongé sur un canapé. J'ai l'air super cool.

— Salut mon mignon. Comment ça va ?

Avant que je ne puisse la choper, la bestiole me saute dessus et commence à me lécher le visage, très fort. En temps normal, je serais ravi. Il paraît que la salive des chiens, si elle n'est pas vraiment antiseptique, est plus propre que celle des humains. Pensez-y, la prochaine fois que vous embrasserez quelqu'un.

Tu veux dire qu'on devrait embrasser des chiens, plutôt que des gens ?

C'est dégueulasse.

Mais non, n'embrassez pas votre chien ! Pff... surtout pas celui-là. Sa langue en papier de verre déchire bientôt mon masque. Je lève les mains pour les passer sous sa gueule, ce qui ralentit un peu, mais il continue de lécher et arrache des bouts de peau comme si ma tête était la meilleure partie d'un cône de glace aux éclats de Deadpool. Comme ce pauvre Bernardo.

Avec une version gutturale d'aïe-aïe-aïe, je me détourne et je croise mon reflet dans une vitrine. L'espace d'un instant, je trouve que les morceaux en moins me rendent un peu moins laid, en fait, mais ça doit être la douleur qui me donne le vertige. Cela dit, ça fait réfléchir. J'ai castagné les meilleurs personnages de l'Univers Marvel, des héros comme des méchants, des personnages secondaires et même des anonymes... et voilà à quoi je suis réduit ? Mort par léchouilles ?

Je m'ennuie là. Tu ralentis.

Et la vieille, elle devient quoi ?

Excusez-moi d'avoir été accaparé par ma souffrance. Elle s'est relevée, debout devant sa porte d'entrée. D'une main, elle se serre la poitrine, comme pour empêcher son cœur de déborder. L'autre est sur son menton, les doigts contre les lèvres. Le dentier de travers, elle lâche une bordée de phrases qui auraient eu davantage leur place il y a 50 ans.

— Par ma barbe ! Flûte de flûte ! Ah ben ça me la coupe ! Doux Jésus ! La chèvre noire des bois et ses 1 000 rejetons !

(OK, la dernière c'est moi qui l'ai rajoutée, mais on la lisait dans ses yeux.)

Pendant ce temps, j'essaie de repousser son cher Benny avant qu'il n'arrive à l'os. Ce n'est pas facile. Il a toujours la même apparence, mais il est plus lourd. J'ai l'impression que mes bras vos céder d'un instant à l'autre.

Je me prépare à pousser un grand coup, et j'entends soudain *bip-bip-bip*. Un texto ? Maintenant ? Non. C'est A.D.A. Elle a enfin compris que Benny n'est pas un chien comme les autres.

Youpi ! Vu que je ne suis toujours pas certain de pouvoir régénérer toute ma tête (et si ça marchait, serais-je encore moi-même ?), je me dis que j'ai le droit d'user de la force. Mais léger problème : si je retire une main du chien pour prendre A.D.A., je vais avoir du mal à retenir Benny. Il va falloir faire vite, ce n'est pas le moment de bayer aux corneilles.

Un, deux...

Je m'apprête à sauter trois et agir quand la cavalerie arrive. Non, pas le S.H.I.E.L.D. Je n'ai pas encore fait assez de dégâts. C'est un super-héros invité surprise ! Vous connaissez des super-héros, non ? Peut-être pas Écureuillette ou Thorg, la Grenouille du Tonnerre, mais au moins les grands noms, j'espère ? Comme Spider-Man ? Vous vous rappelez, j'ai dit que Captain America ne serait pas dans le livre. Mais Spidey, oui !

Un éclair rouge et bleu passe devant moi. Je ne veux même pas savoir d'où il fait sortir sa toile. Je dirais que c'est un véritable poème en mouvement, un Astaire arachnéen, mais c'est plus une grosse araignée-loup sauteuse : immobile comme une statue à un moment, puis se déplaçant soudainement d'une manière fulgurante. Ni une ni deux, il saute sur un mur de briques, attend un instant, saute sur une branche, attend, rebondit sur un capot de voiture, change de direction sur un lampadaire, attend...

Et moi, je suis là comme un idiot, à le regarder avec la moitié de ma tronche décapée, quand il attrape le chien.

Je suis rapide. Je pourrais vous fracasser la tête et vous ramener chez vous avant que vous n'ayez compris ce qui se passait. Mais ce type ? Le temps que je lui crie : « Spidey, attends ! », il a déjà rendu son chien à la petite dame.

— Tenez, voici votre chien, madame. Il pèse son poids, hein ?

Benny n'est pas idiot. Il joue le jeu, se fait tout petit et gémit à tout bout de champ. C'est la vieille qui aboie.

— N'approchez pas de mon chien, sale Spider-Man !

Et elle le zappe avec le taser. *Gzt !*

Je croyais que son sens d'araignée devait l'alerter du danger, mais il doit avoir un point faible pour les petites vieilles. Ou au moins celle-ci. L'instant d'après, ce sale Spider-Man est accroupi à la verticale sur un lampadaire, en train de se frotter son bobo.

CHAPITRE QUATORZE

Eh oui, 14 ! J'ai décidé de sauter le 13, comme dans les ascenseurs, parce que ça porte malheur. Bon courage aux maniaques de l'ordre parmi vous.

Pendant ce temps, dans la réalité fictive...

Ne comprenant pas encore que sa petite boule de poils d'amour est devenue dense comme du plomb, la petite vieille essaie de le soulever. Aucune chance. Sa colonne vertébrale craque comme une enfilade de boules de billard. Je l'entends de là où je suis.

Ma fidèle A.D.A. est armée et je m'approche, prêt à faire mon devoir.

— Éloignez-vous du chien, madame !

Surprise par le *Je-ne-sais-quoi* de mon corps musculeux qui lui fonce dessus, ou peut-être de la masse accrue de Benny, elle trottine assez loin pour que j'aie le champ libre. Et maintenant, si tout le monde voulait bien rester sur place un quart de seconde, je pourrais tirer et on en resterait là.

Le jus de monstre me paraissait être une bonne solution rapide, mais en pratique, ce n'est pas toujours le cas. Avec un *splach* et un *sploch*, un jet de toile vient se coller sur A.D.A. J'espère vraiment que ce machin ne sort pas du corps de Spidey. Vraiment, vraiment. Je sais que c'est un machin solide comme l'Adamantium, mais là, on dirait vraiment qu'une giclée de morve vient de se coller sur ma belle A.D.A. toute propre.

Avant que j'aie pu dire « Beurk ! », l'entoileur m'arrache mon arme. Je n'ai même pas droit à une petite pique de Spidey.

— Wilson, j'aimerais bien savoir ce qui cloche chez toi, mais je n'ai pas le temps d'écouter la réponse. Éloigne-toi de ce chien, quitte la ville et on en restera là.

Je reste sans voix. Le vrai héros de la rage adolescente me pique mon arme, et se transforme en vieux acariâtre comme si j'avais lancé mon frisbee dans son jardin ? Il n'est vraiment pas amical.

— C'est lui qui a commencé ! dis-je en lieu d'explication tout en comprenant que jouer les ados ne va pas m'aider. Tu ne comprends pas. C'est un monstre, en fait !

De côté sur son lampadaire, il se redresse comme si j'avais fait une blague sur sa mère.

— Ce n'est pas un monstre, c'est ma tante ! Euh, c'est une vieille dame inoffensive !

Avant que je ne puisse analyser la dynamique psychologique de cette étrange bévue, la vieille dame inoffensive susmentionnée lance à Spidey un regard qui me donne le frisson. Même moi, j'ai compris qu'il valait mieux faire preuve de respect envers Mme Tazer et Lacrymo. Bien sûr, dans ma tête, je la traite de vieille dame, de mémé ou de mégère, mais à voix haute... ce serait vraiment risqué.

— Descends de ton perchoir, sale puce excitée, et je vais te montrer si je suis vieille !

Je mets la main sur la bouche, l'attitude universelle du *Oh là là*, et Spider-Man lève les mains pour capituler. Vu qu'il est toujours à la perpendiculaire de son réverbère, c'est très étrange.

— Pardon, madame, pardon ! Je voulais dire personne âgée. C'est bien, ça ?

Elle rétrécit encore les yeux, enragée. Il regarde autour de lui d'un air nerveux, comme s'il cherchait une manière d'éviter la charge du Rhino.

Puisque mon costume et mon attitude fantasque n'attirent plus autant l'attention qu'ils le devraient, je tape très fort dans mes mains.

— Eh ! Par ici ! J'aimerais beaucoup m'asseoir avec du popcorn pour profiter de cette affligeante conversation politiquement correcte, mais je parlais du chien.

Les trois autres (la personne âgée, Spidey et le chien) tournent la tête vers moi. C'est assez mignon, cette harmonie. On dirait une photo de famille.

— Benny ? Un monstre ? répond l'Étonnant. Arrête tes salades.

Je pose une main sur mon cœur et je lève l'autre.

— Je te jure que d'un instant à l'autre, ce mignon petit flocon de neige va devenir si gros qu'il ne tiendra plus sur un Jumbotron, même avec un plan large. Et en plus, il va avoir un goût prononcé pour la chair humaine. Tu ne vois pas ? Regarde-le, bon sang !

Ils me regardent. Ils regardent le chien. Qui se lèche les couilles. J'entends des criquets qui chantent.

— Bon, peut-être pas d'un instant à l'autre, mais je te jure qu'il va le faire. Pourquoi j'irais inventer un truc pareil ?

Toujours plein de répartie, Spider-Man me répond :

— Parce que la moitié du temps, tu as des hallucinations ?

Pas faux.

N'en rajoute pas ! Tu veux une beigne, c'est ça ?

Continue de parler comme ça, et il n'aura même plus besoin d'argumenter.

Ah oui. À voix haute.

— Allez ! Tu l'as bien vu m'attaquer ! Et vous avez tous les deux constaté qu'il est très lourd, non ? On a entendu le dos de sa maîtresse craquer jusqu'à Times Square. Bonté divine et pour l'amour de Mike, comment veux-tu qu'il soit devenu aussi lourd que Tyson, sinon ?

— Parce qu'elle lui donne trop à manger ? rétorque M. Grands pouvoirs/Grande responsabilité.

— Mais pas du tout ! s'offusque-t-elle.

Un peu lasse de nos clowneries costumées, la vieille dame se penche pour attacher la laisse au collier de Benny. Elle commence à se redresser et s'arrête. Les rouages ont commencé à tourner dans sa tête. Elle réfléchit. Le temps qu'elle ait fini de se redresser – et ça prend un moment –, ses yeux inquiétants scintillent comme le métal d'une lame de couteau.

— Comment connaissez-vous le nom de mon chien, Spider-Man ?

— Oh, euh... vous venez de le dire, non, madame ? Vous l'avez appelé Ben... ou Benny ! (Il commence à secouer la tête, comme s'il cherchait à nouveau une porte de sortie.) Je crois ?

Benny dresse l'oreille, attiré par son nom. La maîtresse ne sourit pas.

— Jamais de la vie !

— Mais si, enfin, lance le tisseur, en continuant à creuser sa tombe. Deadpool, tu l'as bien entendu, non ?

— Désolé, mon vieux. Personne n'a utilisé ce nom depuis ton arrivée. Elle a raison, comment tu le connais ? (Je pose les mains sur mes hanches.) Spider-Man ! Tu espionnais cette pauvre dame ?

— Mais non ! répond-il en sursautant. Je...

— Du calme, *compadre.* (Je ne voulais pas lui faire de la peine, je regrette un peu d'avoir fait mouche.) J.J.J. te traite peut-être de danger public, mais je ne suis pas là pour te juger. Comme je dis toujours, avant de regarder la paille dans l'œil de quelqu'un, il faut retirer la poutre qu'on a dans le sien. Comme ça, on a une poutre pour le frapper. Tu comprends ?

— Pas vraiment.

Moi non plus.

C'est une tactique ! Je joue la montre, dans l'espoir que le chien commence à se transformer. Si ce mystérieux Quentin a vraiment tout manigancé, comme le disait Jane, il a un vrai problème de contrôle qualité. À moins que la mamie en question ne donne *vraiment* trop à manger à son chien.

— Écoutez, je ne veux pas d'ennuis. Spidey, je t'adore. Et Madame, vous devriez vous enrôler chez les X-Men. Mais j'ai un boulot à faire, et pour une fois, il va dans l'intérêt du public.

Je ne pourrais pas avoir le chien un moment ? Juste pour m'assurer qu'il ne va pas se transformer ?

— Noooon ! crient-ils en chœur.

Avec un *pff* et un *grrrr*, Miss Amérique 1776 tire sur la laisse de Ben pour reprendre la promenade du matin et nous tourne le dos. Il faut reconnaître, il faut des tripes pour snober deux types du calibre de Spider-Man et moi. Mais bon, le petit a vraiment l'air d'être pressé de faire. Avec un grognement craquant, il tire sur sa laisse et l'entraîne en avant.

Au début, c'est quelques pas. Mais après... bang, hrr !

Ben part comme une fusée, et entraîne mamie avec lui. Trop surprise pour lâcher la laisse, elle le suit comme un cerf-volant, sans jamais toucher le sol. Vas-y mamie, vole !

Je me demande jusqu'à quelle hauteur elle serait montée, si la laisse avait été plus longue. Peu importe. On dirait que le trajet va être court, de toute façon. Le chien doit avoir des poils dans les yeux : il fonce droit vers l'angle d'un de ces immeubles de six étages.

Ah non. Sa tête grosse comme une noix de coco a arraché un pan de mur assez large pour que le chien et la dame passent sans encombre.

— Tante May ! crie Spidey.

Attends. Hein ? Il connaît son nom à elle aussi, alors ? Je ne savais pas qu'il était télépathe ! Oh, mon Dieu, ça veut dire qu'il entend ce que *moi*, je pense ? Ce serait la honte. Après tout, je ne dis pas à voix haute tout ce qui me passe par la tête ! Spidey, à quel chiffre je pense ? Allez, je sais que tu le sais !

Aucune réponse. Son sens d'araignée a été supplanté par la surprise de l'araignée. Pour ceux d'entre vous qui se posent la question, oui, c'était sept.

Mais ne craignez rien, tante May ! Spider-Man est plus rapide que rapide, avec des réflexes fulgurants. Tel un éclair, il peut arriver juste à temps. Alors oui, il reste planté là, mais rien qu'une microseconde.

Qui suffit pour qu'un mercenaire aussi vif d'esprit que moi reprenne A.D.A. *Clac !*

Arme au poing, je m'élance avec passion sur les talons du chien, avec un sonore :

— Nananère, je te l'avais dit !

(Mesdames, que les choses soient claires : je fais tout avec passion. Là, il s'agit de poursuivre un chien.)

Restant d'apparence foncièrement canine, mais de comportement tout autre, Ben traverse Forest Hills. Et quand je dis qu'il traverse, je veux dire qu'il passe à travers les voitures garées, les rues, les kiosques, les bâtiments résidentiels, sans que jamais la pauvre tante May ne lâche prise sur la laisse. Vu tous les chocs, les collisions et les débris qui retombent, on ne peut plus parler de quartier Pioncette.

Je le rattrape peu à peu, en bondissant sur ça, en prenant appui sur ci, en évitant les débris, tout ça pour gagner du terrain sans jamais me départir de mon air super-cool. Et Spider-Man ? Il s'entraîne à sauter de toile en toile depuis 1962. (D'ailleurs, quelqu'un lui a déjà dit que les araignées ne se déplacent pas comme ça ?) Il me dépasse en un clin d'œil.

Pour éviter l'humiliation totale, je presse un peu le pas, et me rapproche assez pour pouvoir embrasser le pied de la vieille dame (ce qui ne me viendrait jamais à l'idée, j'aime autant le dire).

Vous devez en avoir assez de toutes ces voitures défoncées, mais à New York, qu'est-ce que vous voulez percuter d'autre ? En une symphonie postmoderne d'acier déchiré, de polymères arrachés et de composites cassés, Ben éventre une limousine en stationnement. Cela le ralentit à peine, mais à peine me suffit.

Au milieu d'une tempête de morceaux de limousine, j'ai un mouvement absolument incroyable. C'est le *summum* de ma vie. Peut-être pas en termes de force ou de rapidité, mais en tant qu'exercice zen de technique. Je vais carrément demander à l'agent Preston de me trouver une vidéo de la scène sur les caméras de surveillance. Ça ferait une double page somptueuse. Imaginez ça dessiné par votre illustrateur préféré, en lithographie signée et numérotée : d'une main, je prends appui sur l'airbag de la limousine en train de se gonfler, pour qu'il me propulse par-dessus tante May. Mon autre bras est déjà tendu et braque A.D.A. pile sur le chiot du péril.

Mais… le facteur araignée. Spidey me rentre dedans, très certainement convaincu de mériter une double page lui aussi. D'un point de vue de pur marketing, il a peut-être raison.

— Ne tire pas, espèce de malade ! Tu pourrais la toucher !

Et il me plante là, en train de pester contre l'araignée rouge qu'il a dans le dos.

— Eh, mec ! C'est trop nul ! Merde, ma spécialité c'est de toucher la cible, non ?

Au lieu de bouder, je me relève et reprends la course. Le sillage de destruction est facile à suivre. Moins large que, disons, celui que Hulk tracerait s'il était très pressé d'aller aux toilettes, mais les gravats sont tout aussi fins.

Spidey est en hauteur et guette le bon moment pour intervenir. Puisqu'il ne l'a toujours pas trouvé quand je le rattrape, je me dis que le moment est bien choisi pour clarifier la situation.

— Tu sais, Tisseur, s'il lui arrive quelque chose parce que tu m'as empêché de tirer, ce sera de *ta* faute !

— Comme si je ne me sentais pas assez coupable ! dit-il en se plaquant la main sur le front.

— Toute cette histoire entre vous deux me paraît louche, quand même. Lorsque les gens vieillissent, ils tombent malades. Ou alors, ils se font emmener par un chien mutant. C'est le cercle de la vie, mon ami. Tu ne crois pas que ce serait un bon moment pour la… laisser partir ? Comme disait Faulkner, *Ode sur une urne grecque* vaut toutes les vieilles dames du monde.

— Silence ! Ce n'est pas une urne grecque, c'est un chien monstrueux ! Et ce n'est pas une vieille dame, c'est ma… !

Il s'interrompt. J'entends ses dents grincer derrière son masque, comme s'il avait failli révéler son identité secrète. Puis je comprends :

— Eh, mais je sais ! « Ce n'est pas une vieille dame, c'est ma femme ! » C'est de Popeck, c'est ça ? Attends, c'est ta femme ? Mec, je ne t'imaginais pas de ce genre-là.

— Ce n'est pas ma femme !

— Quoi, tu as du mal à te fixer en couple, en plus ? C'est vrai que ça peut faire peur, mais si on refuse toujours de s'attacher, on n'est jamais vraiment libre, tu sais ?

— Aaah !

Il fait un détour dans sa folle poursuite pour me donner un coup de pied dans le tibia. Ça fait mal. Pas seulement physiquement, quoique j'en ai les larmes aux yeux. Mais ça fait mal à l'intérieur, là où je garde mes sentiments et mon porno. Mais tant pis, je sais que c'était pour mon bien. Je sais que j'en sortirai grandi, plus noble. Je ne devrais pas embêter papa quand il se désaltère, je sais...

Papa ? Papa ? Pourquoi tu ne m'aimes pas ? Pourquoi ?

Un chiot, il m'aimerait, lui. Un chiot pourrait...

Regarde-moi, Sophie !

Hallucinations.

Ah oui. Le cirque itinérant de la famille Deadpool, Spidey, May et l'Incroyable Ben quitte le quartier résidentiel pour un peu de jardins paysagés. Pendant que Spider-Man plane comme un hélicoptère de la circulation au-dessus des embouteillages, Ben et May défoncent le muret d'un parc à chiens. Le long du périmètre de la pelouse couverte de caca, des maîtres aimants lèvent le nez de leur smartphone pour voir leur monde chamboulé. Un chien qui promène une humaine. Ils s'éparpillent, mais leurs chiens se prennent au jeu, impressionnés par leur frère qui renverse l'ordre social. Ils aboient joyeusement sur le passage du puissant bichon, comme pour dire :

— Ah, si je pouvais, je te reniflerais bien le cul !

Avant que le Benny-Express n'atteigne l'autre côté, Spider-Man voit son occasion. Avec sa réserve infinie de toile, il tend une tyrolienne entre une branche haute et le mur opposé. Il la descend avec superbe et attrape tante May au creux de son bras.

Mais mémé May a toujours les doigts cramponnés autour de la laisse, et Ben ne ralentit pas.

— Je te tiens ! Tu peux lâcher ! crie-t-il.

On dirait que Spider-Man va finir emporté dans le fou tourbillon de la vie. Franchement, ce serait assez tordant. Mais elle lâche la laisse… pour lui remettre un coup de taser.

Bzt !

— Aïe !

— Posez-moi, sale Spider-Man !

Salement incroyable, plutôt !

Pendant que Spidey essaie de se justifier de lui avoir sauvé la vie, Ben retrouve le bitume et (enfin, enfin, enfin !) grandit. J'aimerais dire qu'il grandit en bête horrible avec une sorte d'effet boule de neige, parce que ça irait bien avec sa fourrure. Mais c'est plus un gros truc rocailleux orange qui fait éclater une petite peluche blanche. Son aspect canin ne disparaît pas tant qu'il se déplie.

Ça va vous paraître étrange, mais ça me fait vraiment plaisir. C'est la preuve que je ne mentais pas et que je ne suis pas fou. Enfin, pas *seulement* fou.

Mon premier instinct est d'attraper Spider-Man et de le retourner pour qu'il constate que j'avais raison, mais tante May est occupée à lui taper dessus avec sa laisse. Et la transformation de Ben commence à causer des problèmes. Bien sûr, un grand gaillard comme ça bloque la circulation. Mais surtout, il fait ses besoins juste devant un bus qui roule à toute allure.

Et… vous n'allez pas y croire, parce que moi-même je crois à une hallucination… il est plein de bonnes sœurs.

Sérieusement, dans un monde pareil, pourquoi se faire chier à halluciner, hein ?

Par habitude ?

Parce que ça te vient naturellement ?

Des bonnes sœurs. Quelque part, je devrais me réjouir que ce ne soit pas encore une histoire de gamins. En tout cas, on dirait des bonnes sœurs, avec leur guimpe et leur habit noir. Mais ça pourrait être une flash-mob décidée à reprendre *Sister Act.* Je n'en vois pas une seule qui ressemble à Whoopi Goldberg, alors je penche plutôt pour des vraies bonnes sœurs. Aucune ne semble se rendre compte que leur séance de dédicace avec le Patron se rapproche à vitesse grand V.

Mais le chauffeur, lui, a bien compris. Il klaxonne. Il se dit peut-être que le gros truc en pierres ne l'a pas vu et compte se pousser. Ce n'est pas le cas. La chose se tourne vers le bus, genre gros monstre en colère. Le chauffeur crie. Je l'entends pardessus le klaxon.

Les bonnes sœurs commencent tout juste à lever le nez lorsque la bête annonce fièrement :

— Je suis GOOGAM, fils de...

Bon, bref.

Je lui tire dessus. Il se liquéfie. Fin de l'histoire.

CHAPITRE TREIZE

Bon, vous avez gagné, voilà le chapitre 13. On est au XXIe siècle. Je ne vais pas me plier à une superstition à la noix. Pardonnez-moi, je pars me lancer du sel par-dessus l'épaule gauche.

Le danger a disparu, grâce à moi (et l'inventeur du nanocatalyseur), mais Spidey ne m'adresse même pas un « Merci, magnifique psychopathe ! ». De son côté, tante May part se demander si elle ne ferait pas mieux d'acheter un poisson rouge. Et moi, je vois déjà la tournure de la conversation avec Preston. (« Un bus de bonnes sœurs ? Mais comment tu as fait pour croiser leur route ? »)

Je me dis que j'ai aussi vite fait de partir avant l'arrivée du S.H.I.E.L.D.

Ça m'a paru plus long, mais l'incident de Benny n'aura pris qu'un quart d'heure. Avec un peu de chance, je pourrai rayer un autre chien de ma liste avant que le soleil n'ait fini de se lever.

Upper East Side, nous voilà. Les doigts dans le nez. Vous savez, la téléportation, c'est parfois pénible pour les auteurs. Si un personnage peut aller où il veut, quand il veut, où est la tension ? C'est pourquoi il y a un toujours un charabia intergalactique qui vient perturber les compensateurs d'Heisenberg. Dans mon cas, ce n'est pas un problème parce que je ne suis pas ce qu'on appelle un acteur rationnel. Comme on l'a déjà vu, je n'irais *jamais* utiliser mon téléporteur pour gâcher une séquence de bataille intéressante. Je suis plutôt du genre à me téléporter dans une situation pire, ou de surprendre tout le monde en laissant complètement tomber l'intrigue pour aller buller sur la plage. (SPOILER : vous verrez tout à l'heure).

Mais c'est pratique pour éliminer les parties chiantes dont on peut se passer, comme moi qui tente d'arrêter un taxi, ou les regards louches dans le métro. Je ne veux pas vivre ça, vous ne voulez pas lire ça, alors... Bamf.

Cette fois, j'arrive dans une chambre à coucher sympa. De légers rideaux brodés de cœurs, soulevés par la brise dans la pénombre matinale, projettent des ombres dansantes sur des murs dont la blancheur n'est interrompue que par quelques autocollants de personnages Disney. Le mobilier à taille d'enfant est d'un blanc assorti, avec des touches de rose. Quelques poupées aux proportions pas du tout réalistes sont éparpillées sur le tapis.

C'est soit une chambre de petite fille, soit un piège tendu par un pédophile calculateur.

(Voilà des gens que je peux tuer en toute impunité...)

Mais je ne vois pas de pervers aux aguets. Je n'entends que la respiration des deux occupants de la pièce, deux petites merveilles endormies dans le lit de princesse : une pauvre enfant innocente et son chiot, un labrador. Elle le tient dans ses bras, il a la patte sur sa poitrine, front contre front, les yeux fermés, ils rêvent de licornes arc-en-ciel et de papillons. On ne fait pas plus adorable.

Donc, ça ne peut que déraper.

Silencieux comme Super-Souris, j'essaie de prendre le labrador sans les réveiller. Ils froncent le nez, mais je le dégage de plus en plus, doucement. Doucement, sans forcer, sans à-coup. Une griffe d'une patte noire magnifique accroche un fil qui dépasse de la couverture. Je continue de reculer, doucement. Doucement. Le fil se tend, encore, jusqu'à casser en silence et retomber comme un flocon de neige.

Le chien et la petite fille continuent de dormir, elle sous sa couverture, le labrador entre mes mains. Arriver *via* téléporteur est silencieux, mais il fait un petit « pop » désagréable au départ.

Je décide de m'éloigner avant de partir, pour qu'elle puisse finir sa nuit avant d'être traumatisée par la disparition de son chien.

J'écarte les rideaux, une main sur la fenêtre, l'autre pour tenir le chien. Par le tissu de mon costume, je sens une brise fraîche sur mes tétons qui pointent. La bestiole aussi le sent, et commence à gigoter des pattes. Il ne se réveille pas. On dirait plutôt qu'il poursuit un papillon dans son sommeil. *Ohhhh.* C'est trop mignon !

Et ce n'est pas un problème... jusqu'à ce qu'il se retourne et manque de tomber par la fenêtre. Je recule pour qu'il reste dans la pièce, et il me glisse des mains. Voilà qu'il trotte dans son sommeil, et se cogne dans tout ce qui n'est pas présent dans son rêve.

Si c'est pas adorable. Moi qui poursuis un chiot sur la pointe des pieds. Je mets le doigt sur mes lèvres pour faire un signe « Chut ! » sans dire un mot, mais a) il dort, b) un chiot ne comprendrait certainement pas, de toute façon. Plein d'énergie de chiot infatigable, il percute un lampadaire, rebondit sur une étagère pleine de livres d'images et donne un coup de tête dans une photo de la gamine et lui, dans un cadre en forme de cœur, certainement offerte lorsqu'il est arrivé dans la maison.

Tout ça tombe, mais je parviens à rattraper chaque objet, livre et photo avant le moindre bruit qui pourrait réveiller la gamine. Pourquoi ? Parce que j'ai beau tuer des gens par dizaines, j'ai beau faire gicler des geysers de sang... non, je ne sais pas pourquoi, en fait. J'aurais dû partir en téléporteur quand je pouvais. Maintenant, je tiens toutes ces conneries en équilibre, et ce maudit clébard continue de sautiller comme un danseur dans un clip de Michael Jackson.

J'essaie de tout reposer à sa place, mais pour chaque livre animé que je repose, M. Happy Feet en bouscule deux autres.

J'en ai tellement marre que l'envie me vient de tout flanquer dans le mur. Ça nous est tous arrivé, hein ? Coincé dans les bouchons, devant un ascenseur qui n'arrive pas, ou devant une bombe nucléaire qu'on n'arrive pas à désamorcer. On serre les dents et on prend sur soi, hein ? Mais dans ces moments-là, je ne fais pas comme vous, je fais comme moi. Ça fait partie de mon charme.

Alors je lance les affaires de la gamine contre les murs.

La fille se redresse d'un coup. Même son hoquet terrifié est attendrissant. Le labrador continue de pioncer, par contre. Je poursuis le somnambule en cavale, et la gamine regarde mon costume rouge avec émerveillement.

— Tu es... le père Noël ?

Eh, si elle me donne ma porte de sortie, je ne vais pas lui claquer au nez, hein ?

— Exactement. On est au moins d'août, mais pourquoi pas ?

J'attrape le chien. Elle se frotte les yeux.

— Qu'est-ce que tu fais avec Trutruffe ?

— Trutruffe ? (Je regarde le chien comme si je l'avais oublié. Ça fait rire la gamine. Il était temps que je fasse rire quelqu'un...) Eh bien, tu vois petite, Trutruffe a un problème... Alors je vais le ramener au Pôle Nord pour le réparer.

Ça vient d'un livre pour enfants, hein ?

Elle fait la moue.

— Mais maman a dit que le vétérinaire s'était déjà occupé de Trutruffe.

— Eh oui, mais il est encore cassé. Tu vois comment ses pattes bougent alors qu'il a les yeux fermés ? C'est bizarre, hein ?

— Oh, non !

— Tu ne veux pas d'un Trutruffe cassé, et Trutruffe n'aime pas être cassé, alors il faut le réparer.

« Réparer » étant une façon polie de dire « disséquer ».

— Et tu me le ramènes vite ?

Je lui fais un grand geste du pouce.

— Compte sur moi !

Mon faux sourire est si sincère que j'ai envie de retirer mon masque pour lui montrer, mais ça ne ferait plaisir à personne. Je m'en veux un peu de lui mentir. Si Trutruffe ne venait pas à se transformer, je pourrais peut-être le lui rapporter. Ou sinon, le S.H.I.E.L.D. me laissera peut-être lui envoyer la bouillie dans un bocal. Ce serait comme un aquarium, mais plus rose. Elle pourrait le montrer à ses copines.

Déculpabilisé par ces vagues promesses, je me tourne vers la fenêtre. Mais vous savez comment sont les gamins.

— Tu ne vas pas lui faire de mal, hein ?

— Sauf s'il faut. Enfin... non, bien sûr que non. Je suis le père Noël ! Tu ne fais pas confiance au père Noël ?

Elle hoche la tête.

— Bien sûr que si !

Je repars.

— Papa Noël ?

— Mais quoi, encore ?

— J'ai soif.

— Petite, il est très tôt. Papa Noël a eu une sale nuit, il est un peu de mauvaise humeur. Si je t'apporte un verre d'eau, tu me promets de la fermer et de te rendormir ? Sinon Papa Noël va faire des trous dans tes murs. Tu comprends ?

— D'accord.

Le chiot somnambule sous le bras, je vais jusqu'à la cuisine et lui verse un grand verre d'eau avec des glaçons (avec de l'eau filtrée, les maniaques !). J'y glisse une paille et laisse un message sévère adressé aux parents, pour qu'ils éduquent rapidement leur fille sur le danger qu'on court quand on parle aux inconnus.

Elle prend une demi-gorgée et repose le verre. Tu parles qu'elle avait soif.

Elle se blottit sous la couverture, je lui donne une petite tape sur la tête et lève la patte du chiot comme s'il lui disait au-revoir. Puisqu'elle est déjà réveillée, j'utilise le téléporteur pour monter sur le toit, comme j'aurais dû le faire tout de suite.

Ah je vous jure, ces gosses...

CHAPITRE QUINZE

On a déjà eu les chapitres 14 et 13, donc 15, OK ? Bon, écoutez, lisez dans l'ordre des pages, d'accord ? Tout fait partie de la même histoire, plus ou moins, avec une ou deux intrigues mineures. Essayez de suivre. Une phrase après l'autre. Ça va bien se passer.

Le soleil se lève derrière moi comme une grosse tête chauve, je suis debout sur un toit plat au milieu des grincements des colonnes de ventilation, et je regarde Trutruffe sous toutes les coutures. Comme tous les labradors, il a la peau trop grande pour son corps, une taille au-dessus. Ça lui fait plein de rides quand je le tripote – un nouveau-né avec une tête de vieux. Il est toujours léger, comme un chiot, et il continue de dormir. Je sens qu'il ne fait pas semblant. Ses yeux bougent derrière ses paupières duveteuses, R.E.M. de chien.

Je me demande à quoi il rêve. S'il se sent aussi libre et heureux qu'il en a l'air.

Ohh. Qu'il est *mignon.*

Non ! Je refuse de me perdre dans cette grande tendresse. Je ne le câlinerai pas. Je ne vais pas l'aimer. Je ne vais pas l'aimer. Je ne vais pas l'aimer.

Je devrais le déposer au S.H.I.E.L.D. comme le colley. Que leurs biochimistes se démerdent pour trier les chiens normaux. Mais là, ça s'est passé tellement vite que Preston n'est toujours pas rentrée du Queens, et je ne peux faire confiance qu'à elle. Il ne faudrait pas que Trutruffe se retrouve entre les mains d'un maniaque de l'expérimentation dont la devise serait

« Comment ça marche, ces machins-là ? ». Ayant vécu la même chose dans l'hospice de l'Arme X, je ne souhaiterais pas ça au pire des... chiens. Mais je ne peux pas non plus le garder.

— S'il te plaît papa, je peux ?

Ce n'est pas mon vrai père que je vois. C'est mon père imaginaire, mon Meilleur Père, Père qui aurait pu me laisser avoir un chien. Eh, toutes mes hallucinations ne peuvent pas tourner autour du basket. Parfois, il faut entretenir le rêve.

C'est une petite cuisine en enfilade. Il occupe presque toute la table. Le reste de l'appartement est à la même échelle, exigu. Il remplit toutes les pièces dès qu'il entre. Tout est toujours dans ses pattes. Les glaçons cliquettent dans le verre et il ferme ses yeux injectés de sang.

La tête penchée sur la surface en Formica, je ne vois de mon père que sa coupe militaire. C'est le point commun de tous les souvenirs que j'ai de lui – des fragments. Le haut de sa tête, ses bras, sa ceinture. Pour me souvenir de ses yeux ou de son visage, il faut que je regarde des photos. (Pareil pour ma mère. À l'époque, il fallait que j'attende qu'il soit ailleurs pour regarder des photos d'elle. Maman est morte d'un cancer, comme ça me serait sans doute arrivé aussi, et tout ce qui venait d'elle – comme une photo, ou moi – mettait papa en rogne.)

— Si ce machin chie dans la maison ou perd ses poils, je lui règle son compte.

Wade Imaginaire est beaucoup plus coopératif que moi. La moitié des raclées que j'ai prises, je les avais cherchées. La moitié.

— Tu ne te rendras même pas compte qu'il est là. Promis.

Quand papa arrête de bouger, je me dis qu'il est dans une sorte de sommeil. Mais après, il se met à jurer. Pas contre moi... contre tout et rien. Il tape du poing si fort sur la table que son verre se renverse... alors qu'il était presque vide. Il tape encore et encore sur le formica, mais les coups décroissent, comme s'il perdait un match de boxe. Son bras tressaute, et se repose. Il prend quelques inspirations profondes, tremblantes, et se met à ronfler.

Parfois, j'ai du mal à me rappeler qui est qui, dans ces souvenirs. L'espace d'un instant, c'est moi qui ai le front sur la table, sur les vieilles taches de nourriture et le scotch séché, prêt à me battre contre des courants d'air. Mais c'est *mon* délire, alors je me force à redevenir le bon petit Wade, qui regarde le crâne de son père. J'éponge l'alcool pour qu'il ne croie pas que c'est de la pisse de chien le lendemain matin. J'essaie de m'imaginer le laisser comme ça, à se baver dessus, mais je n'arrive pas à sortir de la pièce.

Et il n'y a pas de chien. Nulle part. L'appartement est trop petit.

Un rot humide (le sien ou le mien ?) me ramène à mi-chemin du toit. Trutruffe respire encore sereinement entre mes bras, aussi vivant qu'Eternity ou une amibe. Mais certains délires sont plus poisseux que d'autres.

— Je lui règle son compte.

Vu l'état de notre monde, l'euthanasie est peut-être la seule véritable forme de tendresse. Puisque Trutruffe est sans doute un monstre, il n'aura peut-être plus jamais une vie aussi douce que maintenant. Je le rapproche de ma tête, et lui dis :

— Oh, mon Trutruffe, un jour, d'une façon ou d'une autre, tôt ou tard, tu vas mourir. Serait-il plus tendre de t'abattre maintenant, avant que le monde ne puisse te détruire ?

C'est drôle parce que c'est vrai.

Il pousse un petit grognement, presque comme un ronflement.

— Oh, et puis flûte ! Enfin, Trutruffe, on sait tous les deux que je ne pourrais jamais te faire de mal !

Je le serre contre moi. Rien d'impressionnant, juste assez pour qu'il comprenne que je regrette.

Je croyais que tu ne voulais pas t'attacher.

Je ne m'attache pas, je m'excuse ! L'hallucination m'a un peu fait flipper, d'accord ? Ce n'est pas comme si je comptais l'adopter. Je vais le donner à Preston à la première occasion.

Je cale ce cher T. derrière mon épaule comme s'il s'incrustait sur la photo, prends un selfie avec mon téléphone et l'envoie via l'InterWebz.

Une seconde plus tard, mon téléphone sonne.

— Tu as fait exprès de poster ça sur Pinterest ?

Je suis content d'entendre Em.

— C'est un nouveau téléphone. Il faut vraiment que je change les paramètres par défaut. Je l'ai peut-être tweetée, aussi. Tu es toujours dans le Queens ?

— Oui. Et toi ?

— Upper East Side, sur un toit. Je vois F.D.R., et le labrador le plus mignon au monde. Il s'appelle Trutruffe. Monsieur Trutruffe, pour toi.

— Wade, arrête de leur donner des noms.

— Pourquoi ? Pour ne pas m'attacher à eux ?

— Non, parce que Trutruffe est un nom ridicule.

— Dis ça à la gentille petite fille qui me l'a donné...

— Une petite fille ? Dis-moi que c'est une de tes multiples personnalités ?

— Non, elle existe pour de vrai... enfin, je pense. Il faut vraiment que je porte une bodycam quand je bosse. Tu vas me crier dessus pour le bordel à Forest Hills ?

À sa voix, j'entends bien que non.

— J'hésite. Tu as les chaudes recommandations de toute une congrégation de bonnes sœurs dans un bus. Et elles veulent te parler de la rédemption. Le gros problème, c'est l'intervention de Spider-Man. Comment tu as fait ton compte ?

— Ce n'est pas moi qui l'ai invité. Pourquoi, c'est un problème ?

— Les combats entre personnages costumés, ça attire l'attention. Les médias te collaient déjà aux basques après le truc du centre-ville, et maintenant un photographe à la petite semaine appelé Peter Parker t'a pris en photo en train de vous battre pour un chien. Ce n'est pas moi qui gère ton image, mais ce n'est pas le meilleur moment pour poster une photo avec un chien. On ne sait jamais qui pourrait la voir.

— C'était un peu ce qu'on cherchait, remarque. Tout me tombe sur le dos, et le S.H.I.E.L.D. a les mains propres....

— Oui, mais tu vas en entendre parler. Je te conseille de faire profil bas, même si tu ne sais pas ce que ça veut dire.

L'espace d'un instant, le monde se met à trembler.

SCHTONK !

— Em, tu peux parler plus fort ? On dirait qu'ils recommencent à percer le tunnel sur la 2e avenue.

— C'est ça. Et ça va couper parce que tu passes dans un tunnel. Me raconte pas d'histoires. Je vois exactement où tu es. La télémétrie confirme qu'il n'y a aucun chantier alentour.

VLAN ! Les hélices de ventilation sonnent comme des timbales.

— Vraiment ? J'ai peut-être la migraine ?

Non.

Moi non plus.

SCHTONK !

Je me demande si j'imagine papa en train de taper la table de la cuisine, mais même Trutruffe a relevé la tête pour le dernier. On regarde autour de nous. Rien sur le toit, rien sur les immeubles voisins.

— Deadpool ! Écoute-moi. J'ai des nouvelles à propos de Goom, Googam et Gorgolla.

— C'est des fromages, non ?

— Non, c'est le nom des créatures.

— Ah oui.

— Mais c'est aussi le nom de vrais monstres.

BA-BOUM !

Trutruffe aboie, mais je l'ignore.

— Des vrais monstres ? Non, mais laisse-moi rire. Frankenstein, ça, c'était un monstre. Enfin, non. C'est le nom du docteur, pas de sa chose. Mais dans le premier film, celui de James Whale, il l'appelle son Adam, alors techniquement on pourrait dire que le monstre s'appelait Adam Frankenstein... mais je trouve ça limite. Et toi, Trutruffe ?

— Concentre-toi !

BOUM ! Trutruffe dresse l'oreille.

— Euh, Em ? On dirait que ma fausse excuse pour raccrocher se rapproche.

— Ah. Cette fois, j'ai aussi entendu du bruit. Laisse-moi consulter le satellite.

— Concentre-toi toi-même, agent P. Tu me parlais de monstres ?

— Il a fallu que je fasse relever mon accréditation de sécurité pour avoir cette info, mais le S.H.I.E.L.D. travaillait avec toute une équipe de... eh bien, de monstres, pour pratiquer du confinement paranormal.

— Attends, attends, attends. On arrête, on rembobine. Le S.H.I.E.L.D. travaillait avec des monstres ?

— Eh, on t'a bien engagé, toi ? Le groupe s'appelait les Commandos Hurlants.

— Et tu critiquais « Trutruffe » ?

— Pendant que les Commandos étaient actifs, on a fait des tests génétiques sur tous les membres, et pris des échantillons. Les serveurs qui stockent leur A.D.N. ont été piratés il y a quelques années. La théorie actuelle, et elle me plaît, est que leurs données se sont retrouvées dans le labo de l'Arme X, et a servi à créer ces bestioles.

— Les originaux mangeaient des gens ?

— Non. On dirait que c'est une réaction imposée à ces clones. Peut-être pour compenser l'énergie de la transformation. Celui qui les a conçus a dû se dire que la source de nourriture la plus proche et la plus abondante serait... des gens.

FWOUM !

C'est très près, cette fois. Juste devant l'immeuble. Trutruffe et moi regardons en contrebas. Et nos petits cœurs ratent un battement.

— Ne t'inquiète pas, petit, je te tiens. Oh là là. Tu vois ça, Trutruffe ? Un gros trou dans la rue, une voiture écrasée et un lampadaire renversé, le tout formant une ligne qui vient vers nous ? Euh, Preston, un chien se serait-il transformé à l'insu de mon plein gré ?

— Attends. Le satellite n'est pas dans le coin. J'accède aux caméras de sécurité près de toi.

À l'arrière-plan, une voix excitée lance :

— Agent Preston, je crois que j'ai trouvé quelque chose !

— C'est Carl ? Tu lui dis bonjour de ma part.

— Wade, fous le camp tout de suite !

— Calmos. Si c'est un autre monstre, j'ai A.D.A. ainsi qu'une balle, et...

— Ce n'est pas un monstre, c'est...

KROUMCH !

Le bâtiment tremble. Le chien aboie. Le téléphone manque de faire un vol plané vers le trottoir.

— Em ? Allô ? Ne me dis pas que c'est toi qui es passée dans un tunnel ? Allô ?

Je baisse à nouveau les yeux. Un mouvement flou passe au-dessus de nous. J'aimerais dire qu'il se déplace à une vitesse impossible, mais non. C'est une vitesse tout à fait possible, pour un truc très large et très musclé, avec la peau verte et un pantalon violet déchiré. Je recule juste à temps pour qu'il puisse atterrir devant moi, plutôt que sur moi. L'impact manque de me faire tomber, et son poids suffit presque à enfoncer le toit.

Trutruffe se cramponne à moi. Qu'il est chou !

Notre prochain invité surprise n'est pas aussi gros que Goom ou Gorgolla, mais il a *l'air* plus gros. Un énorme baril de poudre perpétuellement prêt à exploser. Pire que papa. Surtout qu'il commence à me crier dessus, lui aussi. On dirait... on dirait... vous savez, dans les e-mails, quand quelque chose est tapé tout en capitales et que vous avez l'impression qu'on vous crie dessus ? C'est un peu comme ça, mais plus, alors je le mets en gras :

— HULK PAS CONTENT QUAND ON FAIT MAL AUX CHIENS !

CHAPITRE SEIZE

On connaît tous Hulk : le timide et génial Bruce Banner, bombardé de rayons gamma, ravage la ville avec toute la force d'un taureau. Tout sauf glamour. On ne l'aime pas quand il est en colère, parce que plus il s'énerve, plus il devient fort.

Ça vous revient ?

Les fans de Hulk de longue date savent qu'il y a des moments où il se contrôle, et d'autres où il est complètement sauvage. Je suis à peu près certain qu'aujourd'hui, il entre dans la deuxième catégorie.

Trutruffe sous le bras, les mains tendues en signe d'abjecte supplication, je regarde dans ses grands yeux verts et essaie de faire ce qui me vient le moins naturellement au monde : raisonner.

— Du calme, Hulky chéri. Je sais ce que tu dois te dire, mais je ne ferais jamais de mal à...

Et c'est la beigne. Pas vraiment par surprise : avec sa masse, c'est difficile de bouger discrètement. J'entends les muscles se tendre lorsqu'il recule le bras, ce qui me donne tout le temps de me pousser. Et je vais presque assez loin. En fait, je ne sais pas si c'est vraiment son poing qui me touche, ou juste l'air qu'il déplace, si comprimé qu'on dirait un ballon en béton. D'une manière ou d'une autre, mes tripes se coulent autour de l'impact, mes pieds décollent du toit, et nous revoilà en vol plané !

Dans les *comics*, on contrôle facilement le passage du temps. Une goutte peut tomber sur plusieurs cases, et on peut sauter quelques siècles d'une simple bulle disant « Un millénaire plus tard... ». Ici, en narration subjective au présent, c'est moins facile. Mais tandis que je regarde Hulk rétrécir au gré de l'élan que m'a donné sa beigne, permettez-moi s'il vous plaît de procéder à une vague expansion inutile du temps.

Rappelez-vous, les événements que vous lisez prennent moins de temps qu'il n'y paraît.

Nous commençons par la douleur du moment : « Oumf ! »

Espérant amortir l'impact de notre retombée, je m'efforce de protéger Trutruffe. Nous commençons par percuter la cloison de l'escalier d'accès. Aucun risque qu'on ne dévale les marches : on traverse le tout comme un mur en carton, presque sans ralentir.

Croyez-moi, j'ai traversé beaucoup de murs, et ça vous ralentit pas mal, en général. Mais ici, non. J'ai même l'impression qu'on accélère en ressortant. On finit par passer par-dessus le rebord du toit, et accéder enfin à l'air libre. Libre, vous dis-je !

Enfin, libres de tout sauf de la gravité.

Arrivés au-dessus de la 2e avenue, l'attraction de notre mère la Terre devient suffisante pour nous faire percuter le toit d'un immeuble voisin, un peu en contrebas. Le labrador bien serré contre mon ventre, je me retourne. Pas parce que je suis un combattant exceptionnel qui sait retomber, mais parce que je suis la proie de la physique. À défaut de rouler des mécaniques, je roule, simplement.

Heureusement, ce toit-là est plus large et plus encombré que celui qu'on vient de quitter. Après avoir rebondi sur quelques climatiseurs, on ralentit assez pour que je nous arrête avant une nouvelle chute libre.

Je ne lui dirais jamais ça en face, mais Hulk ne sait pas voler. Ça me fait une belle jambe, puisqu'il peut parcourir plusieurs kilomètres d'un seul bond. Je me relève à peine, avec quelques pas de danse façon Fred Astaire, lorsque la grosse machine verte atterrit. Il est encore en colère, mais il crie moins fort, alors je retire le gras :

— HULK T'A VU FAIRE MAL AU CHIEN SUR YOUTUBE !

Hulk a Internet ? Incroyable. Pas le temps de lui poser des questions sur son fournisseur d'accès. Cette fois, je suis à peu près certain que c'est bien son poing qui me touche. Ça vous donne une idée de son niveau d'énervement. S'il s'inquiétait vraiment pour le chien, il m'aurait laissé poser Trutruffe, mais allez donc le lui dire. Ce type a les nerfs à vif.

Alors que moi, là, j'ai tout le reste à vif.

On traverse une autre rue, on percute un immeuble de bureaux, on traverse la façade, on survole un ou deux bureaux, puis on ressort par la fenêtre d'en face pour descendre d'environ quatre étages. Je suis solide, bien que pas invulnérable, alors pour l'instant je n'ai que quelques égratignures et contusions. Je ralentis judicieusement notre chute en rebondissant sur des rebords de fenêtres.

Jusqu'au trottoir. Trutruffe atterrit sur ma poitrine, et fait un petit son adorable quand le choc lui coupe le souffle. Je ne saurais pas l'écrire vraiment, mais ça fait un peu : « Rrrrrunfff ! »

Avec toute la grâce et le savoir-faire d'un porte-avions en chute libre, le Géant Vert atterrit quelques mètres plus loin. J'espère qu'il va taper dans ses mains pour créer une onde de choc dévastatrice. Ça fera sans doute moins mal. Mais non, il me flanque une nouvelle droite. En plein dans la tête, où je range mes... comment ça s'appelle, déjà ? Ah oui, mes pensées.

Il m'arrive souvent de glisser délicatement dans mes hallucinations, sans m'en rendre compte. Cette fois, ça m'évoque davantage la façon dont une télé cassée change de chaîne chaque fois qu'on la cogne. Les images se brouillent, les sons se mélangent. Dans le monde « réel », je crois que la trajectoire nous fait passer une grille d'aération qui souffle de la vapeur, car je sens le courant d'air chaud qui me rappelle un vent d'été.

Un jour en particulier. Je suis sur un terrain de base-ball dans le parc, et je me moque d'un petit gros qui a raté son troisième coup. Sophie me regarde. J'essaie de l'impressionner par mon esprit lorsque je franchis sans le savoir une limite. Le gamin, qui a une tête de moins que moi, est furieux, rougeaud, et tremble comme s'il était constipé. Il ne sait pas s'il doit pleurer ou essayer de me donner une correction. Sous le regard de tous les autres gamins, il décide de me tenir tête et me bourre la poitrine de petits coups de poing.

— Je vais te tuer ! Je vais te tuer !

Il tape de plus en plus vite, de plus en plus fort. Mais il a beau faire tout ce qu'il peut, ça ne me fait pas mal. Je ris de plus belle. Je ne peux pas m'en empêcher. Je suis plié en deux. Tout le monde rit. Même Sophie. Même les parents du gamin. C'est si drôle que ça. Les larmes coulent sur ses grosses joues rouges, mais il continue.

— Je vais te tuer ! Je vais te tuer !

Puis la scène change. L'instant d'après, c'est moi le petit gros qui s'énerve… et je ne tape pas Wade, mais Hulk. Et ça ne le fait pas rire. Et ça ne le chatouille pas. J'ai mal partout : côtes cassées, fémur brisé, je perds du sang… la totale.

Il me soulève au-dessus de sa tête, prêt à me lancer.

— TU AS FAIT MAL AU CHIEN !

Malgré les taches qui dansent devant mes yeux, j'ai une idée. J'ai rencontré presque tout le monde dans l'Univers Marvel, et ça inclut Hulk.

— Hulk, écoute ! Tu te souviens de moi ?

Il réfléchit un instant. Il est assez craquant quand il réfléchit. Enfin, moins effrayant.

— DEADPOOL A FAIT MAL AU CHIEN ! HULK ÉCRASE !

— Deadpool ! C'est ça. C'est moi, Deadpool. Donc, quoi que tu me fasses, je vais guérir. Tu ne peux pas m'écraser. Enfin, pas définitivement.

Il en reste sur le cul. Au point qu'il me laisse tomber.

— HULK PEUT PAS ÉCRASER ?

— Aïe. Ouais. Alors si tu y réfléchis, ça ne sert à rien de me frapper.

Il plisse les yeux, et baisse la voix.

— Hulk peut pas écraser.

Il me marche dessus quand même, juste pour vérifier.

— Nrgh ! Tu vois ? Je suis encore là.

— Pas écraser... pas écraser... Quoi Hulk faire ? (Il se gratte la tête.) Pas écraser... pas écraser...

— Tu pourrais... m'écouter...

Il a l'illumination. Je suis sûr qu'il claquerait des doigts, s'il savait le faire, parce que c'est l'épiphanie totale.

— HULK ASSIS !

— Non ! Je ne... Attends...

Je me serais bien écarté, mais je n'arrive même pas à ruisseler avant que ce gros cul vert accompagné de deux tonnes de viande retombe sur ce qu'il reste de moi.

— Eeeeh ! Non ! Nooooooon !

— Hulk reste assis jusqu'à ce que tu promets plus faire mal au chien-chien.

Il a arrêté de me taper, c'est déjà un avantage. Mais je ne sais pas bien lequel. J'espère qu'il n'a pas mangé de chimichanga récemment. Je regarde son visage vert, si satisfait, en essayant d'ignorer l'entrejambe qui se trouve juste sous mon nez.

— Hulk... écoute-moi. Je ne veux pas faire de mal aux chiens. Mais certains sont des monstres.

Il penche la tête.

— Monstres chiens ?

— C'est ça. Et les monstres pourraient blesser des gens.

— Mal ?

— Oui ! Tu es tellement intelligent, Hulk. Tu as compris du premier coup. C'est *très* bien. Alors, si le monstre risque de blesser des gens, ce serait bien de faire mal au monstre, pour protéger les gens, hein ? Comme toi tu m'as fait mal – et vraiment très mal, même – pour protéger les chiens.

Il fronce les sourcils et serre les lèvres.

— J'ai raison ou pas, Hulk ?

Mais ensuite, il serre les poings, tortille des fesses et me broie une côte de plus.

— CHIEN PAS MONSTRE. CHIEN CHIEN ! Hulk se lève si Deadpool promet plus faire mal aux chiens !

On en reste là un moment, au point que je me demande où est le S.H.I.E.L.D. et ce que font les services d'urgence. Hulk est immobile, donc personne ne doit avoir envie de s'approcher. Ils sont trop occupés à rire.

Trutruffe est resté avec moi, cela dit. Ce petit amour plein de poils essaie même de me tirer de sous le gros machin. Parfois, j'ai l'impression que ce chien est mon seul ami... et je le connais depuis moins d'une heure.

Les humains sont souvent la source de leurs propres problèmes, n'est-ce pas ? Regardez-moi le temps qu'il m'aura fallu pour comprendre que je peux tout simplement mentir au gros idiot vert.

— D'accord Hulk, tu as gagné ! Je te promets de ne plus jamais faire de mal à un chien, tant que je vivrai. Promis, juré !

Il me regarde avec méfiance, mais se lève. Mon bras droit se lève avec lui. J'ai peur qu'il ne soit coincé entre ses fesses d'acier, mais il finit par retomber. Sans ce poids pour m'écraser, quelques morceaux de moi se remettent en place avec un bruit moite. Ça va prendre du temps, mais j'ai commencé à guérir.

Le loyal Trutruffe sautille et glapit joyeusement. Et bien sûr, le Géant Vert le remarque.

— Chien-chien ! Hulk veut petit chien.

Le chien moyen comprend 165 mots. À voir l'air terrifié de Trutruffe, il a saisi l'essentiel.

— Je ne sais pas si c'est une bonne...

— HULK PAS FAIRE MAL PETIT CHIEN ! HULK VEUT CHIEN !

Ce n'est pas comme si quelqu'un pouvait l'arrêter. Le mastodonte attrape le chien comme un grain de raisin. Trutruffe devient tout raide et écarquille les yeux. J'essaie de lui demander pardon du regard, puisque mes yeux sont parmi mes rares organes qui fonctionnent encore, puis je retiens ma respiration et je regarde la scène.

Hulk lui caresse la tête.

— Gentil chien. Tout doux !

Pour l'instant, ça va. Maladroitement, comme un gros bébé, il bouge sa main sur la longueur du corps du chien. Ça va peut-être calmer le Géant Vert, et le ramener à sa forme humaine.

Mais non, voilà qu'il s'excite. Il commence à bouger la main plus vite, plus fort.

— Hulk va te caresser et te caresser et te caresser et te... !

— Doucement ! Va doucement. Tu ne veux pas...

Oh-oh.

— Chien-Chien ? (Les yeux écarquillés, Hulk regarde l'animal immobile entre ses mains.) Pourquoi chien pas bouger ? (Il se tourne vers moi, ses grosses lèvres vertes se mettent à trembler.) Pourquoi chien pas bouger ?

Aucune chance que je lui explique.

— Euh...

Il pousse Trutruffe du bout du doigt.

— Chien-chien, réveille-toi. Sois pas... sois pas...

Les yeux mouillés, il pose Trutruffe à côté de moi.

— Hulk pas fait exprès. Hulk pas méchant.

Je n'avais jamais entendu Hulk pleurer. C'est... *glaçant.*

Il part d'un bond, en criant :

— HULK PAS MÉCHANT ! HULK PAS MÉCHANT !

Et il continue de sauter comme ça jusqu'à ce que le bruit du bitume brisé disparaisse au loin.

CHAPITRE DIX-SEPT

Trutruffe ! On a à peine eu le temps de se connaître. Sniff.

Toujours aucune trace du S.H.I.E.L.D., mais maintenant que l'incident vert est terminé, les gentils New-Yorkais sont d'autant plus pressés d'aller au travail. De plus en plus de gens passent devant nous. Bien sûr, on nous regarde. Ce serait difficile de faire autrement.

On raconte que les habitants de New-York sont hostiles, mais c'est faux. Pressés ? Oui. Brusques ? Parfois. Et oui, il y a une façon de faire pour arrêter un taxi. Mais si vous demandez votre chemin, quelqu'un vous aidera. Si vos questions sont rapides et précises. On n'a pas que ça à faire.

La foule des badauds assemblée là est une parfaite représentation de ce grand creuset : Blancs, Noirs, Hispaniques, Asiatiques, hommes et femmes, jeunes et vieux, ouvriers et cadres, parents célibataires et couples homosexuels. Ignorant leurs différences, ils se pressent les uns contre les autres pour mieux voir la scène.

À moins de trois mètres de là, deux SDF sont blottis dans l'embrasure d'une porte, les vêtements et la peau aussi gris que la rue, et personne ne fait attention à eux. Ils font partie du décor. Alors qu'un type en costume rouge et noir réduit en bouillie à côté d'un chiot labrador mort ? Ça, c'est nouveau.

Les smartphones sont plus nombreux que des fourchettes à un banquet. Les cartes mémoires étant moins chères que les minutes, la vidéo est enregistrée avec moult détails, bien qu'aucun de nous deux ne bouge.

Si l'un d'eux avait l'ouïe particulièrement fine, il entendrait mon corps se reconstituer peu à peu. En l'état, je dois avoir l'air bien mal en point, vautré là dans un bouillon de mes propres organes. Trutruffe a l'air plus naturel, mais cela ne rend la chose que plus triste.

Une fille à l'œil plus fin que les autres, en tailleur élégant, se fraie un chemin jusqu'au premier rang et me regarde d'un air particulièrement horrifié. Elle va peut-être enfin suggérer qu'on appelle une ambulance ?

Non. C'est l'autre charme des New-Yorkais, ils sont pleins de surprises. Elle me montre du doigt comme si j'étais tombé du cul du chien.

— Oh mon dieu ! C'est le kidnappeur de chiens des infos ! Il a tué ce chiot !

— Même pas vrai ! Et ce n'était pas n'importe quel chiot. *Sniff.* Il s'appelait... Trutruffe.

Surpris que je sois encore en vie, le groupe lâche un hoquet et recule d'un pas. On pourrait se dire que les gens croient sur parole une bouillie qui parle. Moi, c'est ce que je ferais, mais les soupçons sont nombreux et les accusations sont gratuites.

— Comment as-tu pu faire ça à un pauvre chiot innocent, sale taré ? demande un coursier à vélo.

Il retire sa veste et recouvre le chiot.

— J'ai pas pu, puisque je vous dis que je ne l'ai pas fait.

— Assassin ! crie la première.

— Euh... oui, bien sûr, selon la plupart des définitions, mais là...

Un vieux monsieur très maigre, en costume trois-pièces, agite son journal roulé au-dessus de moi comme s'il comptait me taper sur le nez.

— Je ne crois pas à la peine de mort, mais dans ton cas, je ferais bien une exception !

— Je respecte votre opinion, mais pas vos soupçons. Je ne l'ai pas tué !

Il me regarde avec un rictus narquois, blasé.

— À moins de l'avoir tué, je ne vois pas pourquoi vous diriez ça…

C'est pire que de parler à Hulk. Les foules sont connues pour leur audition sélective. Il suffit qu'un imbécile crie un truc un peu scandaleux, et quelqu'un d'autre sera d'accord. En quelques secondes, ils sont surexcités. Tout le monde se retrouve au diapason et connaît les paroles et la chorégraphie, comme par magie. On se croirait dans un épisode de *Glee.*

— Il ne faut pas tolérer ça !

— On devrait lui faire payer !

Je dirais bien que les foules en colère sont un peu comme des moutons, mais les moutons ne s'énervent jamais, même lorsqu'on leur prend leur laine et qu'on les mange. Les lemmings ? Non. Malgré les idées reçues, ils ne se suicident pas vraiment en masse. C'est juste une légende qui a démarré quand l'équipe d'un documentaire a orchestré la scène en les jetant d'une falaise. Mais ça, personne n'a essayé de leur faire payer.

— On ne peut pas rester sans rien faire !

— Ouais, carrément !

J'adorerais me lever pour distribuer des tartes et les forcer à réfléchir. Mais tant que je n'aurai pas guéri, je n'ai pour seule défense que cette honnêteté à la noix :

— J'ai rien fait. J'ai rien fait ! J'AI RIEN FAIT !

Eh, ma gorge se remet, je parle plus fort. En prenant un ton assuré, je pourrai peut-être les convaincre. On dirait que ça avance. Une contractuelle en uniforme traverse la foule pour se camper à côté de moi. Peut-être qu'elle va leur faire entendre raison.

Elle lève son iPad devant leur nez et annonce avec autorité :

— Regardez, c'est bien lui qui a fait le coup. On le voit sur YouTube ! Il a volé son chien à une vieille dame dans le Queens, et il l'a amené ici pour le tuer.

À l'écran, je vois un plan large de tante May et moi en train de tirailler le chien.

— Non ! Ce n'est pas du tout le même chien. Benny était un bichon maltais, et Trutruffe est un labrador !

J'ai beau connaître la vérité, je me sens minable comme un politicien confronté aux photos anatomiques qu'il a envoyées à sa stagiaire mineure.

— Combien de chiots tu as tués ?

— Aucun ! Et cette vidéo est sortie de son contexte. Si je devais tuer un chien, vous pensez vraiment que je l'amènerais jusqu'ici depuis le Queens ?

Je croyais faire mouche avec cet argument-là, mais Rita la charmante contractuelle riposte :

— Alors tu admets que tu as pensé à tuer des chiots !

— On y a tous pensé un jour ou l'autre, non ? Mais ce n'est pas la question. Trutruffe était une créature noble. Bien sûr, il avait le potentiel de se transformer en monstre enragé qui vous aurait tous dévorés, mais j'ai fait de mon mieux pour le protéger. Je n'ai pas réussi, c'est tout... (Ma gorge se serre. Ma voix se met à trembler.) J'ai échoué... C'est tout... J'ai échoué.

Au fond, quelqu'un crie :

— C'est presque pire que si tu l'avais tué toi-même.

— Mais non ! Ça n'a rien à voir.

Et la foule se met à scander :

— Presque pire ! Presque pire !

Je parviens à m'indigner.

— Réveillez-vous, bande de zombies ! Entre la nourriture, les vétérinaires et la toilette, les États-Unis dépensent 56 milliards de dollars par an pour leurs animaux. Autant d'argent qui pourrait construire des écoles pour filles au Moyen-Orient, ou des drones de surveillance domestique chez nous !

Saint François le coursier à vélo n'hésite même pas :

— Les chiens sont des gens comme les autres !

— Mais non, sale hippie, ce sont les entreprises qui sont des gens ! riposte M. *Wall Street Journal.*

La pervenche se la joue moralisatrice.

— Les animaux nous rappellent la partie innocente et naturelle de notre être, c'est pourquoi nous les aimons. Je ne vois pas le mal à ça.

Je suis sûr qu'elle trolle sur Internet.

— Forcer un prédateur à vivre dans un studio de Manhattan, vous appelez ça « naturel », vous ? Contrôler le sort d'un être vivant qui n'a pas son mot à dire, vous trouvez que c'est une preuve d'amour ?

Je n'aurais jamais imaginé que tu réfléchissais à ce genre de trucs.

Ne me fais pas rire. Il essaie de gagner du temps jusqu'à ce qu'il soit guéri.

Oui. Et je peux tenir longtemps, comme ça.

— Vous avez déjà vu des élevages canins ? Il ne s'agit pas de planter des graines et de les arroser dans la terre, hein ! On les fait vivre dans des cages encore plus petites que celles des poulets. Après leur avoir infligé un calvaire pareil, vous savez combien de chiens on abandonne tous les ans ?

Je reprends des forces. Je me lève. La foule lâche un nouveau hoquet de surprise.

— Il peut marcher !

— Il faisait semblant d'être handicapé !

— Il faut faire quelque chose !

— Chopez-le !

Ils se jettent sur moi, mais je ne vais pas me laisser faire. J'attrape l'arme la plus proche, qui n'est autre que Trutruffe. Et alors ? Il m'aimait bien, je suis sûr qu'il voudrait m'aider. Comme la souche veut aider le gamin dans *L'Arbre généreux.*

Je manie Trutruffe comme un gourdin. La foule recule, de dégoût sinon de peur. Mais je sais au fond de mon cœur que certains se demandent ce que ça fait de prendre un coup de chien.

Mais heureusement, les miracles arrivent de temps en temps. Je recule pour un deuxième coup, et ce que l'on prenait pour un cadavre sans vie sursaute, inhale et aboie. Le manteau du coursier retombe. Deux grands yeux sombres me regardent. Il remue la queue et tire la langue. À mon tour de lâcher un hoquet de surprise.

— Trutruffe !

— Yip !

Hulk l'avait peut-être assommé un moment ou juste coupé la respiration. À moins que les labradors n'aient un mécanisme de survie qui les plonge en catatonie face à des scientifiques irradiés de rayons gamma. Ou alors, quelque part dans ce monde fou et inhumain, quelqu'un a vu son vœu s'exaucer.

Mais quelle importance que tout cela ? Ce petit crétin est vivant, je vous dis, VIVANT !

— Trutruffe !

La foule pousse un cri de joie. Les larmes aux yeux, nous nous distribuons de grandes accolades. Les riches serrent les pauvres, les vieux serrent les jeunes, et surtout, personne ne porte plainte contre personne.

Puis je dégaine mes automatiques et tire quelques cartouches en l'air, et tout le monde décampe.

Sauf Trutruffe. Il reste à côté de moi, et aboie comme s'il les avait fait filer tout seul. Qu'il est adorable !

CHAPITRE $\sqrt{-1}$

Ouf ! Après toutes ces émotions, j'en ai ma claque de cette histoire de chiens mutants, alors je me téléporte à Cancún avec Trutruffe pour me reposer cinq minutes. La plage est très occupée, mais une fois que j'ai remplacé ma tenue de travail par un string asymétrique pour hommes, la plage se vide sans que j'aie besoin de tirer un seul coup de feu.

Trutruffe se fiche bien de ce que je porte. Il est content d'être au soleil.

L'après-midi est magnifique. Je suis assis dans une chaise longue, avec un beau cocktail coiffé d'un parasol en papier, et je regarde les vagues chaudes lécher le sable blanc et le pousser dans les moindres recoins de mes orteils couverts de cicatrices.

Ne vous méprenez pas. Je compte toujours faire la lumière sur cette histoire de Quentin et Jane. Mais même quand on est fou dingue de quelque chose, on finit par avoir les mains moites si on le tient trop longtemps. De temps en temps, il faut prendre de la distance pour recharger ses batteries, puis repartir gonflé à bloc.

Tu ne peux pas simplement dire que tu l'aimes bien ?

Que tu veux avoir un chien ?

Silence. Vous me pourrissez mon groove. Essayez de... aah ! Bon, laissez-moi finir mon verre et savourer le sable et le soleil qui me détendent le dos.

Pourquoi tu as fait semblant de t'en foutre, lorsque tu as cru qu'il était mort ?

Parce que je m'en foutais. Je m'en fous encore, d'ailleurs. Compris ?

Alors pourquoi tu en avais les larmes aux yeux quand il a bougé ?

Eh, c'était l'émotion du moment.

Ce n'est pas la première fois que tu t'attaches à quelqu'un, hein.

Oui, mais en général c'est sexuel, avec une dame, comme avec ma M.S.F.M., Jane. Et ce genre de plaisir a l'air éternel, mais il finit par disparaître.

C'est pour ça que tu aimes que Sophie te regarde jouer ?

Non. Oui. Peut-être. Enfin...

Oh, super. J'essaie de me détendre, et maintenant même Trutruffe me regarde comme si j'étais fou, parce que je me dispute avec moi-même.

Fais semblant de parler au téléphone.

Comme ça, on aura l'impression que tu parles à quelqu'un.

Ce n'est pas le moment rêvé pour l'introspection, d'accord ? J'ai un cocktail, une chaise longue et une plage rien qu'à moi. Vous ne pouvez pas vous contenter de faire du bruit blanc, là ?

Comme Radiohead ?

Mais on t'aime !

(Parce qu'on est toi et tu es nous !)

Oh, des parenthèses. C'est nouveau, ça.

Des parenthèses ? Oh, mais pour l'amour de... vous êtes combien, là-haut ?

Du calme, Wade. On a plein de surprises.

Euh, c'est quoi cette nouvelle police ? Bodoni ? Non, je m'en fous, en fait.

La vraie question, c'est de savoir *pourquoi* on est ici.

(Parce que tu es fou ?...)

... ou simplement parce que tu as besoin de parler à quelqu'un ?

Et merde. Continuez sans moi, hein. Je vais rester là à boire mon coup et compter les vagues.

Avant, on appelait ça un Trouble de la Personnalité Multiple. Maintenant, c'est un Trouble Dissociatif de l'Identité.

(Techniquement, ce n'est même pas un T.D.I., puisqu'on ne prend pas le contrôle de son corps.)

Ah ! Donc on n'est pas tant des différentes personnalités qu'une seule personnalité sous des reflets différents.

Un seul Wade Wilson, déformé par des centaines de miroirs de fête foraine.

Je ne vous écoute pas ! La la la. Je n'entends rien. Vous ne m'intéressez pas... Ni en gras ni en italique, entre parenthèses ou je ne sais quoi. Bavardez autant que vous voulez entre polices. Je suis tout seul et heureux sur une plage de rêve. La la la. Regarde, Trutruffe, ce n'est pas un dauphin, là-bas ?

Donc, en l'essence, il nous utilise pour mettre en lumière ce à quoi il devrait faire attention, mais qu'il évite, parce que ça n'est pas ce sur quoi il veut se concentrer dans l'immédiat. Ou que c'est trop douloureux à affronter.

(Par exemple... on a déjà eu un chien ?)

Alors, on en a eu un ?

Alors, hein ? Oui ou non ?

Tous les chiens qui errent ne sont pas perdus.

Oooh ! Arial est censé m'impressionner quand Bodoni fait chou blanc, c'est ça ? Et n'allez pas croire qu'une petite référence à Tolkien en passant me forcera à vous répondre. Oui, la route se poursuit sans fin, mais certaines de ses descriptions aussi.

(Tu te rappelles si tu as eu un chien ?)

Quelle importance ? Je me rappelle tout un tas de choses. Et je ne sais pas différencier ce qui est vrai de ce que j'ai inventé. On n'y peut rien, alors je continue d'avancer.

Nous traversons nos chiens, quand nous arrivons à eux, et les brûlons derrière nous, il ne nous reste rien pour trouver le chemin parcouru à part le souvenir d'une odeur de fumée et l'idée que peut-être, cette fois-là, nos yeux ont pleuré.

Encore une référence ?

Oui, Tom Stoppard, traduit en chien.

En se réveillant un matin après des rêves agités, Gregor Samsa se retrouva, dans son lit, métamorphosé en un monstrueux schnauzer.

(Ça, c'était Kafka. Tu ne veux pas essayer de te souvenir, Wade ?)

Et si tu regardes longtemps un chien-chien, le chien-chien regarde aussi en toi.

Celle-là, même moi je la connais. Nietzsche. Le Nietzsche, c'est chic, mais le plastique c'est fantastique. On pourrait peut-être s'entendre, les gars. Je collerai la langue dans une douille de luminaire pendant toute une journée, si vous me foutez la paix pendant une heure.

Celui qui oublie de sortir son chien se condamne à nettoyer derrière lui.

Je vous dis que ma mémoire n'est bonne à rien ! Chaque fois que je prends une beigne sur la tête, qu'on m'ouvre le crâne, que je me prends un traumatisme cérébral ou je ne sais quoi, les cellules grises repoussent différemment. Parfois un peu, parfois beaucoup.

Chien présent et chien passé sont tous deux présents peut-être dans le chien à venir.

Donc même lorsque j'arrive à rester cohérent un moment, ma propre tête finit par me faire un peu de continuité rétroactive. Alors, pourquoi se fatiguer ?

Pour avoir une histoire.

N'importe quelle histoire vaut mieux que pas d'histoire du tout.

Si ça m'intéressait vraiment d'avoir une histoire, je ne serais pas en train de glander à Cancún, pas vrai ?

Et pourtant l'histoire est le mode essentiel par lequel nous communiquons notre essence, à nous-mêmes comme à autrui. Elle peut être définie par une structure basique : personnage, conflit et clôture. Certains estiment que le conflit n'est pas nécessaire, mais une forme ou une autre de désir est impérative pour donner de l'élan à une narration. Même l'attente d'un ascenseur est une forme de conflit. De même, le désir de ne pas se rappeler est un conflit avec le désir de se rappeler, et fait donc partie de ton histoire. C'est inévitable.

Tu te crois malin parce que tu as des sérifs, c'est ça, Bodoni ? J'ai fait l'école primaire, mon vieux. On peut écrire des mots tout aussi compliqués avec des lettres bâton, tu sais.

Tu viens de dire que tu ne pouvais pas te fier à ta mémoire.

Alors, comment être sûr que tu es bien allé à l'école ?

Tous les chiens grandissent. Tous, sauf un.

Écoutez, même si ça fait partie de mon histoire, ça ne pourrait pas être la scène où je me la coule douce ? On ne peut pas souffler cinq minutes ?

Certains auteurs inventent leur intrigue au fur et à mesure, se surprennent ou laissent leurs personnages prendre les commandes. Cela fonctionne, mais d'un point de vue opératif, ce serait comme un magicien qui ne veut pas savoir comment ses tours fonctionnent. Lorsqu'on construit un château dans le ciel, ne vaut-il pas mieux savoir d'où viennent les briques, pour pouvoir reconstruire le château s'il s'écroule ?

Non, parce que ÇA N'A AUCUNE IMPORTANCE. Vraiment. Je sais que j'appartiens à une réalité fictive. Cela en ferait sans doute trembler plus d'un, mais moi, ça me rassure. Parce que du coup, même si Hulk avait effectivement tué Trutruffe, ça ne lui aurait pas fait mal, puisqu'il n'existe pas. D'un autre côté, ça veut aussi dire qu'il reste un espoir pour le monde réel, quel qu'il soit.

D'une façon ou d'une autre, ÇA N'A AUCUNE IMPORTANCE.

La chose la plus miséricordieuse qui fut jamais accordée à l'homme est son incapacité à faire le rapprochement entre toutes ses connaissances.

Merci, Arial ! Exactement. Alors, à quoi bon rester connecté ?

Parce que non seulement les histoires existent, mais ce sont elles qui assurent la cohésion du tout.

Nous sommes de l'étoffe dont sont faits les chiens, et notre petite vie est enveloppée dans un aboiement.

Oh, mais la plaie, à la fin ! D'accord ! Tout le monde m'écoute ? Vous voulez savoir ce dont je me souviens ? Je me souviens que ma mère est morte d'un cancer.

Tous les chiens heureux se ressemblent, mais chaque chien infortuné a sa physionomie particulière.

Je me souviens que papa me tapait aussi souvent qu'il tapait dans la bouteille. Je me rappelle, déjà tout petit, m'être senti à l'étroit sous ma peau, et avoir envie d'en sortir à coups de poing. Je me rappelle vraiment, vraiment aimer casser les choses.

(Garçon ? Je peux avoir un café, s'il vous plaît ?)

Chut ! Il parle, enfin !

C'était le meilleur et le pire des chiens.

Je me rappelle qu'il appelait ça l'amour « sévère, mais juste », vous savez, un peu de la même manière que le servant du Bien brandit une épée de justice. Je me rappelle me foutre un peu de la justice, mais avoir très envie d'une épée. Pour me défendre. Je me rappelle, avant d'avoir quitté le lycée, m'être fait un groupe d'amis complètement frappés – une bande de papas punks. Je me rappelle que l'un d'eux a flingué papa avec son propre pistolet.

Et le chien dit : « Jamais plus. »

Et, OK, si vous insistez, je me rappelle bien un chien quelque part, en primaire je crois, avant que ça ne dérape vraiment. Quelque chose qui m'aimait sans me reprendre, ni me frapper, ni me demander quoi que ce soit à part de la nourriture et des promenades.

Quel chef-d'œuvre que le chien ! Qu'il est noble dans sa chasse au canard ! Qu'il est infini dans son rattrapage de bâton !

Vrai ou pas, je me rappelle que je l'aurais voulu éternel. Il ne l'était pas, mais moi si. Je suis éternel. Même quand je devrais mourir, je reviens, sans cesse. Et cela clôt donc notre sujet. Vous êtes contents ?

Comme je ne pouvais m'arrêter pour le chien, il s'est gentiment arrêté pour pisser.

Est-ce que j'ai eu un chien ? Vraiment ? Ou ai-je simplement l'impression que j'aurais dû en avoir un ?

C'est une vraie histoire de chien, plus ou moins.

Mais je me rappelle aussi, très clairement, être l'homme le plus riche au monde. Avoir vécu jusqu'à un âge mûr, puis me coucher dans un lit coûteux, entouré de trésors innombrables, serrant contre mon cœur la photo d'un garçon et de son chien. Avant de passer dans le grand au-delà, le cadre échappe de mes doigts affaiblis, se fêle contre le sol tandis que je souffle mon dernier mot : « Rosebud ».

Non, ça, c'est *Citizen Kane.*

Exactement ! La moitié du temps, je me souviens parfaitement être Leonardo DiCaprio dans *Titanic.* Si je ne veux pas m'expliquer, c'est que je ne peux pas, pas vraiment, jamais. Alors j'aimerais juste me taire. J'aimerais.

Aujourd'hui, le chien est mort. Ou peut-être hier, je ne sais pas.

Allez, les gars, vous ne voyez pas qu'il souffre ?

C'est encore plus flippant que de regarder pleurer Hulk.

(Nous sommes désolés, Wade. Vas-y, prends ta pause, détends-toi.)

Ouais, on se tait pendant au moins un chapitre. C'est promis.

Non ! Vous savez quoi ? Trop tard ! Allez viens, Trutruffe. Je t'emmène chez Preston. Et après je me remets au travail.

CHAPITRE DIX-HUIT

Dans les années 1950, le quartier de SoHo à New York s'appelait Hell's Hundred Acres. Il n'y avait que des ateliers de manufacture, des usines et des entrepôts – remplis d'ouvriers misérables la journée, et vides la nuit. Dans les années 1960, ces fabriques avaient fermé. Tout un tas d'artistes bohèmes ont vu les grandes verrières et se sont dit : « Oh chic, de la lumière naturelle ! » Dans les années 1980, les yuppies ont vu tous ces artistes, et ont dit : « Oh, une justification pour notre consumérisme endiablé ! » De nos jours, les lofts rénovés sont à peu près aux normes. Les rares véritables hôtels particuliers se vendent entre trois millions et qui-a-les-moyens-de-payer-pour-ça ?

La prochaine adresse sur ma liste ne doit pas du tout se négocier dans les mêmes prix. Un bâtiment austère, en brique usée, avec une porte rouge repeinte en noir. On dirait moins une maison de riche qu'un manoir hanté de série télé, occupé par un squelette parlant. Le nom du propriétaire, Croûton Withers, colle bien à l'ambiance.

J'imagine que Croûton Withers est un nom d'emprunt, mais je vis dans un monde où les gens s'appellent vraiment von Fatalis. Mais le plus bizarre – et je me rends compte que dans un livre comme le mien, ça place la barre assez haut – c'est que Croûton Withers n'a pas reçu un chiot suspect, ni deux ni dix.

Il en a *30*.

Ce qui laisse présager d'une façon différente de voir les animaux de compagnie.

Oh, je pourrais débarquer sabre au clair et laisser Dieu reconnaître les siens. Mais étonnamment, je me sens détendu (comprendre « psychologiquement épuisé ») après ma relaxation sur la plage. Ce serait plus amusant d'essayer de deviner ce qu'il prépare ou de m'inventer une petite histoire.

Pour suivre le thème de l'histoire d'horreur, je m'imagine un type solitaire, assis dans un fauteuil au coin du feu pour régaler ses chiens d'une histoire de fantôme terrifiante, comme « La peur qui rôde à Shadow House » (pour tous les fans de Steranko !).

Ou alors...

Il se fait un plan Cruella d'Enfer et se prépare un nouveau peignoir de bain.

Non. Ce sont des chiots de races différentes. Les pelages n'iraient pas ensemble.

Ou alors, il vient d'immigrer et il a le mal du pays, alors il se prépare une recette traditionnelle. Il y a plein de pays où on mange encore des chiens : Chine, Indonésie, Corée, Mexique, Philippines, Polynésie, Taïwan et Viêt Nam. Il y a quelques centaines de personnes en Suisse qui considèrent que les chiens et les chats font d'excellents plats de Noël. Je vous jure.

Est-ce que Withers est un nom suisse ? Aucune idée.

Et puis, 30 chiots, ça nourrit son homme. Je n'ai pas l'impression qu'il y a foule à l'intérieur.

On va choisir l'approche inutilement optimiste. Cruston est peut-être un type tout à fait réglo, un incompris qui a un nom aussi inquiétant que sa maison. Il compte peut-être offrir tous ces chiens à des enfants défavorisés.

Non, non, non. J'ai compris. Vous allez voir :

Écœuré par l'humanité et sa cruauté, l'ermite Croûton Withers veut devenir un chien. Il achète plusieurs chiots, pour qu'ils l'acceptent plus facilement en leur sein. Puis il se déguise en chien, et... Bon, je m'ennuie. Autant aller lui demander. Je pourrai toujours tirer dans le tas plus tard si ça me prend.

La sonnette est manuelle, à l'ancienne. Un vieux machin sans électricité. On tord le bitoniau, et une vraie cloche sonne pour de vrai. Alors je tourne plusieurs fois.

J'attends. Je fredonne un peu. Je regarde mes pieds, le ciel, puis je tourne à nouveau.

Ça ne fait pas beaucoup de bruit. Il ne l'entend peut-être pas. S'il est aux toilettes, ou s'il regarde la télé, ou s'il respire... Si c'est un vieux machin avec les portugaises ensablées, il ne m'entendra jamais. Mais voilà que je recommence à me faire des préjugés. Ce n'est pas parce qu'il s'appelle Croûton qu'il est vieux. Si ça se trouve, il a tout juste 20 ans. On a déjà eu un retraité avec tante May.

J'aurais préféré du liquide, mais ma patience est récompensée par un frottement de chaussons contre un parquet en bois. La poignée tourne, mais la porte ne s'ouvre pas. Genre. Il a « oublié » qu'elle était verrouillée. J'entends quelques cliquetis pendant qu'il ouvre la serrure et tire la chaîne. La porte peinte en noir s'entrouvre avec un grincement.

Vous vous doutiez qu'elle grincerait, pas vrai ?

Je me retrouve face à deux petits yeux plissés derrière des lunettes à culs-de-bouteille.

Oui. Il est vieux. Il porte une robe de chambre en velours et marche avec une canne. Donc, on se répète. Mais là, ce n'est pas un vieux fringant comme tante May. Non, c'est plutôt le genre Mathusalem. La peau ridée sur une tête osseuse, des cheveux blancs si fins qu'on les voit à peine. Il est voûté, mais tout juste. Il faut reconnaître qu'il a un torse impressionnant, qui ne se prête pas à la souplesse. Il aurait pu être docker, avant.

Il y a un long couloir sombre derrière lui, avec, *check*, une grosse pendule à balancier. Rien ne bouge (à part le pendule, donc), mais l'odeur des chiots est palpable.

— Bonjour, monsieur Withers ? Monsieur Crouton Withers ?

— Fichez le camp.

Pas de « C'est déjà Halloween ? » ou « Qu'est-ce que vous voulez ? ». Juste « Fichez le camp. » Vieux acariâtre, *check* encore. Il essaie de fermer la porte, mais j'ai mis le pied dans l'embrasure.

— Attendez, ça ne prendra qu'un instant.

— Vous tombez mal.

La robe de chambre ample cache ses bras, mais ils sont assez forts pour claquer la porte et me couper le bout de l'orteil. Pas facile. Et douloureux, en prime. Peut-être qu'il n'est pas entièrement cliché.

Admirant mon pied blessé, je remarque autre chose près du sol, coincé dans la porte. Le genre de chose que Sherlock Holmes pourrait qualifier d'indice. On dirait un bout de peau sèche, une ride qui en a eu assez de vivre sur le visage de Croûton et qui a décidé de jouer la fille de l'air. Je me penche et j'essaie de le ramasser, mais c'est coincé dans la porte. Le morceau s'étire, mais casse avant de se dégager.

Ha. Du latex. Du genre prothèse, pour créer un figurant dans *La Suite honteuse des singes* ou... pour donner à quelqu'un une tête de vieux. Hmm. C'est louche. Lorsque les gens font des efforts de maquillage, c'est souvent pour paraître plus jeunes. Mais bon, chacun sa vie. Il y aura toujours quelques originaux pour préférer le look *Cocoon* pré-miracle. Ils se trouvent peut-être un air respectable.

Mais Withers avait l'air vraiment vieux. Tout bien réfléchi, il n'y a qu'une seule personne qui peut vouloir prendre l'air d'un papi tout faible. Quelqu'un qui n'est pas faible.

Tout bien réfléchi, je me demande si Withers est bien son vrai nom.

La porte a une vieille fissure sur le milieu. J'applique un peu de pression, et le bois grogne, prêt à céder. Facile à défoncer, mais il pourrait être n'importe où. Pourquoi le prévenir ? Il doit y avoir une façon plus discrète d'entrer.

Les maisons de ville de Manhattan n'ont jamais de ruelle digne de ce nom, donc je monte direct sur le toit. En chemin, je passe devant une des fenêtres du premier étage, où je repère grâce à mes mirettes agiles un ensemble de poids et haltères de compèt'. Deuxième étage : vitrine de trophées de bowling, ce qui me semble un peu hors contexte. Mais aucun chien.

Le toit est décevant. Pas de lucarne. C'est surfait, mais j'adore défoncer ces machins. Rien d'autre à voir en haut, un revêtement goudronné, le genre en rouleau qu'on trouve sur la plupart des toits plats. Quand je regarde derrière la maison, je vois un truc qui est devenu rare : un vrai jardin. Il est trop petit pour élever des moutons, mais lorsqu'on est un mercenaire toujours en mouvement, on apprécie ces petits îlots de discrétion.

Une main sur le rebord de la fenêtre, je me laisse tomber, et hop. Toutes les fenêtres de derrière sont éteintes, sauf une à la cave. C'est un de ces vasistas tout en longueur, étroit et au ras du sol, donc je me mets à genoux pour regarder. Je comprends mieux les trophées de bowling. Croûton s'est construit une piste de bowling, avec mécanisme pour reposer les quilles, tableau de score numérique et piste polie à la perfection.

Ça ne laisse pas beaucoup de place pour une trentaine de chiots, tout ça. Le reste de la maison a l'air aussi vide que le visage de Sophie quand je l'ai invitée à venir voir un film avec moi. Où sont-ils ?

Croûton arrive. Il ne me voit pas, et laisse tomber sa canne, ses lunettes énormes et enfile ses chaussures de bowling. Puis il se redresse, tend les bras et fait craquer ses phalanges.

C'est comme si je le regardais endosser son identité secrète de... Bowling Man ?

Mais quelle est sa véritable identité ? Le vieux, ou le jeune joueur ? Et a-t-il un partenaire appelé Goutière-Boy ?

Il prend une boule et se met devant la piste. Au moment où il sourit, j'ai peur qu'il ne m'ait vu, mais non. Le bout de la piste est juste sous ma fenêtre. Il regarde les quilles.

Je comprends comment il a gagné tous ces trophées. Il lance avec une forme classique, qui met l'accent sur la précision plutôt que la vitesse et la puissance. Les épaules face à la ligne, il lève la boule en arrière, le bras presque parallèle au sol, pour mener à un lancer fluide et presque silencieux.

Vous voyez ce que je veux dire, pour ma mémoire ? J'ai été marié quatre fois, mais aucune chance que je vous dise le nom de mes femmes pour le moment. En revanche, je suis calé en bowling... et je ne saurais pas vous dire pourquoi.

De là, on dirait que la boule file droit sur la poche 1-3. Je sais exactement quand elle percute, parce que le visage de Croûton s'illumine, et fendille une partie de son masque de vieux.

Mais au lieu des quilles qui tombent, j'entends... des jappements.

Doux Jésus.

Pourquoi vous voulez que j'invente des histoires, alors que le monde me balance des inventions pareilles ? Ce n'est pas Bowling Man ! Ce n'est pas un héros. C'est un...

La fenêtre de la cave est épaisse, avec une grille en métal prise dans le verre pour décourager les intrus. Ça ne me décourage pas. Loin de là. J'entre, les deux pieds sur le centre de la piste avant même qu'un fragment de verre ne soit tombé.

Un coup d'œil en arrière me confirme l'écœurante vérité.

-Argll-

Il a remplacé les quilles par des chiots ! Oh mon Dieu, des chiots ! Il utilise des chiots en guise de quilles ! Maintenus en place par des lanières de Velcro. Quelle horreur !

Mais il a fait un strike. Il faut reconnaître qu'il est bon. Les dix chiots-quilles sont renversés et gémissent. Ils sont presque ravalés par le mécanisme. J'arrache les entrailles de la machine, révélant leur vingtaine de frères et sœurs prisonniers. Je les libère rapidement, si furieux que Croûton n'a pas le temps de bouger.

Lorsque je me tourne vers lui, il me regarde encore avec étonnement.

— C'est pas le moment, hein ? Et pour ça, c'est le moment ?

Je lui donne un coup de poing dans le ventre. Il a les abdos bien durs, sans doute grâce à tous les exercices qu'il fait, alors la deuxième fois que je cogne, je ne me retiens pas spécialement.

— Et maintenant ? (Un droit à la mâchoire.) Et là ? (Un gauche au menton.)

Le reste du latex et de la perruque se détachent. Ce n'est pas un retraité, c'est une brute dans la force de l'âge. Mais je me demande comment il peut encore tenir debout après le sixième coup. Puis je me rends compte que je le cognais exactement au bon angle pour l'empêcher de tomber. Même mes instincts ne l'aiment pas.

Je m'arrête un instant. Il bascule.

Il essaie de s'éloigner en rampant. On sent la douleur dans sa voix, mais il parle quand même d'un ton clair.

— Vous ne comprenez pas !

Je pose la bouche tout contre son oreille et je crie :

— Du bowling avec des chiots ? Qu'est-ce qu'il y a à comprendre ?

— Je ne leur fais pas de mal !

Conscient que chaque histoire a plusieurs versions, j'essaie de me calmer en lui donnant un coup de pied dans les côtes.

— Tu les immobilises avec des lanières, tu les fais passer dans un mécanisme qui les manipule et tu leur lances une boule de huit kilos ! Bien sûr que tu leur fais du mal !

— Je... je crois qu'ils aiment ça.

Je saisis son peignoir à pleine main et je le soulève pour qu'on soit nez à nez.

— Ils aiment ça ? ILS AIMENT ÇA ? Tiens, je vais te faire la même chose, tu me diras si tu aimes.

— D'accord ! Peut-être qu'ils n'aiment pas, mais je te jure que je leur fais pas mal. Pas trop.

Je recule la main pour en remettre une couche. Il lève les siennes et me supplie.

— Pitié. Vous n'avez jamais eu l'impression de *devoir* faire quelque chose, même si n'importe qui vous prendrait pour un fou ?

— Comme tuer des criminels par plaisir ? dis-je les dents serrées.

— Euh, eh bien... oui, oui, pourquoi pas. Croyez-moi, je n'ai pas toujours été comme ça. (Il se met à chialer.) J'étais champion de bowling, je jouais dans les plus grandes compétitions. J'avais une femme canon, plein d'argent, la totale. Le soir de la finale, il me reste un coup à jouer pour avoir fait la partie parfaite. Je fais mon approche quand le chien d'un gosse s'échappe de sa fête d'anniversaire. Il se met à courir sur les pistes. Je le vois bien foncer vers la mienne, mais je suis concentré. Je ne veux pas m'interrompre, et je me dis qu'il va bien voir arriver la boule. Mais là... il...

Il ferme les yeux et baisse la tête.

— On m'a expulsé de la ligue. Ma femme m'a quitté pour un champion de baby-foot. Je suis devenu un paria. Oh, j'ai essayé de penser à autre chose, croyez-moi. J'ai cru que c'était derrière moi. Puis, une après-midi, j'ai lancé un caillou sur un écureuil... et d'une certaine façon, tout d'un coup, je me suis senti mieux. Toute la douleur que j'avais en moi a disparu. Mais lorsqu'elle est revenue, c'était pire qu'avant, et j'ai compris ce que je devais faire pour m'en débarrasser.

— Oh, mon pauvre petit. (Je rajoute quelques bons coups de poing, mais je m'arrête avant qu'il ne s'évanouisse.) Une autre question, pourquoi tu te déguises en petit vieux ?

Le visage tuméfié, les dents cassées, il tente de hausser les épaules.

— Ça, c'est parce que j'aime bien.

Bon, je ne juge pas les gens sur leur façon de s'habiller. Par contre, pour les chiots... Je le tiens par son peignoir et je lui donne un bon coup de boule, en le lâchant au bon moment pour qu'il recule d'un mètre avant de tomber.

Je me demande comment poursuivre notre petite conversation lorsqu'un grondement me fait me retourner vers la machinerie. Bon sang ! Je croyais avoir tout arraché, mais ça doit fonctionner encore. Tout ce temps où je m'amusais, ces pauvres chiens étaient en danger.

— Vite, comment on l'éteint ?

Croûton indique un tableau électrique. Je disjoncte le courant, et toutes les lumières s'éteignent... mais le grondement continue.

— Ça aurait dû marcher, je te jure !

C'est de plus en plus fort. Je comprends rapidement que ça n'a rien de mécanique, en fait. C'est l'une des quilles, un petit beagle à croquer, à moitié coincé dans la gouttière. Il court vers la piste comme s'il pesait une tonne. Il tombe, et roule vers nous un peu de travers. Quand son corps commence à enfler, les lanières de Velcro craquent et cèdent l'une après l'autre.

Il est libre, à quatre pattes. On dirait encore un peu un chien, mais la lueur malveillante dans son regard ne trompe pas. La chose qu'il est en train de devenir se lève sur ses pattes arrière, comme pour faire le beau. Les pattes arrière s'épaississent en jambes et pieds tout sauf canins. Les pattes avant ondulent et se transforment en formidables mains à quatre doigts. La poitrine s'élargit, la cage thoracique craque en se développant. Les oreilles sont moins tombantes, plus gobelinoïdes. Ce museau, proche du groin, héritage de la fière race qui sut engendrer Snoopy, se tord en une grotesque parodie porcine. Des cornes poussent sur son front – pas grosses, mais quand même visibles grâce aux marques noires qui les prolongent sur la peau de la bestiole.

La couleur ? Principalement deux tons de vert, avec un masque de raton laveur noir.

Puisqu'il fait cinq mètres de haut, le monstre n'arrive pas à se redresser dans la cave, mais il essaie. Il force sur ses épaules et pousse un cri d'une voix creuse et mélancolique, qui semble résonner dans les confins infinis du vide intersidéral.

— JE SUIS GRUTO, LA CRÉATURE DE NULLE PART !

Nulle part ? Je ne peux pas laisser passer ça.

— C'est une proclamation nihiliste ? Du genre, là d'où je viens, c'est nulle part !

Le gros tas tourne la tête, surpris, sincèrement troublé.

— Comment suis-je arrivé là ? Par où suis-je arrivé ? Pourquoi ces souvenirs m'échappent-ils ?

Eh, j'ai connu ça. On se réveille désorienté sur une piste de bowling, incapable de faire des phrases cohérentes.

C'est comme si je me regardais dans un miroir. Mais ce n'est ni le lieu ni le moment pour une métanoïa.

Croûton rampe péniblement vers la porte, espérant se faire oublier dans l'action. La torture est un point sensible, chez moi, et vous place direct dans la catégorie « cible autorisée ». Alors je le désigne du doigt.

— Oh, Gruto ! Je sais comment tu es arrivé là. C'était lui. Ce type, celui qui est à genoux et qui se pisse dessus. C'est lui qui t'a amené là !

La tête de Gruto se tourne d'un coup vers le bowler. Il souffle par les naseaux, comme un taureau avec un masque de raton laveur.

— J'ai... faim !

— Non, par pitié ! Non !

Croûton accélère et se traîne jusque dans le couloir.

J'essaie de laisser faire Gruto, mais il met du temps à se glisser par la porte. Le temps qu'il la franchisse, Croûton a disparu. Et le reste de la cave est un long espace plein de fatras : des vieux haltères, une malle-cabine, un mannequin de couturière, une vieille cage à oiseaux, une planche Ouija hantée... Vous voyez le genre.

Pauvre Gruto. À la façon dont il pousse timidement les objets qui le dérangent, on voit tout de suite qu'il n'est pas doué à cache-cache. Donc, c'est à moi de jouer. Il n'y a qu'une seule issue, par l'escalier, et puisque je n'ai entendu personne grimper, Croûton doit encore être avec nous.

Je me glisse derrière Gruto et je murmure :

— On forme une équipe, pas vrai ? (La Créature de Nulle Part hoche la tête.) D'accord. Alors je vais me faufiler jusqu'à l'escalier. Toi, reste ici et fais du bruit, pour qu'il croie que le chemin est libre. Compris ? On y va.

Je vais vers l'escalier à pas de loup, me trouve un coin d'ombre et fais signe à Gruto de commencer.

— Où est cet humain ? J'ai faim !

Et bien sûr, quelques cartons tremblotent et Croûton en sort, pour avancer vers l'escalier. Je lui saute sur le râble.

— On va quelque part ?

Il se met à genoux, il fait presque autant pitié qu'un chien.

— Ne le laissez pas me manger !

J'ai presque pitié de lui.

— Pff... Tu promets de ne plus jamais faire de bowling ?

Même s'il dit oui, je n'ai aucune raison de le croire. Mais s'il y a quelque chose qui peut faire changer un sadique d'avis, c'est sans doute de manquer de se faire dévorer par une de ses anciennes victimes transformée en monstre. Alors oui, j'envisage de le laisser filer, mais... il rate le coche.

— Je... j'utiliserai des écureuils !

— Gruto, il est là ! Je te le laisse.

— Noooon !

Gruto a bientôt le ventre plein. Il me plaît déjà, alors je m'en veux de penser ça, mais Withers pourrait bien être comme un restaurant chinois : Gruto aura peut-être faim dans même pas une heure. Je devrais le liquider (humour de nanocatalyseur) sur place. Mais lorsqu'il me regarde avec ce grand air de gratitude, je revois presque le chiot qu'il était. S'il reste docile, le S.H.I.E.L.D. pourra peut-être l'étudier ?

Pas évident.

— Gruto, tu veux bien monter l'escalier avec moi ? J'aimerais te parler.

Le plafond du salon est plus haut. Le soleil de l'après-midi est assez agréable. Gruto parvient à se coller dans une causeuse sans se cogner la tête. Je tire une chaise, m'assieds devant lui et le regarde.

— On n'est pas si différent que ça, tous les deux, hein ? Tu es génétiquement programmé pour t'énerver. Moi, j'aime tuer, mais pas faire souffrir pour rien. Enfin, en général. On nous traite de monstres, mais ce sont les sadiques comme celui que tu viens de manger, les vrais monstres. Oh, mon vieux. (Je tends la main vers ses dents.) Tu as du Croûton coincé là...

Il est assez civilisé pour paraître penaud. Il se cure les dents, et je me dis que ça pourrait marcher.

— Alors on a ça en commun. Et l'amnésie... Je n'en parle pas souvent, mais même quand je me rappelle de quelque chose sur mon passé, je ne suis pas sûr que ça soit vrai.

On dirait que la communication s'installe.

— Tu... tu as aussi faim de chair vivante ?

— Non, mais il faut de tout pour faire un monde, pas vrai ? Puisque toi et moi, on ne peut pas se définir par nos souvenirs, on peut peut-être se définir mutuellement par... notre confiance ? Enfin, je veux dire, on pourrait devenir... amis. On n'est même pas obligé d'y mettre un nom. Si le S.H.I.E.L.D. fait une pause dans ses tests, on pourrait se balader tous les deux.

Je ne sais pas si je l'attriste ou si je l'ennuie, mais il regarde du côté de la fenêtre. Un bruit de geyser éclate de son torse.

— Ha ! C'est ton ventre qui gargouille ou c'est un tremblement de terre ? Tu veux commander une pizza ?

Il ne veut toujours pas croiser mon regard, alors je me laisse retomber contre le dossier.

— Je comprends. J'insiste trop. Je comprends tout à fait. Je comprends ta réticence, la désorientation, la rage qui jaillit de nulle part. Nulle Part, c'est de là que tu as dit que tu venais ? Crois-moi, j'ai aussi l'impression d'en être nulle part dans ma vie. On pourrait peut-être venir de Nulle Part tous les deux ?

CRAC !

Cinq mètres de bestiole qui se carapatent par la fenêtre. Enfin, un bout du mur plutôt. Vous vous rendez compte ? Je lui ouvre mon cœur, et même un putain de monstre a envie de foutre le camp. C'est le grand retour de Sophie au collège. Toute ma vie n'est qu'une histoire de monstre.

Tu devrais peut-être vérifier ce qu'il regardait.

Je croyais que vous deviez me foutre la paix pendant tout un chapitre. Mais à quoi bon le suivre ?

Tu dois l'arrêter.

Et ça te fera du bien.

En quoi ? C'est ça, ma vie ? Je suis si pathétique que je dois poursuivre une créature égoïste pour qu'on fasse attention à moi ? Ce n'est pas une bête de concours, hein ! Pourquoi ce ne serait pas à lui de m'arrêter ? Si je suis aussi nul, pourquoi on a fait un film avec mon nom dessus ? Un film *très attendu*, d'ailleurs. Vous croyez que les studios préparent un film sur *Gruto, la Créature de Nulle Part* ? Alors, c'est pas une preuve, ça ?

Non, écoute.

Il faut que tu l'arrêtes parce qu'il y a un monstre en liberté.

Oh, je comprends. C'est une métaphore. Résoudre son problème, ce sera comme résoudre mon propre problème. C'est amusant, on pourrait s'imaginer que je serais plus réceptif aux sous-entendus quand je me parle à moi-même.

Ce n'est pas un sous-entendu !

Regarde par la fenêtre !

Oh, flûte. J'ai une vue imprenable, une fois de plus. Encore des gamins. Juste en face de la rue, douze petites écolières en uniforme marchent en rang, deux par deux. La scène serait banale, sans le prédateur géant qui leur fonce dessus.

— Gruto a faim !

Oh, Gruto... on a tous faim, quelque part, non ? Si l'existence était différente, on aurait pu devenir amis. En l'état, je saute par la fenêtre en dégainant A.D.A. et je le liquéfie sur place.

CHAPITRE DIX-NEUF

LeVraiWade16 : L'équipe de ménage est là. T où ? Comment vont Trutruffe et le colley ?

Preston2.0 : Dans les papiers jusqu'aux yeux, surtout ceux pour ramasser leurs besoins. Ces chiens fuient comme des robinets cassés 😟.

LeVraiWade16 : Je peux en ramener ? 👽

Preston2.0 : 😵 ?! Combien ?

LeVraiWade16 : Euh... 29.

Preston2.0 : 😵 !!! On les envoie au labo, un point c'est tout !

LeVraiWade : TKT. Je vais trouver autre chose. 👽 @+

Sans me laisser démonter, je retourne en trottant vers les pauvres bêtes qui gémissent autour de la piste de bowling. Des yeux perdus me regardent depuis les quilles immobiles. Vous connaissez la rengaine : je ne sais pas lesquels sont des vrais chiens, lesquels pourraient se transformer, bla bla bla. Je n'y connais pas grand-chose en chiens, mais je vois un lévrier afghan, un malamute, un fox-terrier et un épagneul, un berger et un schnauzer, un basset, un boxer, un retriever, un doberman, un pointer, un setter, un lévrier écossais, un dogue allemand, un mastiff, un Terre-Neuve, un shetland, un pékinois, un caniche, un carlin, un rottweiler, un husky, un lévrier whippet, un braque hongrois, un shiba, un braque de Weimar, un schipperke, et je crois que ce petit, là, c'est un samoyède.

Comme je viens de le dire, je ne suis pas un expert. Mais j'avais déjà le smartphone à la main pour discuter avec Preston, alors j'ai cherché. Et malgré les faiblesses dont j'ai pu faire preuve face à l'enchanteur Trutruffe, je reste totalement professionnel et je distribue des paroles apaisantes.

— N'ayez pas peur, mes petits amis. Le méchant homme ne fera plus jamais de bowling. Je viens vous sauver !

Quelques petites tractions çà et là, et ils se mettent à trottiner. Heureusement, le fait de rester attachés comme ça n'a pas mouché leur enthousiasme juvénile. On dirait une compagnie de jouets mécaniques trop remontés. Ils rebondissent contre un machin, dérapent sur un autre, se rentrent dedans, déchirent les cartons de vieux vêtements.

On pourrait imaginer que ce déferlement d'enthousiasme trouverait un écho dans mon cœur blessé, mais le simple volume de la meute suffit à endiguer mes émotions. Un chiot, c'est adorable. 29, c'est une statistique. Enfin, plutôt que de les livrer à un laboratoire, j'envisage de les emmener avec moi pour la prochaine mission. La question, c'est : « Comment ? » Je pouvais tenir Trutruffe d'une seule main. *Soupir.* Trutruffe...

Croûton a laissé une collection de sacs de bowling, mais je me dis qu'en y logeant un maximum de quatre chiots, ça me ferait sept sacs à trimballer, plus un chiot tout seul. ? Des caisses ? Encombrant. Un sac à dos ? Peut-être. Il y a un tas de vieux paquetages qui pourraient fonctionner. Ce serait toujours mieux que du Velcro.

Je pose un sac, je le tiens ouvert, je me donne une tape sur la cuisse et je montre l'intérieur du doigt.

— Allez les amis, tout le monde à l'intérieur !

Vous vous dites sans doute que ça n'a aucune chance de fonctionner. Au temps pour vous. Les chiens et les sacs, c'est comme les bébés et les boîtes en carton. C'est leur jouet préféré. Le chiot le plus proche, le carlin, hésite un peu au début, mais sa curiosité est trop forte, et il rentre tête la première. Après cela, les autres suivent le mouvement. Bientôt, j'ai une dizaine de chiots qui se roulent dessus, heureux comme tout, et les autres attendent leur tour.

Lorsque j'ai rempli mon troisième sac, le premier groupe est un peu calmé. Douché par l'incident de Hulk, je jette un coup d'œil à l'intérieur. Aucun problème. Ils sont bien installés, couchés les uns sur les autres pour se tenir chaud. J'en vois même deux ou trois qui dorment, sans doute épuisés par leur traumatisme. Et le tissu laisse passer largement assez d'air. Je referme délicatement les sacs avec un nœud, je les passe sur mes épaules, et je suis prêt à partir.

Notre prochain concurrent habite dans les forêts de Westchester Country. Oui, celles-là mêmes connues pour receler l'École de Charles Xavier pour Jeunes Geeks, alias les X-Men. Mais c'est à Salem Center, tellement loin au nord qu'on est presque à Putnam. Cet adopteur de chien se trouve à Briarcliff Manor. Google Earth me montre un pavillon résidentiel moderne, avec un vaste terrain de 2 500 m^2.

Sans plus attendre (d'ailleurs, on n'a pas attendu du tout jusqu'à maintenant), je me téléporte dans un bosquet derrière le gramophone (c'est une blague de pavillon).

Je ne sais pas si vous essayez de suivre le passage du temps (moi, je m'en fous), mais quand j'arrive, il fait assez sombre pour que les propriétaires aient allumé la lumière. Je pose mes sacs de chiots adorables sur un coin de terre meuble couvert d'aiguilles de pin, je traverse une pelouse tondue à la perfection lorsque je remarque une petite stèle au milieu des arbres. Il s'agit de deux bâtonnets d'esquimaux disposés en croix. On a écrit un seul mot dessus, au pastel violet, presque effacé par les intempéries, on arrive à lire :

Goldie

La tombe qu'un gamin a faite pour son poisson rouge. Je m'en veux d'ajouter à son deuil dans pas longtemps, mais c'est un peu pour ça que les gens donnent des animaux à leurs enfants. La stèle est assez vieille, de toute façon. Le gamin a dû se remettre. Avec un peu de chance, ça l'a préparé au choc qui va survenir.

Mais après, je remarque un autre cippe : Gerry la Gerbille.

Et un autre, mieux écrit : Mehitabel le Chat.

Et un autre : Gef la Mangouste.

On dirait une nécropole animalière. Il y en a partout. Ça fait beaucoup de déveine pour un seul gamin. Il n'a peut-être pas appris à mieux s'occuper de ses animaux au fil des ans, mais ses pierres tombales sont de plus en plus travaillées. Il y a même une urne en pâte à modeler pour Oscar le Furet, avec une inscription :

Souvenez-vous de moi en passant,
Comme vous êtes, je fus, il y a longtemps.
Comme je le suis, bientôt vous serez froids.
Préparez-vous à la mort et suivez-moi.

Brrr... Il y a quelque chose dans ces petites tombes silencieuses, les appels absents des insectes, les arbres gris aux branches étiques... Lorsqu'on a la peau qui suinte, on n'a pas facilement la chair de poule, mais là, il suffit d'une petite brise qui siffle entre les arbres derrière moi pour me faire me retourner d'un coup, à moitié persuadé que la sorcière de Blair va me sauter dessus, caméscope au poing.

Des feuilles craquent. À moins que ça ne soit le vent ? Une branche casse. Un écureuil ? Une pelle creuse la terre, et je sursaute comme un diable en boîte cancéreux.

Ça vient de derrière moi, loin de la maison, plus profondément dans le bosquet. Je me rapproche de quelques pas, et je vois une lampe torche au ras du sol, qui souligne d'autres pierres tombales. Mais combien de squelettes il y a dans ce cimetière ?

La pelle creuse à nouveau. La lumière jaune tremble et menace de s'éteindre. On ne trouve plus de bonne lampe torche, de nos jours. Je vois le fossoyeur, mais tout juste. C'est une silhouette obscure, une ombre contre une ombre, un noir plus noir blotti sur un fond gris. Il y a un sifflement. Là où devrait se trouver sa bouche, une horrible masse rose s'étend à la lumière mourante de la lampe torche. L'orbe s'étend, puis disparaît dans un claquement.

Du chewing-gum. C'est un gamin qui mâche du chewing-gum. Bien sûr que c'est un gamin. Hé. Qu'est-ce que ça pouvait être d'autre ? Et les tombes ? C'est peut-être là que tous les gamins du coin enterrent leurs animaux. Ça n'a rien de bizarre.

Presque rien.

S'il creuse ce trou pour le chien de ma liste, il ne risque pas de se transformer en monstre. Je dois vérifier l'identité du défunt, cela dit. Il attendait peut-être l'arrivée de son nouveau compagnon pour enterrer le précédent. Je m'approche, sans prendre de précautions pour qu'il m'entende approcher. Pas la peine qu'on ait peur tous les deux, hein ?

À mesure que je le vois un peu mieux, je me demande pourquoi je me suis affolé. C'est un petit gros, genre sorti d'*Harry Potter*, du haut de ses sept ans, en jeans et vieilles baskets. Il a l'air on ne peut plus inoffensif. À moins que ce ne soit un vampire, bien sûr. Et quand bien même, je pèse plus lourd que lui. Et je dois bouger plus vite, vu le temps qu'il met à creuser son trou. La pelle est lourde, pour lui, mais il continue de creuser.

Tchac. Tchac. Tchac.

Il aurait sans doute dû me remarquer, mais il est totalement concentré, et il a des taches de terre sur ses lunettes. Pendant que j'attends, je remarque une odeur de pin fraîchement coupé et de terre argileuse. Le pin émane d'un cercueil en bois, par terre à côté de lui. Les gonds sont dépareillés, et il y a un clou qui dépasse, mais ce n'est pas mal, pour un gamin. L'argile, elle, vient de la pierre tombale qu'il a calée contre un tronc d'arbre. Elle est très fine, une copie couleur ardoise d'une vieille stèle puritaine, avec un ange de la mort grossièrement gravé sur le tympanon. Et en dessous, les mots :

Ci-gît
Rusty

Le petit est doué. Je m'en veux de l'interrompre. C'est un moment un peu sacré, après tout, et il a presque fini de creuser. Une minute de plus, ça ne nuira à personne. Et puis, je suis tellement près que je dois trouver un moyen de le prévenir de ma présence sans qu'il ne se fasse dessus. Je suis déjà un type masqué qui rôde derrière sa maison. Si je lui dis « Ne crie pas », ça n'arrangera rien.

Le gamin a terminé. Il ne m'a toujours pas vu, mais traîne sa boîte dans le trou, la cale au fond et commence à remettre la terre par-dessus. Plus besoin d'attendre. Je m'éclaircis la gorge.

— Salut, petit.

Il ne lève même pas les yeux.

— Vous avez un drôle d'habit, monsieur. Vous êtes qu'en bricoleur ?

— On dit cambrioleur. Mais non, non.

— Sinon, dit-il en rajoutant une pelletée de terre, vous devriez aller à la maison d'à côté. Ils ont des plus belles affaires que nous.

— Vraiment ? Comme quoi ? Une console de quatrième génération, peut-être ? (Je m'éclaircis à nouveau la gorge.) Peu importe. Alors... pas beaucoup de chance avec tes animaux, hein ?

— Maman dit que c'est une question de perceptive. Ça dépend comment on voit les choses.

Je hoche la tête.

— De perspective, oui, je comprends. Quand on perd quelqu'un qu'on aime, il vaut mieux penser aux bons moments qu'à la tristesse.

— En plus, elle dit qu'on n'a plus besoin de les nourrir ou de nettoyer après eux.

D'accord, on enchaîne. Mieux vaut aborder la question du chien en douceur.

— C'est sympa, ici. C'est calme. Très naturel. Toutes ces tombes sont à toi ?

— Mmh-mh. (Il plante la pelle dans le sol, puis pose le menton sur le manche.) Je les fais depuis tout petit. Les bâtonnets d'esquimau, ça ne m'amusait plus, alors j'ai commencé à copier des photos historiques.

— Historiques.

— Mmh-mh.

— Belle pierre tombale, dis-je en désignant la pierre appuyée contre le tronc. Je suis sûr que Rusty apprécierait. C'est un chien ?

— Un tout petit, soupire-t-il. Maman et papa me l'ont donné hier.

— Hier. (Donc c'est ma cible. Pas d'urgence.) Oh. Euh... comment il a pu mourir aussi vite ? Il était malade ? Une voiture l'a renversé ?

— Oh, il est pas mort, monsieur, corrige le gamin en secouant la tête.

Partant du principe que je dois encore avoir du Goom dans l'oreille, je me tape sur le côté de la tête avant de répondre :

— Pardon ? Il est pas...

— Mais il le sera bientôt. Tout ce qui vit a besoin... d'eau qui gène.

— Oxygène.

— Ah oui. Même les poissons. Il y en a dans l'eau, il leur faut des branchies pour respirer. Les gens ont pas de branchies, alors ils se noient dans l'eau. Mais les poissons se noient hors de l'eau.

— Reviens en arrière, gamin. Tu enterres tes animaux vivants ?

— En général.

— Pourquoi ?

— J'aime bien faire les pierres tombales, répond-il en haussant les épaules. Et ma maman m'a interdit d'en faire si ce n'était pas pour enterrer quelque chose. La méchante conseillère de l'école a dit que c'était trop... grobide ?

— Morbide.

— C'est ça.

— Tu n'aurais pas un Croûton dans ta famille ?... Espèce de sale petit... lançai-je en sautant sur lui.

Je le prends, je l'attire vers moi, mais je m'arrête avant de faire quelque chose qu'il pourrait regretter. La pelle tombe, percute la lampe torche et l'envoie bouler dans le noir. Il n'est pas comme Croûton. Ce n'est qu'un gosse. Un psychopathe, certes, mais petit. Le cerveau n'est pas assez développé pour avoir un sens moral. Ça pourrait lui passer. Il pourrait devenir PDG de sa propre société. Ou Hitler.

Je le repose, et je défroisse ses vêtements.

— Écoute. Moi, j'aime bien tuer des gens de manière intéressante, et souvent, oui, on peut dire poétique. Donc je suis un peu impressionné par tout ton travail. Mais... (Je regarde autour de moi, en espérant trouver les bonnes paroles gravées sur un tronc d'arbre. Chou blanc.) Mais j'ai des règles très strictes pour décider qui mérite de mourir ou pas. Tes animaux, ils... Hein ?

La lampe torche s'immobilise, devant deux autres stèles récentes. « **Maman** » et « **Papa** ».

J'entre aussitôt dans un état de choc et de frustration suprêmes. Vous connaissez le principe : plié en deux, les mains tendues, les doigts recourbés, la tête en arrière.

— Mais bordel ! Tu as... comment as-tu... Un petit comme... Comment tu as fait pour...

— J'ai utilisé du chora... chlora... cherche-t-il en haussant les épaules.

— Du chloroforme !

J'attrape la pelle. On dirait qu'il a peur que je le frappe avec, et j'admets que j'y pense, mais je passe devant lui, vers les deux tombes récentes. Je creuse en vitesse... eh oui, comme le Port-Salut, l'étiquette ne mentait pas. Eux n'avaient pas de boîtes. Ils sont vivants, ils se tortillent un peu, et ne savent pas trop s'ils doivent être reconnaissants ou terrifiés de me voir.

— Drôle de journée pour vous deux, hein ? Endormis et enterrés vivants par votre mauvaise graine, et maintenant vous vous réveillez devant ma tronche masquée. Sacrée vie, hein ?

Le gamin essaie de me prendre la pelle des mains.

— S'il vous plaît, monsieur ! Quand maman a vu le cercueil de Rusty, je l'ai entendue dire à papa qu'elle n'en pouvait plus ! Qu'elle allait appeler les sévices sociaux...

— Services. Les sévices, c'est toi.

— ... et qu'ils allaient m'emmener. Et j'ai eu peur.

On a tous peur. Mais après avoir vu tout ça, j'ai un truc en tête. C'est un peu sombre, un peu dur, mais c'est un point parfait. Il est juste... ah, ça y est, je l'ai eu.

C'est quoi, ça ? Un insecte ? Une graine de pavot ?

Honnêtement, je suis un peu soulagé lorsque la terre meuble se met à trembler au-dessus du cercueil de Rusty. Des mottes de terre commencent à dévaler le monticule, jusqu'à ce que le bouillonnement d'énergie soit impossible à contenir.

Une grande lumière aveuglante fuse vers le ciel, une fulgurance blanche qui s'étire jusqu'aux étoiles. La terre tremble et s'entrouvre. Une main se tend, une main géante enveloppée de bandelettes de lin ciré. Déchirant la terre, elle écarte les doigts comme si elle touchait l'air pour la première fois depuis des millénaires. Le lin est antique, élimé, mais le cadavre reste entièrement emmailloté, à part ses yeux jaunes et morts.

— Rusty ! hoquette le gamin.

— Mmf ? crient les parents.

— Je suis Gomdulla, le Pharaon Vivant ! Tremblez, mortels, devant ma puissance écrasante ! leur répond une voix aride comme un vent du désert.

Norman Bates Jr. se cache derrière moi, comme si j'étais devenu son meilleur ami. Je me plante face au nouveau venu, les mains sur les hanches.

— Pharaon Vivant ? Non, mais sans déconner. Déjà, on a eu Goom, Gorgolla et Gruto ! C'est l'année des G pour les chiens à pédigrées, ou quoi ? Et puis tu ne vas pas me faire croire que tu étais vraiment pharaon ou que tu aies eu un rôle politique quelconque, hein ? De quelle dynastie ? Ancien royaume ou Nouveau ? Alors, on ne répond pas ? C'est bien ce que je pensais. Et ensuite... comment tu es arrivé chez ce gamin ?

Pourquoi tu t'attaques à lui particulièrement ? Hein, dis, qu'est-ce qui *t'amène au fils* ?

Applaudissements.

Entre les arbres, les parents, les chiens dans les sacs et le petit vent qui siffle, je n'ose pas utiliser A.D.A. Le senseur m'empêche de tirer sur autre chose qu'un monstre, mais si quelqu'un s'interpose...

Je murmure au gamin :

— File. (Puis je me retourne face au Pharaon.) Je ne pourrais pas avoir de meilleurs noms ? Pourquoi pas Gravitas, la Chose à Prendre au Sérieux ? Ah non, c'est encore en G. Ah, pourquoi pas Pupuce, la Petite Bête qui Monte ?

J'entends des criquets. Au début, j'ai l'impression que le public n'apprécie pas, et que tout le monde me regarde les bras croisés. Même Sophie ne sourit pas. Puis je me rappelle qu'il n'y a pas de public. Je suis dans un bosquet d'arbres, et il y a vraiment des criquets.

Un autre personnage costumé pourrait utiliser ses mots d'esprit pour distraire ses ennemis. Mais ce n'est pas mon style. Je ne sais pas m'arrêter de parler. Au moins, Gomdulla continue de me regarder, un peu perplexe. Le gamin, qui devrait vraiment être surveillé par la police, court comme un dératé. Il arrive presque à se faire oublier, mais se prend les pieds sur une pierre tombale. La momie plisse les yeux. Il lève un bras emmailloté et pointe un doigt osseux long comme une demi-baguette.

— Tu m'as enseveli !

Mini-American Psycho regarde par-dessus son épaule, terrifié.

— Je n'ai que six ans. Je suis pas responsable de mes actions.

— Si, si, si ! protesté-je en mettant ma main en porte-voix.

Avec ses grandes jambes, la momie couvre rapidement le terrain. Avant que j'aie fini de penser cette dernière phrase, Gomdulla m'a dépassé et écarte les arbres pour rejoindre son ancien propriétaire.

— Eh, lâche-lui la grappe ! Tu n'as jamais enterré personne vivant quand tu étais petit ? Oh, c'est vrai, tu n'as jamais été petit. Tu étais un chien. Au temps pour moi !

Je saute, dégainant mes fidèles katanas pas du tout rouillés, et j'atterris sur son large dos couvert de lin comme s'il s'agissait d'un futon vieux de 3 000 ans. Les sabres s'enfoncent de plus en plus profond. Je ne sais pas ce qu'il a à l'intérieur, mais les lames n'ont pas l'air de le déranger.

Il essaie de me faire tomber, mais je me cramponne aux sabres et les laisse ouvrir son dos sur toute la hauteur. On pourrait y faire passer un camion. D'accord, peut-être pas un camion, mais facilement une Prius. Je descends au niveau de la ceinture, en m'attendant à ce qu'il ait un peu mal, au moins. Rien du tout.

Il tend la main vers le petit Hannibal Lecter. D'après ce que Gomdulla a fait aux arbres, il lui suffira de deux doigts pour écraser le gamin. Bon, si la douleur est sans effet, il reste toujours la physique. Puisqu'il est moins trapu que ses frères G, je m'attaque aux chevilles, et je coupe jusqu'à ce que ses deux pieds se détachent. Il tombe... vers le gamin.

Les bras tendus, les paumes vers le bas, il est bien parti pour l'écraser.

L'heure est venue de prendre un risque.

La blessure ouverte dans le dos du Pharaon n'a pas encore eu le temps de se régénérer, alors je lance A.D.A. Sa lumière verte s'active lorsque le canon se glisse dans son intérieur poussiéreux. Je vois sa lumière clignoter deux fois, puis la blessure se referme et la recouvre entièrement.

Ah. Je m'attendais à ce qu'il percute un truc qui ferait partir le coup, et lui liquéfierait les entrailles. Tant pis.

Sa main file vers le gamin. Celui-ci lève le bras pour se protéger les yeux. L'espace d'un instant, c'est une petite main contre une grosse main.

Puis Gomdulla fait *sprotch*. Comme les autres avant lui, la momie taille XXXXL se répand en une pluie de gouttes roses. Une d'entre elles tombe sur l'index du gamin. Il secoue la main pour la renvoyer dans la grosse flaque. Faute d'être retenue par les entrailles du monstre, A.D.A. retombe au sol. Ha ! Quelque chose a appuyé sur la détente, comme je l'espérais.

Ce qui nous ramène à notre histoire de « Qui est le véritable monstre ? ».

J'attrape le gosse par l'épaule.

— Il faut qu'on discute et que je t'apprenne le bien et le mal. Imagine qu'un train lancé à pleine vitesse se dirige vers des rails sur lesquels cinq personnes sont attachées. Mais avec un interrupteur, tu pourrais détourner le train vers une voie où il n'y a qu'une seule personne attachée. Est-ce que tu appuies sur l'interrupteur pour tuer une personne, ou est-ce que tu attends et laisses mourir cinq personnes ?

Il ne peut pas répondre. Il ne comprend pas. Ou alors il est tétanisé de peur. J'envisage un instant de le ramener au Q.G. du S.H.I.E.L.D., mais je ne veux pas qu'il soit dans le même bâtiment que Trutruffe.

Si je le pose pour détacher Maman et Papa, il va filer, alors je le ramène à la maison.

— Tu as une tante, ou une baby-sitter ? Quelqu'un d'encore vivant dans le quartier que je pourrais appeler ?

Rien.

Dans la rue devant la maison, un hurlement de freins déchire la paix illusoire du quartier. Le gosse sous le bras, je me retrouve noyé dans une lumière blanche et bleue. Un homme fatigué à l'air honnête accourt vers nous. Les trois officiers de police derrière lui sont armés, et en meilleure forme. Une fois qu'il a repris son souffle, il me demande :

— Qui êtes-vous ?

— Deadpool. Je suis un mercenaire, en mission secrète pour le S.H.I.E.L.D. et... mince, vous pourriez oublier ce que je viens de vous dire ? Et d'abord, vous êtes qui, vous ?

Il ouvre son portefeuille et me montre sa carte.

— Services sociaux. J'ai été appelé par la femme qui vit à cette adresse.

Le gamin frissonne et se cramponne à moi.

— Ne les laissez pas m'emmener, monsieur ! S'il vous plaît !

— Tu plaisantes, j'espère ?

Je lance le gamin dans les bras du type des services sociaux, qui manque de le laisser tomber. Une fois qu'il a lâché son portefeuille, il arrive à tenir le gamin.

— Bonne chance avec lui, mon vieux. C'est un sacré cas. Bon, il faut que je file. J'ai quelques sacs de chiots à emmener ailleurs.

Je retourne en courant dans l'obscurité rassurante des bois et vers l'inconnue de ma propre destinée, mais une question me hante : fallait-il leur parler des parents ligotés et bâillonnés, ou pas ? Après tout, quel genre de parents peuvent élever un gosse pareil ?

CHAPITRE VINGT

Dans mon travail, on en apprend tous les jours. À la longue, porter trois sacs de chiots, ça pue. Au propre comme au figuré. Ils ont besoin d'un endroit où courir, manger et faire leurs besoins. Un endroit qui soit vaste, protégé, prévu pour gérer l'arrivée d'une trentaine de chiots joueurs et des monstres commençant par G qu'ils pourraient devenir.

C'est assez spécifique. C'est comme chercher un manoir qui aurait déjà une salle des dangers.

C'est là que je percute.

Non, je ne vais pas faire une blague idiote où je percute quelque chose. J'ai une vraie idée. Je sors mon téléphone et j'appelle aussi sec.

— Yo yo yo ! Preston ! Tu as dit qu'il était où, le laboratoire abandonné de l'Arme X ?

— Je ne t'ai rien dit. Pourquoi ?

— Mais il est au Canada, c'est ça ?

— Non... Mais je répète, pourquoi ?

Avance rapide : elle cède. Nouvelle avance rapide : je suis sur une plage isolée, dans la partie est de l'extrémité nord de Long Island, les sacs de chiots à mes pieds, pour profiter de la vue de l'Orient Point Lighthouse. Après cela, je sautille et je trottine jusqu'à Plum Island. C'est loin de tout et c'est sans doute pour cela que l'Arme X avait choisi cet endroit. C'est sur Plum Island que se trouve le Centre d'étude des maladies animales. Selon les amateurs de conspirations, c'est aussi le lieu de naissance de la maladie de Lyme et d'autres armes biologiques savoureuses.

C'est plutôt louche, de la part des Canadiens, de cacher leur laboratoire secret de recherche sur la génétique si proche d'un autre appartenant aux Américains. Ça leur donne un bon bouc émissaire s'ils ont des problèmes, remarquez. On n'apercevrait jamais le dôme de sable devant moi si on ne savait pas où le chercher. Je pourrais vous donner les coordonnées Google Earth, mais après, il faudrait que je vous tue, et j'aurai peut-être besoin de vous pour acheter la suite de ce roman. Le vent salé de l'océan rabat régulièrement du sable, et l'entrée n'est pas différente des centaines de dunes qu'on trouve sur une plage hostile.

Je saisis le code d'accès que Preston m'a donné, et la porte pousse un soupir. Je ne comprends pas pourquoi certaines portes ressentent le besoin de soupirer comme ça. Peut-être à cause d'une pression différente à l'intérieur, ou parce qu'elle en a assez de faire la porte. Que ça lui plaise ou non, elle ouvre sur un intérieur métallique, gris et froid, où on pourrait à peine dormir à deux. J'ai assez roulé ma bosse pour supposer que cette cage à lapin ne représente pas l'entièreté de l'installation. Et effectivement, une fois que je suis entré avec tous les chiots, la porte se ferme et le sol commence à descendre.

C'est un ascenseur, qui se déplace de manière si fluide qu'on ne peut pas deviner à quelle vitesse on descend, ni la distance qu'on parcourt. Et sans Muzak, en plus. Aussi fluide qu'un glaçon sur de la soie. La cabine nous dépose au centre d'un immense espace dégagé. L'open-space s'impose : les études prouvent que la productivité des ouvriers maléfiques augmente de 20 pour cent lorsque tout le monde surveille tout le monde.

L'endroit est si bien conçu qu'on ne voit pas de démarcation entre les murs et le sol, et les immenses baies de matériel d'über-pointe semblent coulées dans la masse. Chaque objet paraît mener organiquement vers le suivant : le bureau au laser géant, le laser géant au cocon, le tout disposé en une perspective étrangement forcée. Les objets ont l'air d'être plus proches qu'ils ne le sont en vérité, si bien que tout semble en permanence sur le point de vous tomber dessus. Et le plafond est couvert de bulbes lumineux qui pourraient être des yeux d'aliens.

Je vous ai parlé du bourdonnement électrique constant ?

Ah, Arme X, sale petite cabot canadien. Ça me rappelle de ces souvenirs... et au moins, ça me change du collège. Mes origines ne rappellent pas le moins du monde celles d'autres de mes confrères costumés – genre : « Un jour j'ai été mordu par une araignée radioactive », ou : « J'ai trouvé un marteau magique dans une caverne » –, mais il y a quand même un moment spécial où tout a changé.

Je vous ai déjà dit qu'avec mon diagnostic de cancer terminal en poche, j'ai eu l'idée de me porter volontaire pour un programme expérimental, hein ? Ça vaut toujours le coup de tenter de survivre... Et j'ai continué de penser comme ça jusqu'à ce qu'on me rajoute des gènes de mutant régénérateur. Oubliez les étincelles, les crépitements et les champs d'énergie noire, ou même le corps arqué de douleur sur un cri silencieux. La véritable agonie est bien plus intime. Comme devoir essayer un jean quatre tailles trop petit, fabriqué en rasoirs si fins qu'ils existent à peine. La sensation de coupure commence sur votre peau, puis descend à travers les muscles et les ligaments, pour vous tordre les organes internes avec tant de force que vous savez les différencier juste à la douleur qu'ils vous causent.

Ensuite, ça s'enfonce dans les os. Lentement, parce que l'os, c'est dense. Et lorsque ça atteint la moelle, le truc pulpeux dont vous avez entendu parler mais auquel vous ne pensez jamais ? Surprise ! Ça fait encore plus mal que tout le reste. Au moment où vous vous dites que chacune de vos milliards de terminaisons nerveuses est en train de griller, ça empire.

Je pose les sacs.

— Bienvenue à la maison, les enfants.

— Des enfants ? À l'odeur, je dirais plutôt que c'est un tas de bâtards qui se chient dessus.

Cette voix est aussi familière et bienvenue qu'une paire de vieilles pantoufles. Le cœur au bord des lèvres (ce qui pourrait être une blessure mal guérie après mon dernier combat), je repère enfin la source. Appuyée contre une lampe de chevet ou un rayon de la mort, j'ai le plaisir de voir une femme maigre et aveugle à l'air renfrogné. Ses cheveux blancs rejetés en arrière m'évoquent des plumes de raptor. Ses lunettes noires rectangulaires font le tour de son crâne comme une grosse visière de déguisement d'Halloween. Sur son visage, les rides rident sa peau d'une façon très ridante.

— Al l'aveugle ! Tu n'as pas changé depuis la dernière fois que je t'ai vue !

— Toi non plus, Wade. Mais, pour moi, rien n'a changé depuis que je l'ai vu.

— Vieille farceuse. Tu es venue ! Tu es là !

Elle croise les bras.

— Qu'est-ce que tu racontes ? Il y a dix minutes, j'étais en train de siroter de la citronnade sur mon porche. Tu débarques, tu m'attrapes et tu me téléportes jusqu'ici ! Et maintenant, je devrais faire comme si j'étais venue de mon plein gré ? Si tu veux ce genre de coopération, engage une pute.

Je l'admets, cher lecteur. J'ai omis le passage où je retrouvais Al et où je l'amenais ici. Pour ma défense, l'introduction narrative était meilleure comme ça. Comme je l'ai dit au chapitre 5, j'ai peu d'amis, mais Al est la plus intime. Alors peu importe comment elle est arrivée ici, non ?

Elle agite les doigts dans ma direction – plus ou moins.

— Et ne va pas envisager de me laisser là. Je préfère me flinguer, crois-moi. Et si je peux, je t'emmène avec moi. Sinon, je reviendrai te hanter.

Ne vous laissez pas abuser par cet air mutin. Al, alias Althea, travaillait pour le renseignement britannique. Quand elle était en poste au Zaïre, on m'a engagé pour la tuer. Je n'ai jamais su respecter les consignes, alors j'ai tué tout le monde sauf elle. Lorsqu'on a eu fini de me Deadpooler, je l'ai recroisée. Pour faire court, j'avais besoin de quelqu'un qui pourrait s'occuper de ma base et me dire ce qui était réel ou pas. Alors j'ai décidé de la garder avec moi. Eh oui, je refusais complètement de la laisser partir.

Kidnapping, ou relation complexe, mais aimante ? Je vous laisser juger.

Kidnapping.

Kidnapping.

Je m'approche pour la prendre dans mes bras. Elle se redresse et saisit un levier massif derrière elle.

— Un pas de plus et je nous fais tous sauter !

— Al, Al ! Qu'est-ce qu'il faut que je fasse pour déclencher enfin un petit syndrome de Stockholm ? En plus, c'est l'interrupteur, que tu tiens.

— Le syndrome de Stockholm c'est quand les otages prennent l'absence de maltraitance des ravisseurs pour de la bonté. Tant que tu me traites mal... pas de syndrome. (Elle crache.) Et pour l'interrupteur... merde !

J'écarte lentement sa main de l'interrupteur.

— Oh, arrête. C'était qui, le vrai prisonnier ? Toi, ou moi ?

— Moi.

Elle.

Oui, clairement, elle.

Quelle vieille canaille. Je teste le levier, pour vérifier. Oui, oui. Interrupteur.

— J'ai mis un toit au-dessus de ta tête, je t'ai nourrie et je t'ai donné toutes les rediffs de *Magnum* que tu pouvais espérer.

Son rictus prend de l'ampleur.

— Quand j'ai fini par m'échapper pour me réfugier chez un ami, tu m'y attendais déjà. Tu as failli le tuer devant ses chiens !

— Failli. Donc, je ne l'ai pas fait. Et j'en déduis que tu sais y faire avec les chiens ?

D'ailleurs, ils sont plutôt calmes. C'est marrant qu'ils n'essaient pas de sortir. J'aurais peut-être dû ouvrir les sacs en les posant.

— Non. Le seul chien que j'aie jamais nourri, c'était mon chien guide, Deuce, et je le détestais plus que toi.

J'ouvre les sacs.

— Comment il va, ce vieux Deuce ?

Al n'est pas comme moi, elle n'est pas coupée de tout sentiment. C'est pour ça que j'apprécie sa compagnie, ça me préserve une part d'humanité.

— Comment veux-tu que je le sache ? Je l'ai laissé enchaîné dans ton jardin il y a des années.

Je me demande si ce jardin est encore à moi... Peu importe. Je sais qu'une fois qu'elle recevra les léchouilles de ces chères petites bêtes, son cœur va fondre.

— Eh bien, voilà des amours qu'on n'a pas envie d'enchaîner.

Comme un père Noël emo, je vide les sacs des chiens, les uns après les autres. Elle ne les voit pas, mais elle les entend se grimper dessus. L'un après l'autre, avec des glapissements de joie, ils se remettent sur leurs pattes. Ils ont vite fait de s'approprier les lieux et de faire tout un tas de bêtises dans les recoins des équipements dangereux dont je ne comprends pas la fonction.

Al reste stoïque. Puis ils commencent à lui grimper sur les pieds et à presser leur truffe contre les varices de ses jambes. Et cette femme au masque froid et insensible ? Elle lève les mains en l'air et se met à crier à tue-tête !

— À l'aide ! Oh, doux Jésus, aidez-moi !

En quelques secondes, elle se retrouve entraînée au sol, enterrée sous un tas de fourrure. J'ai presque envie de m'allonger pour jouer avec eux, mais je ne peux pas m'ouvrir comme ça une deuxième fois. Trutruffe pourrait être jaloux. Je me contente de regarder.

— Salaud, crie-t-elle alors qu'elle ne le pense clairement pas. Espèce de malade !

— C'est ça qui me plaît chez toi, Al. Parfois, tu parles exactement comme les voix dans ma tête.

J'aimerais que l'instant dure éternellement, mais rien n'est éternel. Ni le bon ni le mauvais. Avant que je n'aie pu prendre une photo pour immortaliser cette émouvante scène, l'ascenseur revient en sifflant.

Six agents du S.H.I.E.L.D. se tiennent sur la plateforme, très élégants dans leur uniforme de terrain noir. Entre eux, j'aperçois le réservoir. Vous savez, celui qui contient toute la bouillie des créatures que j'ai liquéfiées jusqu'à maintenant. Celui qui est parfaitement sécurisé. Comme dans *S.O.S. Fantômes.*

Preston apparaît derrière eux, tenant dans ses mains le colley et... Trutruffe ! Le colley semble indifférent, mais Trutruffe me reconnaît et aboie. Mon cœur rate un battement, mais j'essaie de rester cool.

— Tu ne comptes pas entreposer le réservoir ici, Em, j'espère ?

Tandis que les hommes et femmes en noir, au corps et à l'esprit parfaitement entraînés, posent le réservoir et commencent à opérer les branchements, Emily frotte la tête de Trutruffe.

— C'est aussi logique que de laisser les chiots ici. C'est de là qu'ils viennent. Une fois que la division technique m'avait assurée que les lieux étaient sécurisés et sous notre contrôle, j'ai compris que ton idée était vraiment bonne, Wade. On va entreposer la cuve ici. Il y a une zone aménagée pour les chiens derrière cette double porte, si tu ne l'as pas déjà trouvée. Elle est confortable, il y a plein de nourriture et d'eau potable.

Sous les chiens, Al crie :

— Donnez-moi un flingue avec une seule balle. Je vous en prie !

— Mais où sont mes manières ? Preston, Al. Al, Preston.

— Elle va bien ?

— Argll !

— Super. Elle avait deux fois plus de chiens sur le dos, il y a un instant.

C'est vrai. Au moins une dizaine de ces petits diables sautent sur les consoles, poussent les leviers du bout du nez et courent après les diodes sur les claviers.

Nerveuse, Preston regarde tous les objets pointus qui ressemblent à des rayons.

— Euh… la priorité serait sans doute de les amener dans le chenil.

— Ah oui. Tu t'en occupes, Al ?

— Mmfff !

— D'accord, d'accord. Feignasse.

Je saisis une brassée de chiots et suis Preston dans le laboratoire. Ça chatouille un peu, et ils sont mignons. Enfin, bon… moi, ça ne me fait rien. Je ne suis pas inquiet. Je ne suis pas… attendri.

Le chenil, je me l'imagine propre et convenable, mais quand même constitué de cages. J'espère qu'elles sont grandes. Je n'aime pas les cellules confinées. Je m'attends un peu au pire… Je me dis que c'est pour leur bien, que ce ne sont que des chiens, tout ça. Mais lorsque les portes s'ouvrent en sifflant, je suis tellement surpris que les bras m'en tombent. Et les chiens avec.

Waouh.

C'est comme la scène dans *Charlie et la Chocolaterie* où les gosses voient l'intérieur de la chocolaterie pour la première fois. C'est une sorte de prairie en intérieur, avec des collines, des balles et des jouets à mâchouiller. Et l'herbe… Ce n'est pas du gazon synthétique, c'est du vrai ! Des cages ? Il y a des rangées de petites niches des deux côtés, avec des fenêtres, des parterres de fleurs et des coussins.

J'en souris de toutes mes dents, et je me flanque une gifle pour m'arrêter avant que quelqu'un ne s'en rende compte.

Une fois que j'ai apporté ma deuxième cargaison de chiots, Al parvient presque à se remettre debout. Oui, cette fois je glousse un peu sous toutes les léchouilles. Et oui, j'ai un petit frisson ému. Mais je gère.

Au troisième voyage, lorsque les chiots voient ce qui les attend, ils sont tellement excités que je sens leur petit corps vibrer. Et là, je craque. Je me laisse tomber par terre avec eux, je les serre contre moi pendant qu'ils me lèchent, et je ris comme un gosse.

Des chiots ! Des chiots, plein de chiots ! Youpiiiii !

J'entends Al demander :

— Il leur fait des câlins, hein ?

— Ouais, répond Preston.

— Tss. Il y a des choses – pas beaucoup, croyez-moi – que je suis contente de ne pas voir.

LIVRE TROISIÈME

JE TE NOIERAI DANS MON SANG !

CHAPITRE VINGT ET UN

Nous voici arrivés au livre 3. Pas de grande scène de transition ou je ne sais quoi. Je suis toujours sur les collines verdoyantes du chenil, en train de me rouler sous une couverture canine. C'est quoi, cette histoire de livres, de toute façon ? Toute l'histoire tient dans un seul livre, non ? À mon avis, c'est une tentative toute moisie pour donner une impression de structure. Mais personne ne me demande jamais mon avis. Je sais que Preston me regarde, et qu'Al me regarderait si elle pouvait, mais je ne peux pas m'arrêter. C'est encore mieux que Cancún, sans voix ni flash-back !

— Youpiiiii !

— Wade ? Tu ne parlais pas de garder une distance professionnelle ?

— Je suis aussi froid et distant qu'une étoile. Promis juré.

Au bout d'un moment – trop tôt, si vous insistez pour me faire mentir en me demandant mon avis, Em et Al l'aveugle me remettent debout. Les chiots se laissent tomber en une cascade de ravissement puis détalent pour explorer leur nouveau domaine.

Preston me regarde, le front aussi plissé que la peau d'un sharpei.

— Contente de voir ton côté tendre. Enfin, je crois que je suis contente. Mais tu as un boulot à terminer, Deadpool. Certains de ces chiots pourraient se transformer, et dans ce cas-là, tu devras...

Je tousse pour déloger des poils de chien logés dans ma gorge.

— Je sais, je sais. On pourrait ne pas en parler tout de suite ? Je vais bien, promis. C'était seulement... tu sais, une réaction physique instinctive. Ça ne signifie rien de plus.

Em a l'air peu convaincu, mais l'un de ses sbires arrive pile à ce moment pour lui annoncer que le réservoir a été installé.

— Bon. Il faut que je rentre au bureau pour terminer de télécharger les bases de données externes dans nos serveurs sécurisés, et synchroniser les structures de fichiers pour pouvoir culbuter notre gestion des défenses jusqu'ici.

— Ha, culbuter ! C'est un code pour dire que tu vas passer du temps avec ton chéri, c'est ça ?

— Non, ça veut dire que je dois rentrer au bureau pour terminer de télécharger les bases de données externes dans nos serveurs sécurisés, et synchroniser les structures de fichiers pour pouvoir culbuter notre gestion des défenses jusqu'ici. Mais je dirai à Shane que tu pensais à nous. Une fois qu'on l'a décrypté, le système d'exploitation de cette installation s'est révélé être l'un des plus simples que j'aie jamais vus, alors ça devrait aller vite. En attendant, une équipe arrivera d'ici quelques heures.

Bien que je répugne à quitter cette Shangri-La canine, je la suis jusque dans le laboratoire pour m'assurer qu'on est bien sur la même longueur d'onde.

— Une équipe sympa, hein ? Pas du genre à découper des chiens en tranches ?

Elle me donne une petite tape rassurante sur l'épaule.

— Tous militants S.P.A. Tu arriveras à faire régner l'ordre pendant une heure, hein ?

— Chef oui chef, madame !

Le temps que j'aie fini de saluer, elle est remontée dans l'ascenseur avec ses techniciens. Je ne sais pas s'ils s'entraînent afin de garder la même formation, mais ça m'a l'air bien répété, tout ça. Ils sont tous au garde-à-vous, les yeux perdus au loin comme s'ils posaient pour une affiche de film. L'éclairage derrière eux donne l'impression qu'ils sont les sauveurs de l'humanité, envoyés par quelque dieu solaire païen. Je *présume* qu'ils n'ont pas apporté l'éclairage avec eux.

Je prends une photo et je leur fais un signe du pouce.

— T'inquiète, chef. Je me remets au travail sur la liste pendant qu'Al garde un œil sur la boutique.

Em n'a pas entendu la fin, parce que l'ascenseur a commencé à monter. En un clin d'œil, elle a disparu. Je le sais, parce que j'ai fait un clin d'œil, et elle avait disparu.

— C'est une blague, Wade ? Déjà, je ne peux pas garder l'œil sur quoi que ce soit. Mais tu vas me laisser avec une meute de sacs à puces qui peuvent se transformer en monstres ? Je ne sais même pas où on est ! Tu pourrais au moins me dire dans quel État tu m'as emmenée.

— Oh, Al. Ce ne serait plus une base secrète si je te disais où elle est, hein ? Tout va bien se passer. Ils se seraient sans doute déjà transformés en monstres, si ça devait se faire. Sans doute. Et tu as entendu Preston. Il n'y en a que pour...

— Yip ! Yip ! Grrrr !

On dirait qu'on en a raté un en regroupant tout le monde. Un jeune rottweiler est assis sur une petite plateforme, sous l'un des rayons au repos. Il mordille le levier. Et de bon cœur, encore !

— Grrr... !

C'est important de se faire les dents, et pas seulement pour ses chicots. C'est en mordillant les choses que les chiots explorent et découvrent le monde. Ce n'est pas un hasard si les crocs des humains s'appellent des canines. Lorsqu'il grogne comme un gros loup en colère, je ne résiste pas à l'envie de le prendre dans mes bras.

— Alors, mon mignon ?

Tu recommences à t'attendrir ?

Tu sais qu'il vaudrait mieux éviter.

Euh, les gars ? Je n'ai vraiment pas besoin de voix intérieures, là. Al est là, elle s'en occupe très bien.

— Tu recommences à t'attendrir ? demande-t-elle dans le monde réel. Tu sais qu'il vaudrait mieux éviter.

Pff. Ben voyons. Original.

Fais pas attention à nous, on va essayer de se rappeler la dernière fois que tu as lu un livre.

— Tu me connais mieux que ça, Al. (J'enfouis mon nez dans la fourrure du chien.) Mais je vais l'appeler Pop-pop !

Fidèle à son nom, Pop-pop saute d'entre mes mains comme un bouchon de champagne, et retombe avec un grognement. Puis il retourne à son levier et recommence à le mordiller.

— Oh, regarde ! Pop-pop se prend pour un génie du mal à l'œuvre sur son rayon de la mort !

Al baisse la tête.

— Un rayon de la mort ? Où ça ? Bon sang, il est braqué où ?

— Oh ho ! Attention, Pop-pop. Tu ne sais pas à quoi il sert, ce lev...

Le monde devient bleu électrique. Lorsque la plateforme redevient nette, je vois... *gasp*... un tas d'ossements. Ils retombent et forment... *sniff*... le petit tas le plus adorable qu'on ait jamais vu. Inutile de se leurrer. Je tombe à genoux et tape le sol de mes poings.

— Noooooon ! Pop-pop, non !

Al me pose la main sur l'épaule.

— Allez, gros mercenaire impitoyable, reprends-toi. Je t'offrirai un poisson rouge. Comme ça au moins, il ne pourra pas utiliser des armes lourdes.

— Que... tu... crois... (Je me laisse tomber entre ses bras, et je comprends tout ce que Hulk ressentait.) Je ne voulais pas... Je ne voulais pas...

— Là, là, je sais. Je sais, répète-t-elle en me frottant l'arrière du crâne.

— Tu comprends pourquoi j'ai besoin de toi ?

— Oui, je crois. (À tâtons, elle se rapproche des os.) Il faut débarrasser ça. Ne t'inquiète pas, je lui trouverai une belle tombe. Où est la poubelle ?

— La poubelle ? Tu ne ferais pas ça, quand même ?

Elle ramasse le squelette.

— Il est trop gros pour qu'on le flanque dans les toilettes, non ? Et je ne vais pas... attends un peu.

Elle prend un drôle d'air. Pas le même que quand j'avais des gaz, mais pas loin. Surprise, elle frotte les côtes du bout des doigts. C'est assez bizarre pour me sortir de ma tristesse.

— Al, il faut que je te dise, ce que tu fais est assez beurk.

— Ferme ton bec. (Elle lève la tête et se concentre.) Il y a un motif sur ce machin. Bon sang. C'est pas du braille, mais on dirait des lettres gravées.

— Mhh. Les chiens monstres ont été créés par ingénierie génétique. L'architecte a peut-être laissé une signature. (Je la rejoins.) Où ça ? Je ne vois rien.

— Parce que tu regardes avec les yeux.

— C'est une métaphore zen ?

— Mais non, imbécile. (Elle me retire un gant et attrape mon index.) Erk ! Quand est-ce que tu t'es lavé les mains pour la dernière fois ?

— J'ai été occupé.

Elle m'appuie le bout de l'index contre l'os.

— Regarde. Le doigt humain peut détecter des saillies de seulement treize nanomètres. Alors, imagine que ton doigt crasseux fasse la taille de la Terre. Si tu appuyais sur la planète comme un monstre immonde qui a besoin de tout palper, tu sentirais la différence entre une maison et une voiture. Mes autres sens fonctionnent en surrégime pour compenser ma cécité, alors j'arriverais sans doute à différentier une Prius d'une fourgonnette. D'autant que je me lave les mains, *moi.*

Elle a raison.

— Je sens quelque chose, une sorte de ligne. C'est cool, mais ça ne m'aide pas à le lire.

— Tu as dit que c'était un labo, ici ? Il doit y avoir des microscopes.

— Tu sais, Al, je pense que même avec le meilleur microscope au monde, tu ne pourrais...

— Pas pour moi, crétin, pour toi ! Ou mieux encore, on pourrait attendre quelqu'un qui a un cerveau.

— Ah oui.

Il faut un moment pour différencier les engins léthaux des appareils de mesure ou de l'équipement de nettoyage, ou encore de ce que j'estime être une cuvette de toilettes. Enfin, j'espère que c'était bien ça. J'ai beau être un néophyte, je parviens à trouver un microscope électronique holographique à balayage par transmission, parce que l'étiquette dit que c'en est un.

Le gros levier d'allumage me rappelle... Pop-pop. Sniff. Même si l'inscription sur ses os signifie que c'était un monstre en devenir, et que j'aurais été obligé de le tuer, ça fait mal.

Mais Preston avait raison, le système d'exploitation qui gère cet endroit est assez simple. Le plus difficile, c'est de centrer l'os sous les capteurs pour qu'ils puissent détecter les tout petits caractères.

Les doigts super-sensibles d'Al nous sont bien utiles. Bien sûr, on se pousse un peu, on se tire les cheveux, parce que je veux le faire moi-même, mais on y arrive. En un rien de temps, Al est encore en train de me donner des coups de pieds, mais je regarde une sortie vidéo sur un moniteur HD. Si mon masque ne maintenait pas mon menton, j'en serais bouche bée. Sentant ma surprise, sans doute à cause du grand hoquet que je lâche, Al arrête de me taper et me pousse l'épaule.

— Tu arrives à le lire ? C'est en anglais ?

— C'est mieux que de l'anglais, c'est en Internet. www.grosQmechant.com.

— On a gravé l'adresse d'un site de cul sur les os du chien ?

— Si seulement, mais non. (Je pose le doigt sur mon menton.) J'ai bien peur, mon amie, que je ne t'aie pas tout dit, parce qu'il n'y a rien de plus rasoir que de ressasser des éléments d'intrigue. Mais j'ai toutes les raisons de soupçonner que l'esprit malade qui a imaginé ces chiots tueurs, comme ce site Internet, appartient à un certain Quentin.

— Pourquoi ?

— C'est une M.S.F.M. qui me l'a dit. Une certaine Jane.

— Et tu n'en as pas parlé à la gentille dame du S.H.I.E.L.D. ?

— Pas encore. Jane m'a engagé, et je voulais voir comment la situation évoluait.

Je saisis l'U.R.L. sur un des terminaux. Le résultat n'est pas passionnant. Pas même de contenu aguicheur, rien qu'une banderole temporaire :

Bientôt, sur cette page !
Des ordres de votre nouveau seigneur et maître !
info@grosQmechant.com

C'est énorme. J'ai l'impression d'être sur le point de découvrir la vérité. Mais j'ai besoin d'informations. Je ne peux quand même pas lui écrire pour lui demander où il vit et aller le tuer.

Il faut que je réfléchisse. Je regarde l'écran du microscope. Je regarde les portes du chenil.

— Dis, Al ? À ton avis, si on regardait les os d'autres chiots, ça pourrait nous en apprendre davantage ?

— Oui, c'est sans doute possible. Mais comment tu veux faire ça sans les tuer ?

Je dégaine les glocks de leur holster. Je tente de maîtriser mon cœur qui bat la chamade et avance vers le chenil. Je ne m'attendrirai pas, je ne m'attendrirai pas. J'ai un boulot à terminer.

CHAPITRE VINGT-DEUX

Vous y avez cru ? Un peu, au moins ? Bien sûr que je ne vais pas tuer les chiens. Vous n'avez rien suivi, ou quoi ? Je vais en prendre un et essayer de trouver un scanner dans le labo. Al, n'ayant pas suivi l'histoire depuis le début comme vous, tombe dans le panneau. Je lui fais peur. Je l'entends à sa voix !

— Tu changes vraiment vite d'avis par rapport à ces petits chiens.

Je joue le jeu.

— Pop-pop était spécial, mais il est mort. C'est la guerre, et en temps de guerre, les gens meurent. Même des chiens.

Je suis presque à la porte lorsqu'elle me fait trébucher avec sa canne blanche.

— Pourquoi tu n'essaies pas d'envoyer un e-mail, avant ?

— Bon sang, tu crois que je n'y ai pas pensé ? Mais quel abruti irait répondre à un e-mail spontané ?

Je vais pour me relever, mais elle me refait tomber. Elle est plus rapide que la dernière fois que je l'ai vue.

— Le même genre d'abruti qui irait conquérir le monde en élevant des chiens qui se transforment en monstres et inscrire l'adresse de son site web sur leur squelette.

Hm. Elle a peut-être raison. Pour éviter d'exposer les chiens à des radiations inutiles, même si on considère que c'est inoffensif, je fais craquer mes phalanges et reviens me planter devant le terminal.

— D'accord, partons pour un e-mail. Mais il va falloir être malins. Je ne peux pas lui envoyer un spam à la nigériane qui lui proposerait des millions de dollars. La dernière fois que j'ai fait ça, ça m'a coûté des millions.

— Tu as créé un faux spam d'arnaque nigériane... Et tu as envoyé l'argent ?

— Disons que pour une fois dans sa vie, le docteur Yabril Omotayo a tenu parole. (Grâce à l'OS intuitif, quelques clics suffisent pour ouvrir un client de messagerie.) Mais ce coup-ci demandera un peu plus de finesse. Pour commencer, je dois me créer une fausse personnalité en ligne. Quelque chose qui ait l'air vrai, mais qui rebondisse sur tous les serveurs de la planète pour qu'on ne puisse pas remonter à la source. Oh, il y a un bouton exprès pour ça, là. Super. Maintenant, je dois juste faire semblant d'être quelqu'un que Quentin aura envie de rencontrer. Comme une admiratrice.

Al pose la tête sur mon épaule.

— Comment tu sais qu'il n'est pas homo ?

— Non. Le méchant de l'histoire ne peut pas être le seul personnage gay. Ça donnerait un mauvais message au lecteur. Et puis, Jane a dit qu'ils étaient sortis ensemble. Tu es une femme, non ? Qu'est-ce que tu dis quand tu dragues ?

Elle sourit d'un air malicieux.

— Rien. Les hommes se jettent à mes pieds.

— Par dizaines, d'après ce qu'on m'a raconté, ajouté-je en la poussant du coude. Allez, Mata Hari, donne-moi un coup de main.

— Je ne sais pas, moi. Dis-lui que tu as aimé son site ?

Je lis à voix haute en tapant :

— Salut. Je trouve ton site très excitant. *Info*, c'est ton vrai nom ?

— Voilà, pourquoi pas ? Mais pose-lui encore une question, un truc ouvert, auquel il ne pourra pas répondre par oui ou par non.

— Ouais, bonne idée. Pourquoi pas : « Quelle idée te fais-tu d'un rendez-vous parfait ? Pour moi, ce serait de te rencontrer. »

Elle me pince la joue.

— Voilà ! Qui a dit que les psychopathes ne savaient pas être charmeurs ? Fais court, conclus avec un petit truc polisson, du genre « Les réponses les moins convenables sont les meilleures. »

— Oh, coquine, va ! dis-je en gloussant. Comment je signe ? Je peux m'appeler Vanessa ? J'ai toujours aimé ce prénom. C'est classe, mais sulfureux en même temps.

— Fais-toi plaisir.

— Et voilà. Envoyé.

Alors commence l'attente. Cette horrible, atroce attente, celle qui nous ramène tous à nos moments les moins glorieux.

Je suis un paria boutonneux, un vendredi soir, assis une main sur le téléphone. Sophie m'a juré qu'elle me rappellerait après avoir fini ses devoirs, mais j'hésite à la croire. Elle voulait peut-être abréger la conversation. Je voulais lui parler de quelque chose. C'était très important. Je ne me rappelle plus quoi. Je comptais lui dire ce que je ressentais pour elle ? Quand même pas...

Aussi frustrant que ce soit de regarder le téléphone dans le blanc des yeux, c'est mieux que d'écouter papa s'énerver après la télévision. Enfin, au début. Mais la peur et l'impatience s'accumulent à chaque oscillation de notre pendule – un chat avec les yeux qui bougent. Mon âme est déchirée entre le doute et le contrôle. Le doute est sur le point de gagner, mais un ressentiment longtemps réprimé le coiffe au poteau.

Il est sept heures, et Sophie n'a toujours pas appelé. La bouilloire émotionnelle de mon être déborde en un accès de rage. Je brise le téléphone. Il éclate en deux, mais ça ne me suffit pas. Loin de là. Je veux le frapper si fort que Sophie le sentira à l'autre bout de la ligne. Ce qui n'a aucun sens, parce que si elle était à l'autre bout de la ligne, je ne serais pas en colère. Je ramasse les morceaux et recommence à les briser. Je les écrase sous mes pieds, jusqu'à ce qu'il ne reste qu'un tas de petits bouts de plastique et de circuits imprimés.

Pour la première fois de ma vie, je fais plus de bordel que papa. C'est peut-être de la jalousie, mais lorsqu'il entre dans la pièce et voit le carnage, il pose son verre et défait sa ceinture.

— Tu as une idée du prix de ce téléphone ?

Je ne devrais pas répondre, mais c'est plus fort que moi.

— Ce n'est pas la société du téléphone qui nous les donne ?

Il me fonce dessus, furieux comme Hulk, et me bat comme plâtre.

Une sonnerie du terminal de l'Arme X me ramène au présent. Le passé disparaît comme des taches de sang nettoyées à la Javel.

La réponse est arrivée.

— Oh ! Génial ! Je lui plais, il veut me rencontrer ! Al, Al ! Qu'est-ce que je fais ?

Lorsque je lui tape sur l'épaule, elle manque de tomber. Elle a dû s'endormir pendant mon hallucination. Avant que je décide si je dois la laisser tomber, elle se rattrape en sursaut.

— Hein ? Quoi ?

Sonnée, elle ouvre et referme la bouche deux ou trois fois, perdue. Je claque des doigts sous son nez.

— Quentin m'a répondu. Il veut me rencontrer. Qu'est-ce que je fais ?

— Il faut vraiment tout te dire... Propose de lui sauter dessus, et demande-lui son adresse. Va chez lui. Capture le méchant. Je peux rentrer chez moi, maintenant ?

Je secoue la tête.

— Non. Je ne veux pas qu'il me prenne pour une fille facile. Je vais lui proposer un café. Vanessa est quelqu'un de bien. Elle ne boirait pas le cocktail au pétrole que je m'enfile, donc il faut bien choisir l'établissement. (Je cherche rapidement les coins branchés.) Et voilà. Un café chic, en plein air, au coin d'Amsterdam et de la 112ᵉ. Parfait. J'espère que je ne vais pas dire n'importe quoi. Je parle sans réfléchir, quand je bois du café.

— Tu parles sans réfléchir dès que tu respires. Au moins, si tu as quelque chose à boire, ça t'obligera à te taire de temps en temps. (Elle fait la grimace.) Tu n'oublies rien ?

— Quoi ?

— Eh bien... je ne pensais pas te poser cette question un jour, mais... est-ce que tu ressembles à une femme ?

— Comment c'est sexiste, comme question ! Ce n'est pas mon corps qui définit mon identité !

— Pour la plupart des gens, non. Mais toi, vu comme ton cerveau réarrange ta personnalité à chaque fois qu'il guérit, si, plutôt.

— Je vois ce que tu veux dire. Tu m'aides à me préparer ?

— L'aveugle qui guide le bipolaire ? Tout va bien se passer.

Le premier problème est de trouver le bon fond de teint pour cacher mes lésions faciales. On se décide pour une préparation qui ressemble plus au joint de calfatage qu'au maquillage. Du moment que je ne bouge aucun des douze muscles de ma bouche ni des quatre de mon nez, tout va bien se passer. Je voulais garder mes vrais cheveux, mais ils ne poussent qu'en plaques, alors on finit par choisir une perruque. Le plus difficile est de trouver la bonne tenue. Chaque fois qu'on se téléporte dans un magasin de vêtements, Al essaie de se faire la malle.

Mais il faut trouver le bon ton. Les New-Yorkaises ont le sens de l'élégance, et je ne veux pas passer pour une plouc du Midwest. Pas trop de ceci, pas trop de cela. Déshabillée, mais pas trop. Je veux être séduisante, mais pas impudique. C'est un mélange d'art et de science.

Quelques minutes avant l'heure du rendez-vous, nous avons fini. Al recule et me passe les doigts sur le visage pour vérifier le résultat.

— Alors ? Qu'en dis-tu ?

Elle prend une grande inspiration.

— Je regrette vraiment d'être aveugle.

Au début, je prends ça pour un compliment, puis elle se met à rire.

— Tu penses que ça ne va pas marcher.

— Si, si. (Elle n'a même plus assez de souffle pour parler.) Si un type accepte un rendez-vous après un seul e-mail, il est prêt à sauter sur tout ce qui bouge. Alors tu as une chance.

Juste assez en retard pour m'être fait désirer, et le rire d'Al encore dans les oreilles, je me téléporte à une rue du café. J'essaie de reprendre mon amour-propre, mais mon reflet dans la première vitrine que je croise confirme mes pires craintes. Si j'arrive la première, je pourrai peut-être m'acheter un expresso. Comme ça, lorsqu'il arrivera, je lui jetterai au visage et il ne me verra pas. Je soupire et j'avance. Mais bien sûr, il est déjà là, assis dos à moi, à la table d'angle dont j'avais parlé dans mon dernier message. Il surveille la rue.

Je m'approche et me penche vers lui.

— Quentin ?

— Vanessa ?

Il se lève et ne se met pas à courir. C'est bon signe.

Il fait à peu près la même taille que moi, je suis contente de ne pas avoir mis de talons. Il est en tenue décontractée : blazer sur une chemise sombre, un jean un peu moulant et des chaussures en cuir assez cher. Mais je ne vois pas bien son visage, parce qu'il porte un masque. Un peu le même que Jane dans le chapitre 8, mais... plus viril.

Il me prend la main – poliment, et même galamment – et m'accompagne jusqu'à ma chaise.

On échange quelques banalités, sur le temps, le menu, la salle... et une fois que la serveuse nous apporte nos boissons, le premier silence s'installe. Autant crever l'abcès.

— Alors, Quentin.

— Oui, Vanessa ?

— Tu portes un masque ?

Il regarde sa tasse, un peu rassombri, et touille un peu avec sa petite cuiller.

— Oui, en effet.

— Désolée, dis-je en voyant que je l'ai mis mal à l'aise. Je...

— Oh non, ce n'est rien. (Toute son attitude affirme le contraire. Il croise et décroise les jambes, et continue de touiller.) Après tout, ça saute aux yeux. Je ne sais jamais quand je dois aborder la question.

Puisque c'est fait, autant continuer.

— Alors, tu es...

— Un super-méchant ?

— Ha ha, non, j'allais dire brûlé au visage. Mais es-tu un super...

— Brûlé ? Non, c'est mieux que ça, quelque part. Je porte ce masque pour dissimuler mon identité.

J'ai déjà l'impression d'avoir posé trop de questions, je ne veux pas le braquer. Je touille mon expresso et je me contente de l'écouter.

— Tout le monde a le droit d'avoir des secrets, non ? On est tous tellement pris par ces petites cachotteries stupides sur les gens qui nous entourent... et notre apparence... mais rien de tout cela ne définit qui nous sommes. Pourquoi ne pas se contenter de dire : « J'aime être surprenant » ?

Il est tout sauf charmant, très timide... et puis, il y a le masque. Pourtant, je ne saurais pas dire quoi, mais quelque chose me parle, chez lui. Je... je l'aime bien. Le temps de prendre une gorgée de café, j'ai pris ma décision. Je lui lance une ouverture.

— Moi aussi, j'aime bien être surprenante.

— Ah oui ?

— Mmh-mhh.

Je me cache un instant derrière ma tasse. Il se penche en avant et parle d'une voix basse et chaude.

— Alors surprenons-nous. On pourrait aller dans un endroit plus calme pour... discuter ?

Faute de pouvoir vraiment bouger la bouche, je lui lance un demi-sourire.

— Tu lis en moi comme dans un livre cochon. J'en ai très envie, mais je ne sais pas. Est-ce que je verrais ce qui se cache derrière le masque ?

— Il n'y a qu'une façon de le savoir.

Je fais semblant de réfléchir. Je regarde à gauche, à droite. Puis je croise son regard. Il a les yeux marron, comme moi. Je sais ce que je dois dire, mais je ne peux pas. Je ne peux plus lui mentir.

— Je vais être franche avec toi, Quentin. Je t'aime bien. Rien de sexuel, mais j'ai l'impression qu'on pourrait être amis.

(Je prends mon sac et le pose sur mes genoux.) Mais je viens de perdre quelqu'un. Il s'appelait Pop-pop. Je pensais que je pouvais passer à autre chose, mais non. En partie parce que ce petit chien avait été transformé en monstre. C'était l'œuvre d'un savant fou décidé à créer une armée. Alors je suis un peu entre deux relations. Quoi qu'on vive, ça ne pourra pas durer. Je ne te connais pas vraiment, et tu ne me connais pas vraiment, mais je vais partir du principe que ni toi ni moi ne voulons d'une relation sans lendemain. (Je glisse la main dans le sac et prends la crosse de mon pistolet.) Alors je me dis que le mieux serait de te tuer.

CHAPITRE VINGT-TROIS

Quentin est malin. Enfin, pas malin. Après tout, il était sur le point d'inviter une inconnue chez lui. Rapide. Rapide serait plus juste. Pas autant que Quicksilver, mais presque autant que moi.

Je n'ai pas terminé de dire « tuer » qu'il bondit de sa chaise. Le temps que je sorte mon arme, il est sur la table. Lorsque j'appuie sur la détente, il me donne un coup de pied. Le Glock crache sa balle au moment où sa chaussure me percute au menton et me fait rater ma cible.

Je pars en arrière. Quentin part en courant. Cours, Quentin, cours.

Ça me va. Ayant assez exploré mon côté féminin pour la journée, une petite dose de testostérone ne me fera pas de mal. J'arrache ma belle robe, qui cachait la magnifique combinaison de combat rouge et noire qui moule mon corps musclé et, oui, remonte à des endroits auxquels vous ne voulez pas penser. Tous les regards sont braqués sur moi quand j'enfile mon propre masque. Avec un salut rade pour mes admirateurs caféinés, je poursuis Quentin, en évitant les jupes, les uniformes, les piétons et les costards trois-pièces.

— Foutez le camp, bande d'obstacles au rabais !

Mais en même temps, je réfléchis, pour calculer la meilleure blague possible quand je l'aurai rattrapé. Parce que bon, avec « Q. »... Au moment où il atteint le carrefour, j'atteins la triste conclusion qu'aucune de mes idées n'est imprimable.

Il est au milieu de la rue quand le feu change de couleur. Les voitures s'élancent et remplissent l'espace qui nous sépare.

En général, c'est le moment où le gentil manque de se faire renverser par une voiture, puis regarde le criminel s'échapper.

Mais pas moi. Déjà, parce que je suis à quelques dizaines de mètres de là. Ensuite, c'est Quentin qui se fait renverser. Par une Subaru récente. De là où je suis, c'est le genre de collision qui se solde par quelques fractures. Mais non, il reprend son équilibre et avance droit sur la Subaru. Surpris, mais plutôt vif, le conducteur de la voiture remonte sa vitre. Quentin sort son pistolet et casse la vitre avec la crosse.

Il essaie de faire comme Buscemi dans *Reservoir Dogs*, et de sortir le conducteur de sa voiture par la fenêtre. Mais... le type ne passe pas ! Quentin a beau tirer aucune chance d'y arriver. Lorsqu'il voit que je le rattrape, Quentin reprend sa course. Si vous voyiez la scène, vous trouveriez ça amusant. Et son petit faux pas a interrompu la circulation, ce qui me permet de traverser sans ralentir.

Nous atteignons un quartier plus résidentiel (dans ce coin de la Grosse Pomme, ça veut simplement dire que les gratte-ciel contiennent des appartements au lieu de bureaux.) Quentin s'emmêle les pinceaux autour de trois gamines qui jouent à la marelle. Splendide dans l'effort, j'effectue un magnifique saut périlleux au-dessus des gamins.

Apparemment, cela rappelle à Quentin que lui aussi sait sauter. Ce sale copieur franchit d'un bond une rangée de tables de vendeurs à la sauvette. Cartes postales, vieux vinyles et souvenirs africains basculent en pagaille. Sur le trottoir de l'autre côté, il essaie de rester fidèle à tous les clichés des poursuites piétonnes en renversant un chariot de hot-dogs. Mais comme pour la Subaru, il choisit mal son moment. Le temps que j'arrive, le chariot a fini de glisser jusqu'au mur et n'est plus sur mon passage. À moins que vous ne comptiez l'odeur délicieuse comme un obstacle.

Moi, ça me donne envie de m'arrêter !

Donc, j'attrape au passage un grand modèle avec cornichons. Après avoir comparé sa taille au souvenir que j'ai de l'index de Gomdulla le Pharaon Vivant, je reprends ma course, satisfait de voir que mon analogie était correcte.

On sait tous que ce ne serait pas une poursuite mémorable s'il n'y avait pas deux types en train de porter une vitre. Alors les voilà. L'air détendu, Quentin plonge pour glisser entre le trottoir et la vitre. C'est serré, mais il passe.

Je lui donne un 8,7.

Enfin, je lui donnerai lorsque je l'aurai rattrapé.

Je suis trop occupé à courir pour imiter sa manœuvre, mais je parviens à contourner la vitre. Désolé, les mecs, on évite le cliché pour cette fois. C'est presque triste. Si c'est devenu un cliché, il faut bien une raison. Comme les personnes âgées, ils ont bien mérité un peu de respect.

Oh, et puis merde. Je fais demi-tour et je donne un bon coup de pied dans la vitre. En repartant, je lance aux deux vitriers :

— Je n'ai pas pu résister, chers ouvriers ! Il n'y a rien de plus satisfaisant que le bruit du verre qui éclate !

Ils ne répondent pas. Ils se contenter de gesticuler, comme si on était dans un film muet. Les types qui portent les vitres ne font jamais aucun bruit. Ça fait partie de la scène.

Quentin vient de tourner au coin de la rue. Puisque je le poursuis, j'en fais autant. Vous ne devinerez jamais. Toute la rue semble coupée à la circulation à cause d'un carnaval. C'est une de ces scènes qui vous rappellent combien de personnes il y a dans tous ces immeubles autour de nous. Sur des centaines de mètres, ce n'est que stands de souvenirs et de plats préparés, des orchestres et des artistes de rue... même quelques dragons chinois géants en papier.

Moins comme un taureau dans un magasin de porcelaine que comme un super-méchant pressé, Quentin attrape et lance tout ce qu'il peut dans ma direction : riz sauté, kebabs, empanadas, un plat de nouilles, des pâtes... tout ce qu'il trouve. C'est fou ce que ce festival est international.

Je saisis avec joie quelques projectiles dans ma bouche. L'huile chaude qu'il m'envoie ensuite est moins agréable. Elle crépite sur ma peau, et ça donne une odeur d'agneau bouilli pas assez assaisonné. Bien sûr, ça fait mal. Mais après les trempes que Goom et les Goomettes m'ont distribuées toute la journée, et mon pas de deux avec Hulk, ce n'est pas une petite brûlure qui va m'arrêter.

J'accélère. Je suis presque sur lui. Mais tout d'un coup, Quentin fait une roue bien droite, se glisse entre deux chariots et passe de l'autre côté. Enfin, il me montre un peu de finesse. En réaction, je fais un double saut périlleux avec réception sur les mains, et je regarde la suite du numéro.

Pff. Rien. La roue, c'était juste pour frimer. Il a recommencé à courir. C'est sans élégance... brutal, quelque part.

Il est facile à suivre, alors je recommence à réfléchir à ma blague sur le cul. Si je lui tire dessus, je parlerai de trous. C'est sûr, c'est la facilité, surtout quand on décide de ne pas faire de blague sur sa mère.

Espérant m'éloigner un peu de cette cohue agaçante (et évitant par chance la foule qui s'élance et qui danse une folle farandole), il s'engage dans une ruelle. On dirait qu'il n'a jamais vu de poursuite. Bien sûr que c'est un cul-de-sac. Ce pauvre abruti s'arrête devant la seule porte, qui est évidemment verrouillée. C'était rapide.

Je m'avance vers lui d'un pas crâne, en tapant du poing dans ma paume ouverte.

— Au cas où tu ne comprendrais pas, je t'explique. Dans quelques secondes, ma paume sera ta tronche. Et mon poing... ce sera toujours mon poing.

Je me dis que c'est terminé. Vous aussi, vous devez vous dire que c'est fini. Mais c'était voulu. Ayant gardé le meilleur pour la fin, Quentin défonce la porte les deux pieds en avant, comme s'il était monté sur ressorts. Il la percute assez fort pour la faire plier, l'arracher de ses gonds et retomber à l'intérieur. Et maintenant, nous avons une poursuite en intérieur. Course dans les couloirs étroits, virages serrés qui nous mènent d'un long couloir sombre à un autre. On longe même les murs de plâtre couverts d'une peinture épaisse afin d'éviter les réparateurs et livreurs en tous genres.

L'astuce dans un couloir tortueux, c'est de ne jamais courir à fond. On ne sait jamais exactement quand le prochain virage va arriver.

Voilà, je l'avais bien dit.

Quentin rate un tournant et se prend le mur en pleine poire. Il continue de courir, mais la trace d'impact qu'il laisse derrière lui me donne une idée. Un mur en placo standard fait un peu plus d'un centimètre d'épaisseur. Disons que le mur est fait de deux plaques... Donc, je me prépare un peu moins de trois centimètres de gypse, avec de l'air au milieu. Assez négligeable pour un beau bébé comme moi. Ignorant mes propres conseils (personne ne m'écoute jamais, de toute façon), je mets les gaz, dans l'espoir de traverser le mur sans ralentir et, avec un peu de chance, intercepter Quentin au bout du couloir.

La première partie se déroule sans accroc. Je traverse le placo sans perdre de vitesse. Mais je n'avais pas imaginé que le mur de l'autre côté serait en parpaings. Au lieu de briser l'os, la collision fait sortir mon épaule gauche de sa cavité, ce qui provoque un déboîtage.

Et pour ne rien arranger, Quentin n'est même pas parti par-là. Il a fui dans la direction opposée, qui mène à une sortie. Je ramasse mon bras et ma fierté et le poursuis de plus belle.

C'est une toute nouvelle ruelle, plus large que la précédente, mais barrée par un mur en métal surmonté de rouleaux de fil barbelé. Quentin est presque au sommet. Il a le visage tailladé, il met du sang sur son joli barbelé.

Je siffle.

— Eh, Quentin. On dirait que tu pourrais passer. Mais à moins qu'il y ait des égouts ou des catacombes sympas de l'autre côté, je dirais que la poursuite est finie.

Le premier katana traverse son blazer juste au-dessus de l'épaule et se plante dans le métal. Il essaie de le déloger, mais la deuxième lame se prend dans sa ceinture et le force à se retourner.

Il baisse la tête et capitule.

— Bien visé.

— Pas tant que ça. J'essayais de t'éventrer, mais j'ai raté. Bon, on va discuter dans un instant, mais j'ai l'épaule déboîtée. Ça t'ennuie si je me la remets en place ?

— Je ne bouge pas.

Je lui donne un coup d'épaule dans la poitrine. Quentin pousse un petit cri. Mon épaule se remet en place avec un « pop ». Pop-pop. Tiens, puisqu'on en parle. J'attrape Quentin par son menton masqué.

— Quentin... je peux t'appeler Quentin ? J'ai vu un tas de saloperies ces derniers temps, mais je ne t'ai pas encore demandé : quelle espèce de taré fabrique des monstres qui ressemblent à des chiots ?

— Ce n'était pas mon idée.

Je le lâche et lui pince la joue.

— Ce n'est pas ce que Jane m'a raconté.

— Jane ? Cette sale...

— Attention... Elle m'a tapé dans l'œil.

Il pousse un rire désabusé.

— Jane t'utilise comme elle m'a utilisé. Elle a détourné ton attention. Comme si c'était moi, le cerveau derrière tout ça. Je ne suis personne. J'étais juste censé programmer le site Internet, et je ne l'ai même pas fait. Je suis un leurre, piégé dans une relation de dépendance asexuée, au service de son plan d'armée de monstres. C'est elle qui mérite la mort. Tiens, je peux le prouver. Regarde dans ma poche.

— Si c'est un piège...

— Il y a une clef USB sur une chaînette. Prends-la.

Ah oui, c'est vrai.

— Et alors ?

— C'est des vidéos de sécurité du labo. Regarde-les. C'est tout ce que je te demande.

— Admettons. Qu'est-ce qu'il y a dessus ?

— Jane ?

— Nue ?

— Non.

— Dommage.

— Elle est avec les chiots, juste après leur création. Elle dit même « J'ai hâte que vous vous soyez tous transformés, pour que nous puissions conquérir le monde. »

— Tu me prends pour un naïf ? Ça peut vouloir dire n'importe quoi. Elle pourrait répondre à une question piège, du genre, « Qu'est-ce qu'un génie du mal pourrait dire à propos de ces chiots ? »

— Il n'y a pas de piège. Elle est toute seule avec les chiots, et elle rit en imaginant le carnage. Je ne m'étais rendu compte de rien, je me suis laissé distraire par sa beauté, je faisais tout ce qu'elle demandait. Comme toi. Mais elle est folle. Il faut la tuer, sinon elle trouvera un moyen de concrétiser ses plans déments.

Je plisse les yeux.

— Tu ne serais pas en train de me mentir, hein, Quentin ? Parce que tu sais, c'est très grave, ce que tu racontes.

Il lève la tête. Je vois les larmes monter dans ses yeux marron.

— Je te jure, j'ai tellement envie de la quitter. C'est pour ça que j'ai répondu à ton e-mail. Je me sentais tellement seul. J'avais envie d'espoir. (Il regarde le ciel et déglutit.) Mais maintenant, le monde entier verra qui est le pigeon.

— C'est toi, hein ?

— Tu es un mercenaire, répond-il en hochant la tête. Je vais t'engager pour la tuer. Je te donnerai n'importe quoi.

— Elle m'a déjà engagé pour te tuer.

— Je te paierai le double. Le triple.

— Si c'est une ruse, je reviendrai te voir. (Je vais pour partir, lorsque quelque chose me force à me retourner.) Oh, et merci de m'avoir plantée là avec l'addition, pour notre premier rendez-vous, M. l'Escampette. Quand tu me paieras, apporte du liquide.

CHAPITRE VINGT-QUATRE

Une fois rentré au laboratoire (vous savez, celui avec la cuve pleine de monstres en gelée), Al est appuyée contre le seul truc qui ressemble à ce qu'il est : une fontaine à eau. Je lui raconte les derniers développements. Elle est pleine de questions, des questions que j'aurais aimé me poser, comme :

— Et tu l'as laissé filer ? Mais pourquoi, Wade ?

J'essaie de lui expliquer, mais je ne comprends pas bien moi-même.

— Il y avait... quelque chose en lui qui m'a convaincu de ce qu'il disait.

La main appuyée sur la bombonne de cinq litres, elle se penche vers moi.

— Une étincelle dans son regard ? Son sourire charmeur ?

J'ignore la moquerie, pars vers le terminal et réponds à voix basse.

— Je ne sais pas. Il portait un masque.

Elle tire un gobelet en papier du distributeur, le remplit, un doigt au-dessus du bord pour savoir quand s'arrêter. Puis elle avale une grande gorgée d'eau et se retourne vers moi.

— UN MASQUE ? Tu ne lui as même pas retiré pendant que tu l'interrogeais ?

— J'aimerais te dire que si, mais... non.

— Tu commences vraiment à m'inquiéter. D'abord, tu te roules par terre avec les sacs à puces, et maintenant ça... Tu n'étais déjà pas bien net, mais là...

Je lève les mains au ciel, exaspéré.

— Je n'y ai pas pensé, d'accord ? J'étais un peu perdu. (Je me laisse tomber dans un fauteuil et tape sur le clavier pour essayer de restaurer ma dignité.) Je ne suis pas complètement taré, tu sais. Je ne l'ai peut-être pas dit aux lecteurs, mais j'ai glissé un traceur dans sa poche.

— Ha, pas de quoi faire le malin. Même les montres cassées ont raison deux fois par jour.

J'essaie de l'éblouir avec du jargon technique.

— Ce n'était pas un vieux traceur à la noix. C'était un gadget du S.H.I.E.L.D., avec un milliard de circuits sur une tête d'épingle et avec une portée d'une mégachiée de kilomètres. Ce truc est détectable à travers le noyau de la Terre, même derrière des protections antimagnétiques et les hommes-taupes. Et en plus, je peux accéder au signal sur tous les appareils connectés civils.

Elle pousse un soupir désabusé.

— J'imagine que c'est toi qui as payé le café ?

J'ignore la question et gonfle la poitrine.

— Je te dis que je pourrai mettre la main sur ce Q. n'importe quand !

Après une pause gênée, Al commence à glousser. Encore à moitié plein, son verre se renverse peu à peu au rythme de ses éclats de rire.

— Oh, j'imagine la scène. Alors Naze Bond, où est-il ?

— Grrr. Laisse-moi un instant.

J'appuie sur quelques touches.

— Alors ? (J'appuie sur d'autres touches.) Donc ? (J'appuie sur *toutes* les touches.)

Puis j'appuie sur la même touche, sans m'arrêter. De guerre lasse, je branche le clavier et je réessaie.

— Hmm. Amusant, il est mort.

— Moins amusant que lorsque tu disais pouvoir lui toucher le cul n'importe quand. Mais bon, c'était difficile de faire mieux.

Je me frotte le menton, pensif.

— Il a dû le trouver. Il est fort. Vraiment fort.

— Wade ? dit-elle en me poussant du coude.

— Quoi ?

— Tu l'as allumé ?

Je ferme les yeux. Elle se remet à rire. Au moins cette fois, son verre est vide.

— D'accord ! Bon, il n'est peut-être pas si doué que ça. Ça ne le rendra que plus facile à capturer.

Au début, j'ai l'impression qu'elle me donne une tape dans le dos, mais elle s'appuie simplement pour ne pas tomber.

— Ouais ! Super ! Wade, il y a des moments, je me demande comment tu as pu me retenir prisonnière aussi longtemps.

— C'est très simple, Al. Je ne peux pas mourir, alors je finis toujours par gagner, du moment que je n'abandonne pas.

— Tu crois ? C'est une petite faille logique, là, pile à l'endroit de ton cerveau.

— Ah bon ? Laquelle ?

— Et si une autre personne meurt alors que tu voulais la protéger ? Tu auras perdu, non ? C'était quoi, le nom du chien ? Plif-Plaf ?

— Pop-pop. (Je sors la clef USB de Quentin et la branche dans la prise.) Je ne perds que si je m'attache, Al. Seulement si je m'attache. Ha ! Regarde ça. Il y a vraiment une vidéo, sur son machin. Il était vraiment de confiance.

L'image est presque entièrement blanche. Il y a un moment de neige électronique, et une voix de gorge résonne dans les enceintes.

— Ils ont tous envie de moi. Mais ils ne m'auront pas.

Al fronce le nez.

— C'est ta copine ?

— Chut ! Je ne sais pas. On dirait Jane, mais plus jeune.

L'image continue de vaciller.

— Bougez avec moi. Chantez avec moi.

Je tape dans mes mains.

— C'est un rituel magique ! Jane doit être au service d'une entité démoniaque des dimensions inférieures !

Comme manifestés par les énergies ancestrales, deux visages ridés apparaissent à l'écran et se mettent à parler dans une langue inconnue. Les paroles, la cadence... tout cela me paraît si familier. On dirait le fantôme d'un souvenir qui hanterait les frontières de ma conscience.

Comme en transe, Al se met à bouger. Son bras droit se tend devant elle, la paume vers le bas... puis le gauche... elle lève la paume droite, puis la gauche, tout en tournant les hanches. La main droite sur l'épaule gauche... la main gauche sur l'épaule droite... Puis enfin, je comprends...

— Ce n'est pas Jane ! C'est le clip de la Macarena ! Ah, le fourbe !

Al continue de danser.

— Vois le bon côté des choses. Au moins, tu as cru qu'il te disait la vérité. C'est déjà quelque chose, non ? Imbécile.

— Pff... Au moins, les voix dans ma tête ne me traitent jamais d'idiot.

Bien sûr que si.

Et pire, même.

J'arrache la clef USB, mais Al garde le rythme alors que la musique s'interrompt.

— Allez, sois cool. Remets-la. C'est ma came, ça !

Avant que je n'aie pu refuser, on trouve un tout nouveau rythme, à partir de sonneries d'alarmes, accompagnées de gyrophares stroboscopiques.

— Tu as une boule à facettes ? Je ne la vois pas, alors tu peux me mentir. Wade, dis-moi que tu as une boule à facettes.

Je regarde autour de moi. Les moniteurs s'allument. Les appareils reprennent vie. Un grand choc fait trembler le laboratoire. Je rattrape Al avant qu'elle ne tombe.

— Wade, dis-moi que c'est la boule à facettes qui vient de tomber.

Je regarde l'écran.

— Il n'y avait pas que le clip, sur la clef USB.

— Tu n'as pas fait une détection de virus avant ? Tu as une idée de ce qui se passe ?

— Non, il n'y a pas de bouton marqué « Dites-moi ce que fait le virus. » (Mes yeux s'arrêtent sur le système d'exploitation.) Ah la vache, si, en fait. Il est vraiment bien, ce système d'exploitation. Alors, ça dit que ça détourne toute l'alimentation pour provoquer une surcharge. Mais où ? (J'affiche le diagramme électrique de l'installation et pousse un soupir de soulagement.) Ouf, le chenil n'est pas en danger.

Un autre tremblement renvoie Al sur mes genoux.

— Alors d'où vient ce vacarme ?

— Aucune idée. Les surtensions se dirigent vers un endroit caché, ou...

— Quoi ?

— Ou quelque chose d'installé trop récemment pour que le système ne le reconnaisse. (Je me lève, et Al se gamelle brutalement). Comme ce réservoir !

Oui. Sous mes yeux, la cuve de trois tonnes tremble comme un gros bébé en métal qui ferait ses premiers pas. Les moniteurs de pression sont tellement loin dans le rouge qu'ils prennent une nouvelle couleur, utilisée pour indiquer un niveau de danger si élevé qu'on ne lui a pas encore donné de nom.

— Je *savais* que c'était une mauvaise idée...

On n'est pas dans une histoire steampunk, alors pas de rivets qui sautent, pas de soudures qui cassent... Juste un tremblement constant qui me prévient que ça va sauter. Et je ne peux rien faire d'autre que regarder.

Une bosse, comme une ampoule, se dessine à la surface. Je regarde sur l'écran, dans l'espoir de trouver un bouton qui affiche « Arrêter le virus. »

Il n'y en a pas.

— Al, il faut partir.

Elle essaie de se relever, mais avec tous les tremblements, elle a du mal. Juste avant que la cuve n'explose, je me jette sur elle pour la protéger avec mon corps. Je m'attendais à une grande explosion, une détonation immense qui nous aurait tous éliminés. Au lieu de cela, on dirait plus le bruit que fait Galactus, le dévoreur de mondes, quand il a la diarrhée.

La bouillie rose de cinq monstres (c'est bien cinq, hein ?) gicle en un seul jet qui recouvre tout sous une couche de chair liquide et agitée.

Vous vous rappelez, j'ai dit tout au début que je ne tuais rien, parce que techniquement tous ces machins sont encore vivants ? Je ne sais pas comment ni pourquoi ni ce qui peut produire ce bruit, mais une voix indéniable monte de la flaque. Elle exprime douleur, colère et vide existentiel à la fois, comme si le simple fait d'exister lui causait une douleur inconcevable, et que parler ne faisait qu'aggraver la chose. Et dans le même temps, il n'a pas le choix. Il *doit* être, il *doit* se faire connaître. Et il dit :

— Nous... sommes... vivants...

CHAPITRE VINGT-CINQ

Nous sommes entourés d'une essence de vie distillée. Elle hurle contre un néant obscur dont elle est presque indissociable. Présente, mais à peine. La masse de confusion amorphe, informe et bouillonnante s'agite comme la marée pousse un océan, remplissant les espaces ouverts, percutant les murs et les portes. Al et moi sommes déjà trempés de ce machin, mais apparemment sans nous faire de mal. Pour autant, ces vagues ne me disent rien qui vaille. Avant qu'elles ne nous atteignent, je hisse Al sur ce que j'espère être une table. Après avoir vérifié que ce n'est pas une plateforme de rayon de la mort, je la rejoins.

En un rare moment de vulnérabilité, elle se cramponne à moi.

— Wade, qu'est-ce que c'est ?

Comme des prisonniers libérés sur paroles, les mots s'échappent de ma bouche.

— Hum. Eh bien... Oh, voilà. C'est une pieuvre grosse comme le New Jersey qui essaie de se reconstituer après avoir séjourné dans un mixeur.

C'est un bon point de départ. C'est rose, tout rose. Vous le saviez déjà, mais ce n'est pas le genre de rose qu'on voudrait sur le ruban du cadeau d'une petite fille de trois ans. C'est plus le rose qu'on voit dans les parties les plus claires d'un charnier. Des pustules grasses se soulèvent et éclatent, libérant davantage de liquide rose, mais un peu plus sombre. Les parties les plus foncées tentent de décrire des formes à la surface.

Des tentacules lourds se forment brièvement avant de retomber dans un bruit de bulle qui éclate. Quelques-uns parviennent à former des arabesques complexes, comme une série de membranes essayant en vain de conserver leur forme. Les sifflements et bouillonnements finissent par se solidifier en une seule voix :

— Père... Père...

Al me serre l'épaule.

— C'est peut-être de toi que ça parle.

Je réponds dans un murmure :

— Ce serait bizarre. C'est sans doute plus une métaphore, une façon de parler de son créateur, plutôt qu'une apostrophe pour son père littéral, physique. Après tout, si ça se trouve, ça ne nous entend même pas.

— Père... c'est toi ?

Pff. Voilà que la bouillie fait sa maligne. Al insiste.

— Allez, parle-lui.

— Je ne sais pas. Je reviens tout juste d'un rendez-vous très étrange, où j'ai essayé de former des liens humains, mais ça m'est revenu en pleine tête. Et puis, qu'est-ce qu'on peut dire à un truc qui n'a pas toute sa tête ?

— Tu devrais le savoir mieux que personne. (Elle tape à mon front comme pour frapper à une porte.) C'est toi qui as de l'expérience dans ce domaine. Comment parles-tu aux voix dans ta tête ?

Oui, Wade, comment tu nous parles ?

Oh oui, raconte-nous, Wade !

Quelques centimètres sous la plateforme, la putrescence visqueuse bouillonne.

— Père ? Père ?

Bon, hein, après tout...

— Oui, mon fils ?

— Père... pourquoi... sommes... nous ?

Oui, on va commencer en douceur...

— Oublié... de sortir... couvert ?

— Notre... existence... a-t-elle... un but ?

— Commment... ça... ?

Al me gifle.

— Arrête de l'imiter. Si ça se dit que tu te moques de sa façon de parler, ça pourrait nous manger.

Je m'éclaircis la gorge.

— Eh bien, mon fils, tu parles de tous les êtres en général, ou de toi en particulier ?

— Il y a... une... différence ?

— Eh bien, oui, une grosse. Tu es un tas informe constitué de monstres liquéfiés. Al est un être humain ordinaire. Et moi... eh bien, si tu veux tout savoir, il faut reprendre le livre au début.

— Pourquoi ?

Les enfants arrivent parfois à un certain âge où ils adorent poser des questions. Pourquoi le ciel est bleu ? Pourquoi ceci ? Pourquoi cela ? Pourquoi maman nous a quittés pour le type avec la barbe ? C'est un jeu. Ils ne veulent pas vraiment connaître la réponse. Ils ont juste compris que quoi qu'on leur réponde, ils peuvent toujours continuer de demander « Pourquoi ? ».

Heureusement, mon père avait toujours une réponse toute faite pour moi.

— Parce que c'est comme ça.

— Pourquoi ?

— Parce que c'est comme ça.

— Pourquoi ?

— Parce que... c'est... comme... ça.

Le liquide s'agite autour de la plateforme. La voix se fait plus forte.

— Dis... autre... chose !

Oui, moi aussi ça me rendait fou. Je sais ce que papa ferait à ce moment-là, mais je ne peux pas utiliser ma ceinture contre une grosse flaque. Avant de trouver une explication plus satisfaisante pour la nature existentielle de l'être (comme par exemple, *Pourquoi pas ?*), la flaque meugle :

— Aaargh ! Je... vais... te... détruire !

Al serre les doigts sur mon épaule.

— Wade ? Qu'est-ce que ça fait ?

— Rien, en fait. Al, je te promets, c'est une flaque. Elle a dû remonter d'un centimètre, et retomber aussi sec. À part nous éclabousser, cette bouillie va pas nous faire grand-chose.

— Rarr !

— Mais elle a l'air si... blessée, si en colère. Qu'est-ce que ça fait, cette fois ?

— Rarr !

— La même chose, mais moins haut. C'est en train de s'étaler, en fait.

Je m'agenouille et rapproche mon visage :

— C'est qui la grosse vilaine flaque de bouillie ? Hein ? C'est qui la grosse flaque de bouillie ?

Al soupire.

— Wade, ne te moque pas de la grosse flaque de bouillie.

Je me recule.

— Pourquoi ?

— Ce n'est pas fair-play.

(Ça, c'était pour les fans de Joss Whedon. Paraphrasé, bien sûr, mais quelle série, qui l'a dit, et comment s'intitulait l'épisode ?)

Al et moi nous asseyons, et observons, et attendons. La lumière des plafonniers joue sur la bouillie, dessinant des lignes étranges, qui me rappelleraient presque le coucher de soleil sur un lac. La masse descend encore, jusqu'à ce qu'il ne reste que quelques flaques.

— Hm. Sept bonnes, sept serpillières, six mois peut-être.

Lewis Carroll ?

Il était femme de ménage ?

La bouillie, presque disparue, s'autorise une dernière phrase.

— Je dois... te... faire... mal...

Je m'efforce de ne pas rire.

— Tu ne ravaleras ta colère qu'à la dernière goutte, hein ? Écoute, la seule façon dont tu pourrais me faire mal, ce serait si je glissais sur toi.

— Tu... te... trompes... père...

J'aimerais me dire que c'est la dernière bravade d'une forme de vie mourante, mais les lumières qui luisent sur les consoles les plus mouillées me font hésiter. L'écran est tout au bout de la pièce, mais même de là où je suis, je vois des jauges s'agiter.

— C'est toi qui fais ça ? demandé-je.

Pas de réponse. Sauf si on compte le bruit de pet que font les bulles qui éclatent.

Je saute par terre. Tandis que je patauge dans les dernières traces de liquide pour regarder le terminal, ça parle d'une voix diffuse :

— Aïe... Aïe... Aïe...

Plus je m'approche de la console, plus je me rends compte que les flaques ne sont pas entièrement aléatoires. Elles couvrent les claviers. Le liquide a trouvé assez de contrôle pour tomber sur les touches et saisir quelques commandes.

— Mais ça contrôle quoi, ça, au fait ? Mince !

Je regarde l'écran : des petites niches, une trentaine d'occupées. Les constantes vitales sont suivies, et la moitié environ décolle. Les icônes canines au-dessus des niches sont en mouvement.

— Non ! Non, non, non ! C'est le chenil !

Je croyais que les chiens étaient isolés. Qu'ils étaient à l'abri. Mais je me trompais terriblement. Un vacarme terrible éclate derrière les portes du chenil.

— Je suis Xenmu !

— Je suis Grogg !

— Je suis Zzutak !

— Je suis le Titan !

— Je suis Shzzzllzzzthzz !

— Je suis Orrgo !

— Je suis Rombu !

— Je suis Fangu !

— Je suis Droom !

— Je suis Sserpo !

— Je suis Monsteroso !

Il y en a quatre autres, je crois. Enfin, vous avez compris le principe.

CHAPITRE VINGT-SIX

Le martèlement des créatures en liberté nous parvient derrière les portes blanches. Le chenil, foyer paisible et tranquille de la joie et de l'innocence, est à présent colonisé par des monstres. Furieux, je piétine les dernières gouttelettes de bouillie consciente. Je donne des coups de pieds dedans. Je les écrase sous mes orteils.

— Saloperie ! Tu n'as pas pu t'en empêcher, hein ? Hein ?

— Ha... ha... ha...

Le martèlement s'intensifie. Les portes, épaisses de plus de 50 centimètres et fabriquées dans un alliage conçu pour résister à une explosion nucléaire, commencent à se tordre.

Je cours dans cette direction.

— Il faut que je fasse quelque chose !

— Tu viens de dire qu'il y avait une quinzaine de monstres, là-dedans, lance Al !

— Ce qui laisse quatorze chiots tout à fait normaux. Quatorze, Al ! Plus Trutruffe ! Je dois les sauver.

— Mais, et moi, alors ?

— Ah oui, toi. Eh bien, on dirait que tout ce liquide a fait griller l'ascenseur. Et mon téléporteur ne pourra pas t'embarquer en même temps que les chiots. Essaie de trouver une autre sortie. Une issue de secours, une nacelle de sauvetage, ou l'entrée d'une grosse fourmilière.

Al me crie que je pourrais la téléporter puis revenir chercher les chiens, mais je ne comprends pas ce qu'elle veut dire. Comme je l'ai déjà assuré, je n'utiliserais jamais mon téléporteur pour gâcher une bonne scène d'action. Alors je déclare que le téléporteur est cassé, les enfants. À moins qu'une autre option ne vienne s'offrir, on est là jusqu'au bout.

Pourquoi ? Parce que c'est comme ça.

J'appuie sur le panneau d'accès du chenil. Les portes s'ouvrent en soupirant, je vous jure. Les moteurs grognent comme les scènes de sexe d'un téléfilm romantique, mais les portes sont trop tordues pour s'écarter de plus d'un mètre.

Tandis que les colosses à l'intérieur continuent les présentations, je me retrouve face à un gros truc orange et velu, coincé dans l'embrasure. C'est une sorte d'orifice géant. J'espère de tout mon cœur qu'il s'agit d'une bouche, d'un nez ou d'une oreille. Après cela, les possibilités seraient toutes mauvaises.

En tout cas, ça pue. Je retiens ma respiration et je pousse sur les portes pour les écarter davantage. Je grogne, je force, je tire. Au moment où je change de prise, je pince un peu de monstrueuse membrane muqueuse.

— Je suis Rorrgg, Roi du... AÏEUH !

— Désolé !

Je réessaie. Les portes ne bougent pas, mais à force de forcer d'un côté et de marteler de l'autre, elles finissent par tomber au sol avec un grand CLONK très peu épique.

Et qu'est-ce que je vois à l'intérieur ? Imaginez quinze monstres, entre sept et douze mètres de haut chacun, serrés dans le même espace, et tous trop gros pour passer par la porte. On dirait une partie de Twister pour poils, écailles, exosquelettes, robots, extraterrestres et machins indescriptibles.

Et personne ne porte de chaussettes.

Tout le monde est là, à essayer de se redresser. Ils donnent des coups de poings et de pieds, de dents et de mandibules, et parfois de pinces. Pendant ce temps, toute la base est devenue un piège mortel, et tremble comme si elle comptait s'effondrer.

Mais par-dessus ce vacarme, un chœur de jappements réjouis arrive à mes oreilles.

— Les chiens !

Ils sont encore là, et encore vivants !

Dès que Rorrgg écarte son je-ne-sais-quoi de ma tête, je m'avance. Je ne peux pas utiliser A.D.A. Je ne sais pas ce que je pourrais liquéfier par accident. Je glisse sous Orrgo, le Monstre aux deux R. Je m'approche de Shzzzllzzzthzz, la Créature aux huit Z. Je vois des bouts de Xemnu le Titan dont je me serais bien passé. Je manque de me coincer la tête sous l'aisselle moussue de Chalo, la Bête du Marais, grimpe par un interstice entre les pieds de Oog, la Terreur Congelée, et évite de justesse l'entrecuisse embrasé de Dragoom, l'Intrus Ardent.

Et tout du long, j'attrape les chiens au vol, à commencer par l'estimable Trutruffe (parce qu'il est spécial !). Je ramasse des bergers et des beagles, des rottweilers et des caniches. Je me rends bientôt compte que je ne peux pas en tenir plus de trois sans en lâcher, alors j'attends qu'un passage s'ouvre entre les membres colossaux pour les lancer là où se trouvait la porte. Trois fois sur quatre, je réussis mon lancer. Et quand je rate, je recommence.

Et l'odeur. Oh, l'odeur ! L'odeur, l'odeur, l'odeur, l'odeur !

Je trouvais déjà que le je-ne-sais-pas-quoi de Rorrgg empestait. Mais ces machins venus de l'espace, du cœur de la Terre ou des autres dimensions, tous en nage dans cet espace confiné, chacun avec sa biochimie bien à lui... Le Zoo du Bronx un jour humide, avec un tas de fumier, à côté d'un abattoir et des bennes à ordures du plus grand centre de nettoyage de couches au monde...

Ce serait encore du parfum, à côté.

Je ne tiendrai plus très longtemps. J'ai la tête qui tourne, je vais tomber. J'ai encore pas mal de chiens à évacuer, mais le monde s'en fout. J'avais déjà du mal à me déplacer dans ce foutoir, mais avec des vertiges... Je suis prêt à vomir et m'évanouir en même temps. Lorsque soudain, sorti de nulle part, je sens qu'on me fourre quelque chose sous les narines.

C'est à la framboise, sucré en diable.

Sophie me demande :

— Ça te plaît ?

On est devant l'école, un beau matin, avec une petite brise chaude. On est au milieu des autres, avant que la cloche ne sonne pour nous envoyer en classe. Je tiens ses livres, elle brandit le poignet sous mon nez. On dirait une odeur de bonbon, j'ai envie de la croquer.

— Ouais, j'aime bien.

— J'ai essayé de te rappeler vers 19h30, mais la société du téléphone m'a dit que ta ligne était en dérangement.

Je meurs d'envie de lui dire quelque chose, mais ne parviens qu'à répondre par un haussement d'épaules :

— Oh. Pas grave.

— Comment va ton chien, Wade ?

Mon...

Et là, je me rappelle.

D'après nos sens, la vie se déroule dans l'ordre, un événement après l'autre. Ce souvenir me balance tout d'un coup, et il faut un moment pour que mon cerveau réorganise les images en séquence. Et quand c'est fait, ça donne à peu près ça :

Le chien. Une chienne. Un bâtard. Je la pose sur le porche, je tiens son collier pendant qu'elle se tortille, pour essayer de lui attacher sa laisse. Puis je la lâche une demi-seconde, et je vois sa fourrure blanche et crème prendre son envol sur le trottoir, presque invisible sur le ciment. Mais lorsqu'elle arrive sur le bitume de la rue, je la vois très clairement. J'entends les freins qui couinent, le pare-chocs argenté qui ralentit, mais pas assez pour éviter mon chien.

Puis elle prend de nouveau son envol, mais sur le côté cette fois, et sans un bruit.

C'est de ça que je voulais parler à Sophie hier soir, mais maintenant, je n'ai pas envie de pleurer devant elle. Alors je regarde mes pieds.

— Elle... Elle...

Mon chien. Le mien.

La cloche sonne. Je lève les yeux. Sophie est partie, et soudain, je ne sais plus si elle était vraiment là. Maintenant que j'y pense, je n'ai jamais vu quelqu'un d'autre parler à Sophie.

La foule des élèves veut entrer dans l'école, et je suis sur le chemin. On me pousse, on me tire, on me bouscule et on m'étouffe. Furieux, je résiste.

Mais ce ne sont pas des vêtements de collégiens que je sens. C'est une peau extraterrestre, des écailles ou une fourrure orange.

Oh ! Ce genre d'hallucination finirait par me faire douter de ce qui est vrai et de ce qui ne l'est pas. Surtout quand je me réveille dans un chenil souterrain envahi par les monstres. Encore un peu ébranlé, je retourne ramasser mes chiens. Je suis plus décidé que jamais, comme si je cueillais un bouquet poilu à la ferme des chiens. Je les lance dans le labyrinthe des monstres, dans l'espoir qu'ils sortiront avant que l'inévitable ne leur tombe dessus.

À mon dernier décompte, j'en suis à treize. Je ne suis pas bon en maths, mais je suis à peu près certain qu'il ne m'en reste plus qu'un, du coup. J'ai sauvé Trutruffe en premier, mais j'en ai gardé un bien particulier pour la fin, un pointer surexcité. Ce sont des chiens de chasse : totalement insensibles à la peur, très endurants, élevés pour le sport et toujours prêts à l'action. C'est le problème. Il ne tient pas en place. Je le vois facilement, mais la difficulté sera de l'attraper. Il court sur le dos de Fangu, qui m'évoque une grosse lampe à lave, pour poursuivre l'un des filaments agités de Monsteroso. Et il aboie comme s'il avait déjà décidé de ce qu'il en ferait en l'attrapant.

Chaque fois qu'il me voit arriver, malgré les bouts de métal et de pierre qui tombent du plafond, il se dit que j'ai envie de jouer. Chaque fois que je suis sur le point de l'attraper, il se faufile dans un espace trop petit pour que je le suive. Mais puisqu'il a envie de jouer, dès que je le perds de vue, il aboie pour m'aider à le retrouver. Si je suis trop à la traîne, il attend que je le rattrape. Ce serait follement amusant s'il n'était pas sur le point de se faire aplatir.

Je saute sur la tête de Grottu, Roi des Insectes, en me disant que c'est toujours sur le dos d'une fourmi géante que j'ai mes meilleures idées. Mais Grottu n'est pas d'accord.

— Je suis Grottu !

Il me pousse du bout de l'antenne, aboie qu'il va dominer l'humanité. Mais ça me donne une idée. Si les entrailles d'insecte vous dégoûtent, vous devriez sauter le prochain passage.

Au milieu de tous ces tremblements, ça devient difficile de manier une lame. Mais je parviens à couper un gros morceau d'antenne. Grottu pousse un cri strident d'insecte, mais elle va repousser dans la minute, et ça le fera taire un moment.

Le pointer est assis sur le ventre en pierre de Sserpo, la Créature qui Écrasait la Terre. Il remue la queue. J'agite le bout d'antenne dans sa direction.

— Mon grand ? Regarde ! Regarde ce que j'ai pour toi !

Il agite l'arrière-train avec enthousiasme, remue la queue un peu plus vite et baisse la tête, dans la posture du chien prêt à bondir.

— Va chercher ! dis-je en lançant l'antenne par la porte.

Ce gentil petit chien file ventre à terre. Et juste à temps. Je parviens à peine à sortir du chenil avant que le plafond ne s'effondre. Ça ne fait pas du tout plaisir aux monstres. Ça ne les blesse pas, mais ils sont assez agacés. Déjà qu'ils ne partaient pas très calmes... L'entrée est trop petite pour eux, mais le mur autour commence à craquer, prêt à céder. Une fois qu'ils seront dans le laboratoire, ils auront assez de place pour essayer de nous manger.

J'attrape mes sacs et je commence à y fourrer les chiens. Il n'y en a plus que quinze, alors ils tiennent tous dans deux sacs. Puis je me rends compte qu'il manque quelqu'un.

— Al ! Al !

En un instant totalement inattendu, toute la colère et la douleur, l'angoisse de ces morts insensées, de ses souvenirs amputés et mes remords enfouis en valent la peine. Al l'aveugle approche d'un pas hésitant, l'antenne gluante collée sur la tête.

— Wade ! Quelque chose m'est tombée dessus ! Je saigne ?

J'ai tellement envie de rire que je pourrais me pisser dessus.

— Non ! Tout va bien. (Elle tend la main vers l'antenne.) Mais n'y touche surtout pas. Tu nous as trouvé une sortie ?

— Oui ! Surprise, le système d'exploitation a un accès handicapé. Quelques commandes vocales plus tard, j'ai ouvert cette sortie, là-bas !

Elle indique un mur. Quelques mètres plus loin, un couloir gris et lisse s'enfonce vers les profondeurs. C'est vraiment un super système d'exploitation.

— Tu sais où ça mène ?

Le sol tremble. Des fissures apparaissent dans les murs des deux côtés de l'entrée du chenil.

— Tu veux poser des questions ou tu veux courir ?

— On va commencer par courir.

Je lui donne un sac de chiots et je prends l'autre, et on file ventre à terre. Lorsque le mur s'effondre derrière nous, je me retourne pour voir Grogg de la Fosse Noire et Zutak la Chose qui ne Devrait pas Exister coincés dans l'ouverture, à se battre comme les Charlots pour savoir qui passera le premier. La pression des treize autres finit par les départager, et ils s'étalent tous dans le laboratoire.

Une autre commande vocale referme la porte derrière nous, et on court dans le couloir qui descend. La rampe revient sur ses pas, comme un escalier, mais elle est assez large et haute pour porter toutes sortes d'équipement, et peut-être même admettre un ou deux monstres.

On n'est pas encore sortis de l'auberge. Au-dessus de nous, les bruits de chocs continuent de nous parvenir, de plus en plus sourds. Le bourdonnement des machines devant nous finit par les noyer, pour n'en laisser que le volume du caisson de basses dans la voiture du connard qui se gare à côté de vous au feu, trop bête pour imaginer que tout le monde ne partage pas son goût musical de merde.

On arrive dans une zone dégagée, très proche de celle que nous venons de quitter, moins les monstres et les dégâts. Je pose le sac et laisse mes chiots respirer.

— Un labo secret sous le labo secret ? Mais comment le S.H.I.E.L.D. a-t-il pu rater ça ?

Al porte l'index à ses lèvres.

— Wade, tais-toi.

— Non, je ne me tairai pas. Je sais que ce n'est pas « politique » de critiquer son employeur, mais un peu de bon sens ! C'est l'organisation la plus intelligente et la mieux financée de la planète, et ils ne remarquent pas un deuxième étage ? Preston devrait avoir...

Elle lève la main et s'accroupit, l'oreille tendue.

— Chut ! Imbécile ! Il y a quelqu'un d'autre !

— Oh.

Une fois que je me baisse, je remarque aussi une respiration sonore. On dirait quelqu'un qui s'est battu. Al, qui a bien meilleure ouïe que moi, m'indique une sorte de table d'examen, ou un fauteuil de lecture très coûteux. Une flaque rouge s'écoule sur le sol depuis la chaise.

Armes au poing, je m'approche à pas de loup. Lentement, les pieds et jambes charmantes d'un corps inerte m'apparaissent.

Oh, non.

Je reconnaîtrais ces gambettes n'importe où. C'est Jane. Elle est blessée. En avançant, je remarque que le liquide rouge s'écoule depuis le haut de son corps. Son cou. Pourquoi ? Parce que sa tête n'est plus là pour le retenir.

Et là, accroupi au-dessus de son corps sans vie, se trouve la source du bruit de respiration.

Quentin.

On dirait un gamin qui veut cacher la main de sa victime dans la boîte à gâteaux.

— Ce n'est pas ce que tu crois !

— Heureusement, parce que je crois que tu es à côté du cadavre décapité de Jane.

— Eh bien, oui, mais...

Au niveau émotionnel, j'ai eu une journée plutôt chargée. Dans ce genre de moment, quand on est chamboulé par les souvenirs de la mort de son chien, et enragé par la mort de la femme de sa vie, quand on bondit dans les airs en brandissant deux katanas, il n'y a vraiment qu'une seule chose à dire :

— AYAAAAAAH !

CHAPITRE VINGT-SEPT

Les katanas frappent Quentin aux bras. Mais au lieu de percer ses muscles, les pointes sont détournées. Il doit porter une armure moulante et flexible sous sa tenue. Pas de souci. Sa tête est vulnérable, puisque je l'ai vue saigner dans la ruelle.

— Laisse-moi t'expliquer !

Je libère un déluge de coups sur son petit visage masqué et chafouin. Un déluge, vous dis-je ! La sensation de chair et d'os est bien plus satisfaisante.

Les mains levées, il recule, mais je continue de frapper.

— Tu ne comprends pas !

Huit coups plus tard, il comprend enfin que je n'ai pas envie d'écouter ses conneries.

— Tu l'auras cherché !

Mais à ce moment-là, il est acculé. Il lui faudra un miracle pour se dégager. Il décide de risquer le tout pour le tout. Il serre les poings, lève les bras et essaie de m'enfoncer ses coudes pointus dans la poitrine. Pff. Je l'avais vu venir. Je suis déjà plié en deux, les poings dans son estomac. Ses coudes me frappent aux épaules.

Hm. Ces coudes sont pointus, mais ils sont aussi durs comme du métal moulé. Bonne qualité, son armure. Je lui demanderai peut-être l'adresse de son tailleur, avant de le tuer.

Abruti. Les deux phrases que j'ai passées à admirer sa tenue lui ont donné le temps de m'envoyer un coup de genou dans le menton. Il est aussi dur que ses coudes, mais plus gros, et poussé par une jambe, qui est plus forte qu'un bras.

Ma tête part en arrière, mais ce n'est pas terriblement gênant. S'il veut éviter le massacre, il doit encore se sortir du coin où je l'ai acculé. Il tente quelques feintes puis se jette sur le côté. Mon pied se tend pour le faire tomber, mais il a déjà sauté, atterri sur ses mains et roulé pour se relever près des chiens. Zut, il est sorti !

La roue qu'il a faite au festival en plein air n'était pas un hasard, en fin de compte. Ce salaud s'est laissé capturer pour me refiler la clef USB. Il en avait encore sous le pied.

Les chiots sont devant lui, Trutruffe en tête de la meute junior. Ils grognent comme s'ils se souvenaient très bien de lui. Quentin éternue.

— Crétins de chiens !

Il regarde le pauvre Trutruffe comme s'il voulait lui donner un coup de pied, ce qui me rappelle mon père, étrangement. Grosse erreur. Des trois choses que j'ai pu envisager d'aimer depuis le début de cette aventure, une est morte dans un accident, Quentin a tué l'autre... et maintenant, il menace la troisième.

J'attrape l'objet lourd le plus proche (la table d'examen). Bien sûr, elle est boulonnée au sol, mais je suis tellement remonté que je l'arrache et l'envoie droit dans le dos de Quentin, assez fort pour lui briser la colonne vertébrale. Son armure le sauve une fois de plus. L'impact le pousse en avant, mais il n'a même pas l'élégance de tomber.

Lorsque la table retombe, les chiots s'écartent, reprenant leurs aboiements à bonne distance. Content d'avoir les coudées franches, j'utilise mes pistolets pour donner quelques coups de semonce... dans son estomac. Quentin se trémousse comme une stripteaseuse sous l'impact, mais ne bouge pas.

Impressionnant.

Il court, mais je n'ai pas envie de le poursuivre. Et puis, à part la rampe qui ramène à la réunion des monstres, il n'y a aucune issue. En parlant de monstres, on dirait qu'ils sont complètement bourrés, là-haut, et qu'ils retournent le labo comme un groupe de rock dans une chambre d'hôtel.

Je dépasse le cadavre de Jane pour rattraper Quentin, mais je glisse sur la flaque de sang. Il est vraiment gras, son sang. Il n'a même pas commencé à coaguler.

Mais je suis plus qu'adaptable, alors je pivote pour accompagner le mouvement et je glisse jusqu'à Quentin. Avant qu'il ne me propose à nouveau de s'expliquer, je l'attrape par la main droite et je la tords à l'envers. Je comptais entendre l'os céder. Je suis déçu.

Il saute sur place et fait un saut périlleux en l'air pour briser ma prise, puis essaie de me faucher les jambes. Je bondis et retombe sur sa cheville. Il y a sept os tarsiens dans la cheville humaine. Mais une fois de plus, rien ne casse. Les pistolets n'ont rien fait non plus, alors je les range et je retente le katana.

Je vise sa tête, et il pare...

... avec l'avant-bras ? Le tintement métallique retentit jusqu'à Peoria.

Bon, ce Q. est plus impressionnant qu'il n'y paraît (et je ne ferai pas de blague sur sa mère). Qu'est-ce qu'il nous cache, sous ses vêtements (voir plus haut, à propos des blagues) ?

Dans la demi-seconde qu'il me faut pour me demander comment il a fait pour garder son bras, il saute pour me donner un coup de pied, en montant à un mètre sans élan. Sans prendre le temps de m'émerveiller, je l'attrape par les jambes. Puis je l'emmène tête la première dans les étagères contre le mur. Son dos va bien finir par lâcher.

Le contenu des étagères se répand au sol. Il attrape les débris et me les lance. Je reçois une tablette, des stylos et une tasse à café, qui rebondissent tous sans me faire mal. Mais il finit par avoir un coup de chance, avec la scie chirurgicale. Lorsque je vois ce machin foncer sur moi, je décide de l'esquiver.

Bonne décision, d'ailleurs, puisqu'elle s'enfonce d'une quinzaine de centimètres dans le mur derrière moi. Je l'arrache et la renvoie à l'expéditeur d'un seul mouvement. Je ne vise pas son corps, puisque ça n'a rien donné jusqu'à maintenant, mais ses vêtements, dans l'espoir de voir ce qu'il porte. La scie arrache un beau pan de tissu. Eh oui, un corps cybernétique.

Mais sa tête a l'air bien réelle. Quand je reviens au contact, je bloque son crâne d'œuf sous mon bras et commence à le percuter dans le mur le plus proche, sans m'arrêter. J'obtiens enfin le résultat escompté. Et encore mieux, à chaque fois que sa tête percute le mur, ses bras de robot se tendent tout droit sur les côtés, comme si je tirais la ficelle d'un de ces pantins qu'on met dans les berceaux.

L'endroit où se trouve cette ficelle m'a toujours mis mal à l'aise.

Pendant que le corps de Quentin commence à tressauter et que sa tête se ramollit, je me demande si je ne vais pas finir par l'assommer. Mais il trouve un second souffle, comme si on avait changé ses piles, et se dégage. Face à face, on se tient par les épaules en poussant le menton de l'autre le plus loin possible en arrière, pour essayer de faire tomber l'autre. Ça continue quelques minutes, jusqu'à ce qu'on se lasse et qu'on recule de quelques pas.

Il me fonce dessus en courant. Je m'attends à un nouveau coup de pied. Au lieu de ça, il me *court sur la poitrine*, referme ses cuisses autour de mon cou, tourne et me fait tomber. Joli coup. J'applaudirais volontiers si ça n'avait pas fait aussi mal. Avant que je n'aie pu le féliciter, il me relève et commence à me faire percuter une autre table d'examen, sur le côté.

Il me tient. Il me tient bien. Il me percute, encore, et encore, de plus en plus fort, jusqu'à ce qu'on entende quelque chose casser.

Non, pas ma colonne vertébrale. Je vous donne un indice : c'est quelque chose que j'ai sur moi. Pas les pistolets, ils sont par terre. Pas les katanas, ils sont rengainés derrière mon dos, alors aucun impact sur le flanc ne peut les endommager. Réfléchissez. Qu'est ce que j'ai d'autre, sur moi ?

Oui, A.D.A. ! Le terrible nanocatalyseur est censé se trouver dans un récipient indestructible. Mais on a déjà vu l'efficacité de la qualité S.H.I.E.L.D. en matière de récipients prétendus inviolables, hein ?

Entre deux chocs, j'essaie de le faire arrêter.

— Attends ! Attends !

Mais Quentin ne veut rien entendre et me refait tomber. Cette fois, c'est à moi de tenter le tout pour le tout. Je dégaine un katana et cale la garde contre le bord de la table, sous le bon angle. Lorsqu'il me pousse, il s'empale l'épaule dessus.

Elle ne rentre pas très profondément, peut-être deux ou trois centimètres, mais ça suffit à lui faire lâcher prise.

Me transformer en flaque m'inquiète plus que lui, alors je tire A.D.A. de ma ceinture. La lumière clignote à tout rompre, vert-rouge-rouge-vert, mais je n'ai pas besoin de manuel pour diagnostiquer le problème : Il y a une fissure sur toute la longueur. Le catalyseur ne fuit pas, du moins pas encore, mais je ne compte pas le garder sur moi, et encore moins le mettre au milieu de la rixe.

Je le pose sur la table et je le montre du doigt.

— Quentin, on peut continuer de se taper dessus autant que tu veux, où tu veux et avec ce que tu veux, mais ne touche pas à ça, d'accord ? C'est un peu comme la maison magique. Fais-moi confiance. Tu comprends ?

Tiens. En fait, on dirait que le combat est fini. J'ai peut-être déjà gagné. Le katana a touché un nerf robotique. Ce qui aurait été une blessure superficielle pour un corps humain rend les mouvements de Quentin incontrôlables. On dirait une machine à danser. Sa tête ballotte dans tous les sens, comme si elle allait se détacher.

— Oh, bon, laisse tomber. Tu es prêt à faire pouce, Quentin ? Enfin, à dire pouce, plutôt, parce qu'on dirait que tu ne peux pas bouger les doigts.

— Non Deadpool, pas tout à fait.

Ses mécanismes internes cliquettent et gémissent.

— Oh, Quentin, tu ne serais pas en train de canaliser toute ton énergie pour un assaut de la dernière chance, quand même ?

La tête de travers, il arracha la lame de son épaule et se met en garde.

— Si.

— Alors viens prendre tes claques.

On se jette l'un sur l'autre. Je m'étais trompé sur sa vitesse, il est plus rapide que moi, du moins à pied. Mais dans les arts martiaux, la victoire revient souvent à celui qui sait utiliser la force de son adversaire contre lui. Je lui fais croire que je vais le percuter de front, comme deux béliers en chaleur, mais je me laisse tomber à la dernière minute pour passer sous son attaque.

Je comptais me relever derrière lui et le frapper dans le dos sur l'épaule. Je ne m'attendais pas à ce qu'il mette autant de temps à s'arrêter. Parce qu'il ne s'arrête pas. Enfin, pas involontairement.

Il plane tout droit jusqu'à la table où j'ai posé A.D.A.

— Oh non, mec. Je t'ai dit de ne pas y toucher !

— Désolé !

Il recule d'un pas hésitant. Son bras droit tressaute et son corps se remet à faire la danse de Saint-Guy. Mais malgré toute son adresse sur la piste de danse, ce n'est plus lui qui m'intéresse. C'est A.D.A. Bousculée par l'impact, la table se penche. L'étui du liquide ballotte, roule et s'arrête juste avant le bord. Je suis sur le point de pousser un soupir de soulagement exagéré lorsque je vois une goutte se former, couler sur la table et se préparer à tomber au sol.

Et bien sûr, qui est sous cette goutte, en train de remuer la queue ?

— Trutruffe ! Va-t'en ! Maintenant !

Soit je n'ai utilisé aucun des 165 mots que le chien moyen est censé comprendre, soit Trutruffe est inférieur à la moyenne. Il reste sur place, se tord le cou avec curiosité pour regarder le sort qui va lui tomber dessus, les yeux écarquillés, la queue battant l'air, la langue pendante, comme pour dire :

— Oh là là ! J'ai vraiment hâte de savoir ce que c'est ! Youpi !

Crétin de chien. Qu'est-ce que je l'aime !

Je plonge pour l'attraper, et tout semble passer au ralenti : moi qui me jette vers Trutruffe, et la goutte mortelle suspendue sur un long filament, qui descend comme une araignée. Je suis aux trois quarts du chemin quand la goutte finit par tomber tout à fait. Le nanocatalyseur tombe, et plus rien ne le sépare de

Trutruffe que l'air et la gravité. J'aimerais accélérer, mais je suis déjà lancé en l'air, et ce n'est pas possible. J'essaie quand même.

J'y suis presque... j'y suis presque... la goutte et moi. Moi et la goutte. La gougoutte et Trutruffe. Moi, la goutte et Trutruffe.

Ça se joue à quelques centimètres, mais je n'y arriverai pas. Je n'arriverai pas à temps pour l'écarter. Heureusement pour le chien, je suis doué pour prendre des décisions rapides. Vraiment doué. Malheureusement pour moi, ce ne sont pas toujours des décisions intelligentes. Je tends le bras, j'ouvre la main entre sa tête et le nanocatalyseur...

... et je l'attrape.

Oui, je peux me régénérer. Mais les monstres aussi, et ils se sont réduits en bouillie en moins d'une seconde. Alors je viens de me suicider pour un chien.

Vous verriez ma tête.

Je suis encore au ralenti, alors on a quelques phrases devant nous. Les neurones se déchaînent dans tout mon corps, la nouvelle muette se répand, non seulement à mes organes majeurs (internes ou autres), mais à toutes les cellules individuelles sans qui rien n'aurait été possible. Le message qui se répand à la vitesse des réactions bioélectriques ? Ça y est les gars, rideau pour l'ensemble moléculaire qui composait Wade.

Même les cellules cancéreuses sont déçues. Mais elles, je les emmerde. Quant aux autres, j'espère que leur CV était à jour.

Et qu'est-ce que Wade Wilson récolte pour ce beau moment d'altruisme ? Une vision d'une chaîne de montagnes ? Un champ au printemps ? Une belle scène hardcore ?

Rien. Même Trutruffe n'est pas dans mon champ de vision. Il a dû partir se lécher les parties quelque part. Je n'ai rien d'autre à voir que la table, et le mur derrière. Même pas de couleur, rien qu'un mur blanc avec un liseré argenté.

J'aurais voulu le voir une dernière fois. J'aurais voulu lui dire : « Vis, Trutruffe ! Vis pour nous deux ! » Mais je n'ai pas le temps. Je n'ai plus le temps.

Je percute le sol froid. Ma main m'informe d'une douleur vive, comme si de l'acide me rongeait la paume. Je commence à fermer les yeux, en me demandant si j'aurai le temps de les fermer avant que tout ne disparaisse. Je ferme les paupières. Puis je compte lentement jusqu'à dix.

Eh, je suis encore là. J'ouvre les yeux, pour me demander ce qui se passe.

Non, je ne suis pas miraculeusement immunisé. Il y a bien un trou dans ma main, à l'endroit où le nanocatalyseur est tombé. Il est gros comme une pièce, et s'élargit peu à peu, mais... lentement. Parce qu'il n'y avait qu'une seule goutte ? Les monstres ont tous pris une dose complète. C'est peut-être une question de dosage. Ou alors c'est comme le téléporteur, et le nanocatalyseur obéit soudain à des règles différentes pour créer une tension dramatique. Je ne sais pas. Tout ce que je sais, c'est que oui, je suis en train de me liquéfier, et s'il me reste un peu plus de quelques secondes, ce n'est pas le moment de regarder un épisode d'*Arabesque*.

Et puis, Quentin est encore là, et je ne suis pas sûr qu'on ait les mêmes goûts télévisés.

Je me redresse, et je tends mon sabre vers lui. Il a la tête de travers, comme si elle commençait à se détacher, mais il a encore l'audace de désigner mon moignon.

— Ta main a disparu.

Je m'accroupis en posture d'attaque.

— Ah oui, tu crois ça ?

— Oui, oui. Je suis sûr, même. Et maintenant, ton avant-bras commence à dégouliner. C'est ignoble.

— Écoute, petit con, je n'ai pas le temps de discuter de qui a ou pas tel ou tel membre. Alors imagine que je me la joue Keanu Reeves, et que je te fais signe d'approcher avec mes doigts. Comme ça, on finit vite.

— Ça me va.

On s'observe mutuellement, tels deux samouraïs mortellement blessés, immobiles, mais en train de calculer tous les scénarios possibles. Les frappes, les ripostes, les feintes... pour tout prévoir jusqu'à ce que le combat soit terminé, et qu'il ne reste qu'à l'exécuter.

Oui, c'est l'impression que ça donne. Mais en fait, j'improvise en permanence. Il s'attend à ce que je frappe à nouveau son épaule affaiblie, et c'est bien ce que je compte faire. Mais lorsqu'on s'élance, je change d'avis et frappe au cou, là où sa tête toute molle est reliée à son corps mécanique.

Voici Quentin. Voici la tête de Q. Vous voyez comme elle tombe ?

Le corps cyborg s'effondre, les jambes en tailleur comme s'il méditait.

Jane est vengée, et il ne reste plus personne pour conquérir le monde avec des monstres chiens. Tout est fini. Enfin, à part les monstres en goguette à l'étage, mais ça, ce n'est plus mon problème. Il ne me reste qu'à fondre. Mon bras a presque entièrement disparu, avec un cinquième de ma poitrine – mes muscles, mes cicatrices, mes lésions… tout !

Pris de vertige, je me laisse tomber au sol, à côté de la tête de Quentin. Al sort de sa cachette pour me rejoindre. Je la regarde.

— Les chiots sont… sains et saufs ?

Elle hoche la tête.

— Tu veux un verre d'eau, ou quelque chose ?

Je suis revenu si souvent que j'ai du mal à croire en ma propre mort imminente. Mais son expression me fait peur.

— Non, je vais juste rester là, si ça ne te fait rien.

Tandis que je m'égoutte, je me rends compte qu'il serait plus facile de discuter avec les morts. Alors je me détourne d'elle pour regarder la tête de Quentin.

— C'était un beau combat, Quentin. On aurait vraiment pu devenir copains.

Je n'attends pas de réponse. Je ne m'attendais encore moins à ce que la tête réponde avec la voix de Jane :

— J'espérais une relation plus physique.

CHAPITRE VINGT-HUIT

J'aimerais avoir une ou deux minutes de rab pour me faire à l'idée de ce développement inattendu. Mais la liquéfaction a atteint mes cuisses. Dans pas longtemps, il ne restera même plus mon esprit perturbé. Mais ma gorge fonctionne encore, et mes yeux se posent sur la tête désincarnée qui parle avec la voix de Jane.

— Al ?

— Oui, Wade ? répond-elle si près de moi qu'elle me fait sursauter.

— Je veux bien un peu d'eau, en fait.

— Bien sûr.

Sombre, elle me tend ce qui sera sans doute mon dernier verre. J'aurais aimé des glaçons, mais il n'y a même pas de paille. Pff. Al, même les condamnés à mort sont mieux traités que ça en prison. Tu aurais pu faire un effort.

Je me reprends et parle à la tête :

— Jane... C'est toi ? J'ai des hallucinations ?

Les lèvres derrière le masque se tordent en un sourire.

— Non, Wade, c'est bien moi.

Je ne m'étais pas rendu compte à quel point j'avais la bouche sèche avant de boire. Au lieu d'avaler, je crache le tout sur la tête. Elle se tortille et essaie de s'ébrouer. Mais ce n'est pas un chien, alors elle ne peut pas.

— Eh ! Mon masque n'est pas imperméable. Et je ne peux pas m'essuyer, tu sais !

— Pardonne cette expression spontanée de surprise, Jane. Mais qu'est-ce que tu fais dans la tête de Quentin ?

— Ce n'est pas sa tête, c'est... *la nôtre.*

Je lance le gobelet. Il rebondit sur son front.

— Ce n'est pas une explication, ça.

— Oh, Wade ! Je voulais te le dire plus tôt, mais je ne pouvais pas.

— Tu ne pouvais pas, ou tu ne voulais pas ?

Je me détourne, mais elle ouvre et ferme la bouche pour se rapprocher.

— Ne sois pas comme ça. J'avais peur que tu m'en veuilles si je te disais la vérité. Je n'aurais pas supporté que tu me détestes.

C'est plus fort que moi, je me retourne pour la regarder. Ce n'est pas que j'en ai envie, mais je ne contrôle pas très bien l'écoulement de mon corps. Il se délite dans ce sens-là, c'est tout.

— Te détester ? Mais ma mignonne, je ne sais même pas qui tu es !

Al se penche vers nous.

— Vous voulez que je vous trouve une chambre ? Ou un seau ?

— Tu peux nous donner un peu d'intimité, s'il te plaît ?

Avec un soupir outré, Al s'écarte. Par-dessus les gouttelettes de ma hanche, je croise le regard de Jane.

— Dis-moi la vérité. C'est tout ce que je te demande.

— Tu ne devines pas ? Toi, plus que quiconque, ça devrait te paraître évident. (Tandis qu'elle parle, sa voix se fait plus grave, moins séduisante.) Tu sais ce que c'est qu'avoir un trouble mental, non ? demande Quentin. Un esprit ruche, enfermé dans un dialogue constant ?

Oh ! Oh, j'ai compris !

C'est une personnalité multiple !

Taisez-vous ! Laissez le lecteur comprendre tout seul, les gars.

Ma fesse gauche est à moitié dissoute. Je suis bancal.

— Donc... Quentin est Jane ? Jane est Quentin ? Le poulet était au courant ? C'est pour ça qu'il a traversé la route ?

C'est Quentin qui commence à répondre :

— On pourrait dire qu'on a plus de chance que toi. Au moins, on a deux corps androïdes différents, pour représenter nos différentes identités.

Mais c'est Jane qui conclut :

— Ou tu pourrais dire qu'on n'a pas de chance, parce qu'il ne nous reste plus qu'une tête.

Pour me retenir de tomber, je me cramponne à la table avec mon dernier bras.

— On pourrait accélérer un peu ?

— Wade, tu pourrais encore m'aimer ?

— Honnêtement, Jane, ça dépend. Ça dépend de beaucoup de choses. Comment ça vous est arrivé ? Quel rapport avec les monstres-chiens ? Et surtout, est-ce que ton corps de robot féminin est anatomiquement correct ?

Une autre voix, qui n'appartient ni à Quentin ni à Jane, me répond :

— Je crois que je peux répondre à la dernière.

Je vous ai dit de la fermer !

C'était pas nous.

Pour une fois, plains-toi à la réalité !

— Euh... par ici, Wade ?

J'essaie de me tourner vers la nouvelle venue, mais ce qui reste de moi retombe dans le mauvais sens, et je regarde ma flaque et la moitié d'un couloir qui semble sorti de nulle part. Et s'y encadre, appuyée par un groupe d'agents du S.H.I.E.L.D. gardant la pose derrière elle, une vision qui fait chaud à mon cœur tourmenté et déjà liquéfié.

— Preston ! Et regarde, tu as apporté une sortie !

Elle hoche la tête.

— Lorsque j'ai activé l'interface mobile, j'ai trouvé un tunnel qui nous permettait d'entrer à un peu plus d'un kilomètre, pour éviter les monstres à l'étage. Tout ça depuis mon smartphone. Ce système d'exploitation sera encore plus précieux que le matériel d'étude génétique. Tu as l'air en petite forme, Wade. Je ne sais pas pourquoi je m'attendais à te trouver sur pied...

— Si j'avais su que tu venais, j'aurais essayé de rester en un seul morceau. Mais sinon, que me vaut ce plaisir ?

Elle fait la grimace.

— Ton combat contre Quentin à New York a attiré l'attention. On a analysé ses échantillons sanguins, prélevés sur les barbelés de la ruelle. Je suis venue le plus vite possible quand on a obtenu les résultats. Je... je voulais te prévenir en personne.

— Tu as identifié nos mystérieux coupables ? Tu sais qui est... euh, sont... Jane et Quentin ?

Des signes de confusion se mêlent à la trépidation sur son visage.

— Disons *en quelque sorte*. Après les résultats préliminaires, j'ai cru que les échantillons étaient contaminés. Donc j'ai demandé un diagnostic plus complet. Les types du labo ont trouvé quelques marqueurs pour différentier le génome de...

Ma fesse gauche a entièrement disparu. Je n'entends que bla bla bla.

— Em, j'en ai à moitié plein le cul, là. Je peux avoir la version courte ?

— Il n'y a pas de manière délicate de dire ça, mais... (Toujours aussi perspicace, l'agent finit par remarquer ma flaque.) Wade, tu es en train de fondre ? J'ai tellement l'habitude de te voir en morceaux... Mais oui, tu es en train de fondre. Ah, tu as cassé l'A.D.A., c'est ça ? Tu as cassé ton A.D.A. ! Je t'avais prévenu, je t'avais dit de faire attention, mais non...

— Em, la nouvelle ?

— Ah oui, dit-elle en retirant les mains de ses hanches. Jane, ou Quentin, ou je ne sais qui... C'est toi. Correspondance génétique totale.

Une douleur noire monte du plus profond de mon être. Ça pourrait être lié à tous ces chocs émotionnels successifs, ou à ma lente décomposition.

— Noooooon ! Je ne veux pas y croire. C'est comme quand Luke apprend que Leia est sa sœur, mais pire.

Jane me fait les doux yeux.

— Elle ment, Wade. Ne la crois pas. Elle est jalouse. Ils sont tous jaloux de nous. Regarde-les, avec leur petite vie triste, puis regarde-nous. Je ne suis qu'une tête, et toi tu es en train de fondre. Euh, non. C'est un mauvais exemple. Quelle importance ? Rien n'a d'importance du moment qu'on est amoureux.

Avant que sa voix de gorge ne puisse me replonger dans une hallucination adolescente, Al l'aveugle me gifle.

— Mais bon sang ! Tu n'as pas à croire ou ne pas croire ! Retire-lui son masque, je te le dis depuis le début !

La peur s'invite dans la voix de Jane.

— Wade, ne fais pas ça.

Mon corps se met à trembler. Et se désagrège, aussi.

— Pourquoi, Jane ? Qu'est-ce que tu caches ?

— Rien... mais je ne suis pas maquillée, j'ai les cheveux sales, et...

— Arrête avec tes clichés sexistes. Ne bouge plus, poupée.

Je saisis le tissu, mais la tête s'éloigne en roulant. Je la retiens avec ma dernière jambe, mais elle arrive à repartir.

— Al, tiens-lui le cou, tu veux ?

— Tiens-lui le cou toi-même, moi je retire le masque.

— D'accord.

Quand je la saisis, Jane se met à glousser.

— Oh oh, tu as les mains froides !

Je m'étais promis que son apparence ne changerait rien à mon amour pour elle. Mais quand le masque se dégage avec un plop humide, un autre rêve s'achève. Jane essaie de sauver la situation et m'adresse un large sourire.

— Salut, beauté !

Mais on sait tous les deux que c'est fini. Ou du moins, que ce ne sera jamais plus comme avant. Pour résumé : si j'avais un peu moins de corps, j'aurais l'impression de me regarder dans un miroir. En l'état, c'est comme si je regardais ma propre tête.

— Soupir. Au moins, tout finit par se clarifier. (Je lève la tête, et me prends une douche de plâtre en récompense.) Dites, vous pourriez demander aux voisins de faire moins de bruit ?

Al claque des dents.

— Pff, tu parles de voisins. Toute cette histoire est aussi stupide que de s'arrêter chez des dealers de crack pour acheter des vitamines.

— Bon sang, Al, je suis en train de mourir. Tu ne vas jamais me pardonner ? Je ne savais pas que c'étaient des dealers quand je t'ai déposée pour aller faire les boutiques. Mais oui, tu as raison. Reste à savoir qui a réussi à cultiver une réplique génétique de ma tête, et comment tu peux parler sans poumons. Jane, tu as un avis ?

La voix redevient grave.

— Quentin.

— Je n'ai pas envie de te parler. Repasse-moi Jane.

— Elle n'a pas envie de te parler non plus. Elle est trop bouleversée. Mais je peux tout t'expliquer. Tu te rappelles Bob, l'Agent d'Hydra ?

Les lecteurs attentifs se rappelleront que j'ai mentionné Bob au chapitre 3.

— Oh ! Lui aussi, il est là ? Dites, on croirait un dernier épisode de série télé, quand ils rappellent tous les anciens acteurs dont la carrière a stagné. (Je tape sur la tête.) Bob ? Allô ? Viens discuter, pendant que je peux encore te dérouiller !

— Tu ne comprends pas. Tu es notre père biologique... mais d'une certaine manière, c'est Bob qui nous a créés.

— Tu es sûr qu'il n'est pas là ? (Je frappe à nouveau sur le crâne. Toc, toc.) Ohé, Bob ?

La tête de Quentin oscille.

— Aïe. Arrête, tu veux ?

— Seulement si tu dis « Qui c'est ? ». Allez, je réessaie.

Toc toc.

— (Soupir.) Qui c'est...

— ... qui interrompt Deadpool ?

Et Quentin fait la tête. Aucun humour.

— Tu veux que je te raconte, ou pas ?

Je hoche la tête. Il s'éclaircit la gorge – autre bel effort pour une tête qui n'a pas de corps et commence un récit au suspense insoutenable. Un voyage, si vous voulez bien, dans le mystère…

L'image se floute, une MUSIQUE ÉTRANGE commence.

Fondu vers : INT. LABO ARME X / JOUR / PLAN D'EXPOSITION. La musique se tait quand l'image se précise, ses tonalités oniriques remplacées par le crépitement et le bourdonnement de grosses machines. Ambiance Frankenstein, avec effets numériques.

Des couleurs sursaturées donnent à l'ensemble une aura subtile, évanescente : les plafonniers, les machines modernes, mais surtout la silhouette penchée sur un microscope électronique holographique à balayage par transmission.

Gros plan sur le personnage. C'est Bob l'Andouille, son UNIFORME D'HYDRA à moitié caché par une blouse de laboratoire. Ce qu'il regarde lui donne le sourire.

BOB

C'est un **bon** système d'exploitation, ça !
Je vais me construire
une armée de monstres en un rien de temps !
(Il lève la tête)
Alors, ils me demanderont de revenir !

Attendez. On se calme. Ça, c'est un script. Et puis, Bob ne parle pas comme ça. Désolé, on va reprendre normalement. Une fois de plus, Quentin s'éclaircit énigmatiquement la gorge.

— Renvoyé de la maléfique organisation terroriste appelée Hydra après des années de mauvais traitements, Bob, ton ancien fan numéro un, se retrouve confronté à une énigme. Qui est-il, en réalité ? Quel est son but dans l'existence ?

Que peut-il espérer dans la vie à part un désespoir constant, et se déguiser en pirate de temps en temps ?

Comme pour répondre aux questions qui le hantent, un soir, lors d'une longue promenade solitaire dans la partie nord de Long Island, il trouve ce laboratoire secret. « Enfin », se dit-il. Enfin, il a trouvé un moyen de retrouver les bonnes grâces d'Hydra. Et même de négocier la mutuelle dentaire que sa femme Allison lui réclame depuis si longtemps. Soudain, Bob, agent d'Hydra, se sent transformé, plus vivant que la dernière fois que la presse avait interprété le « H » de son uniforme comme « Héros » !

Mais il ne suffirait pas d'amener l'Hydra à ce laboratoire. Il devait prouver qu'il n'est pas qu'un simple homme de main. Prouver que son esprit même est une ressource précieuse. Aidé en cela par un système d'exploitation élégant et très intuitif, il parvient à récupérer une partie de ton A.D.N. sur l'un des nombreux mémentos récoltés au fil des ans. Grâce à cela, il compte construire une implacable armée de Mercenaires Diserts, mais... (Quentin marque une pause.) Il ne va pas plus loin que cette misérable tête.

En silence, il se laisse sombrer dans une spirale de honte. Lorsque la tête rouvre la bouche, la voix est à nouveau douce et féminine.

— Non, Quentin, nous ne sommes pas qu'une misérable tête. Nous sommes une bonne tête, une excellente tête ! Tu te rappelles, quand tu as suggéré d'ajouter de l'A.D.N. d'autres espèces pour rendre les clones plus stables ?

Quentin renifle.

— Eh bien, c'était surtout ton idée, ça...

Jane lève les yeux au ciel.

— Pas de fausse modestie. Peu importe qui y a pensé, c'est toi qui l'as dit à Bob. Il n'aurait jamais écouté une femme. C'est seulement grâce à toi qu'il a commencé à respecter ma voix.

J'entends le sourire revenir dans la voix de Quentin.

— Peut-être, mais tu sais y faire, maîtresse femme. Pour continuer, les modèles informatiques ont indiqué que l'A.D.N. canin rendrait les clones plus viables, mais trop dociles à la fois. C'est lorsque Jane a trouvé les schémas mutagènes volés dans le programme des Commandos Hurlants du S.H.I.E.L.D. que Bob a pu réaliser son rêve.

— Enfin, presque, corrige Jane. C'est bien une idée d'homme, de créer des monstres qui incubent dans des chiens avant de devenir des soldats monstrueux programmés pour lui obéir au doigt et à l'œil, mais les faire garder par quelqu'un d'autre jusqu'à ce qu'ils mûrissent.

Quentin fronce les sourcils.

— C'est super sexiste ! Je n'aurais...

— Ah non, hein ! Tu l'as fait, et tu as même fait pire ! Tu pensais qu'à force de douces paroles, tu me ferais oublier la suite ? Je continue ? *Ahem.* À présent que Bob avait intérêt à ce qu'on ait des bras et des jambes, pour superviser le chenil, il a utilisé l'équipement fantastique du labo pour nous donner non pas un, mais deux corps artificiels – un pour chaque personnalité. Inspiré par votre amitié, il pensait que nous serions reconnaissants.

Quentin glousse.

— Ouais, mais les clones n'ont pas le même historique émotionnel que l'original. Une fois que j'avais ajouté l'U.R.L. sur les os, Jane et moi avons fabriqué les chiots. Puis on l'a tué.

— Vous avez tué Bob ? (J'en crache à nouveau de surprise, et vu que je n'ai pas bu d'eau, c'est sans doute ma gorge qui se liquéfie.) Enfin, j'avoue que j'y ai pensé plusieurs fois, mais...

— Oh, il y a un échantillon d'A.D.N. dans les bases de données. Clonez-le si vous voulez, mais il restera un moment en chihuahua. Si je peux finir... une fois qu'on a eu tous ces chiots, je me suis rendu compte que j'étais allergique. J'éternuais en permanence. Je vous jure, c'était terrible. Je voulais arrêter, mais Jane...

— Je les adorais ! Ils étaient tellement craquants !

— Et un jour, pendant que Jane était, enfin, ailleurs... j'ai envoyé tous les chiots dans des animaleries, après avoir tout organisé en ligne. C'était facile.

— J'étais furieuse, affirme Jane en écarquillant les yeux. J'ai juré de me venger !

— Oh que oui, rigole Quentin. Naturellement, je n'allais pas lui laisser l'avantage, alors j'ai juré de me venger aussi.

— Et comme vous l'imaginez, soupire-t-elle alors, je n'allais pas lui laisser la victoire, alors j'ai juré de me venger deux fois. Alors que je commençais à en avoir assez de jurer.

Si Quentin avait des épaules, il les hausserait.

— A posteriori, bien sûr, ça paraît mesquin. Nous étions deux gosses un peu perdus, coincés dans la même tête. Nous nous sommes égarés...

Quentin, ou Jane, ou les deux, affiche un sourire coupable.

Imaginez un peu... même les monstres ont mon A.D.N. Toute cette histoire n'était qu'une grosse querelle de famille. Au moins, ça explique pourquoi j'étais attiré par Quentin et Jane. Et par les chiens, aussi ; et même pourquoi j'hésitais à tuer les monstres.

Ça ne me ressemblait pas.

Pour une fois, le Mercenaire Disert reste sans voix. Emily aussi. Même les agents derrière elle affichent une pose d'étonnement, bouche bée. Seule Al semble rester tranquille. Je la pousse d'un de mes moignons semi-liquides.

— Hmm ? J'ai raté quelque chose ? Je m'étais encore endormie ?

Donc, tout était à cause de moi, Deadpool, depuis le début. Deadpool allait de Deadpool en Deadpool, pour transformer des Deadpool en Deadpool, au service de Deadpool. Au début, à la fin et dans toutes les étapes intermédiaires, il n'y avait que Deadpool.

Et pendant ce temps, le vacarme de mes enfants indisciplinés à l'étage devient de plus en plus fort. Mais les enfants trouvent toujours un moyen de vous donner mal au crâne, non ?

CHAPITRE VINGT-NEUF

Quelque chose de lourd cède avec un bruit de marteau d'un géant de la mythologie abattu sur notre monde mortel. L'écho empêche de savoir d'où cela vient, mais de nouveaux débris dégringolent du plafond. Ce n'est même pas du plâtre ou du béton qui nous tombe dessus. Les matériaux traditionnels s'effritent. Ce truc est dur, comme un plastique. Même les petits morceaux, quand même pas assez petits pour être qualifiés de poussière, sont tranchants.

Personne n'a de problème pour comprendre d'où vient le prochain bruit. Il émet une onde de choc qui dévale la rampe qu'Al et moi avons empruntée pour arriver ici. L'onde suffit à agiter la flaque que je suis en train de devenir. Et soudain, les proclamations gutturales des monstres sont moins étouffées. Les noms individuels, comme Droom, Grogg, Monsteroso et ainsi de suite, semblent se confondre, ne laissant que quelques mots lancés en chœur :

— Je suis... ! Je suis... ! Je suis... !

Je suis Ceci de Cela, la Chose de N'importe Où Sauf Ici.

On dirait que je me ramollis, en fondant. Il y a quelques minutes, j'aurais trouvé que répéter son nom en boucle, c'était le summum du ridicule. Mais maintenant... je trouve ça triste. Ce n'est même pas leur nom, qu'ils répètent. Ce sont des clones, leur cerveau est un amas de terminaisons nerveuses cultivées d'une certaine façon. Mais pour eux, ce nom leur sert de mémoire, c'est la seule chose qui façonne leur rage cannibale et irraisonnée.

Je suis, je suis, je suis.

Ils annoncent leur existence, simplement pour prouver qu'ils sont vraiment là.

Ça, je peux le comprendre. À part Orrgo l'Invincible. C'est complètement con. Aucune angoisse existentielle primale ne peut justifier l'orgueil de cet abruti. Pas vrai ?

Du coup, ça m'a fait réfléchir sur ce que je devrais préparer comme dernières paroles. J'aimerais choisir un truc bien cryptique, comme regarder dans le vide à la manière d'un chat, comme si je voyais ce que les fidèles imaginent être une entité venue du Grand Néant, un guide spirituel venu m'emmener vers le pays inconnu. Avec mon dernier souffle, je le désigne du doigt et je murmure :

— T'as pas honte de t'habiller comme ça ?

D'un autre côté, je parle trop. J'ai sans doute tout dit. Choisissez une de mes citations, mettez-les dans un document texte et secouez le tout comme une « Magic Eight Ball », et vous aurez tout, du sens de la vie à la meilleure façon de remplacer la trappe à poudre lavante dans la porte d'un lave-vaisselle.

Oh, mais je ne me résume pas à ce que j'ai dit. N'oublions pas le mercenaire lui-même, les muscles en mouvement à travers l'espace : les poings et les pieds, les pistolets, les katanas, les cœurs brisés, les esprits dévastés, les cadavres exquis semés sur mon passage. Même si je trouvais des dernières paroles dignes de ce nom, quelles seraient mes dernières actions ? C'est facile, remarquez. Ça va vous étonner...

Tuer quelque chose. Pas n'importe quoi. Quelque chose qui mérite de mourir. Quelque chose de si perverti, si irrattrapable, qu'il vaut mieux le supprimer.

Alors, où trouver une cible convenable ça, à cet instant précis ?

Les chiots sont tous blottis dans un coin. Les agents sont cachés, et braquent leurs armes inutiles vers la rampe. Em enfonce une porte ouverte :

— Ils arrivent !

Il n'y a qu'une seule arme qui n'est pas inutile : A.D.A. Mais elle fuit. C'est une condamnation à mort pour quiconque tentera d'y toucher. Al l'aveugle m'étonne. Je sais ce qu'elle doit se dire : « Vous êtes tous des lâches ! On va tous mourir, d'une façon ou d'une autre, mais je suis la seule à avoir le courage de faire le nécessaire ! » Je lui lance :

— Non ! Al, ma vieille amie. Laisse-moi faire. Laisse-moi prendre A.D.A.

— A.D.A. ? Oh merde, je croyais que c'était une bouteille d'eau ! crie-t-elle en s'éloignant au pas de course. Mais vous êtes tous malades, pourquoi personne ne m'a rien dit ?

Ce n'est pas très facile de se déplacer avec un seul bras et une seule jambe, mais ce n'est que du muscle. Je tire sur la table pour me relever. Je sautille jusqu'à l'arme. En me voyant, les agents et les chiots se taisent. Preston m'appelle, incapable de dissimuler l'émotion dans sa voix.

— Deadpool... ne fais pas ça.

— Vraiment ? Tu sais, ça ne va pas être facile, j'ai quelques organes internes qui me semblent sur le point de tomber. Mais... pourquoi pas ?

Elle déglutit.

— En effet.

Je referme les doigts sur le pistolet à eau. La fissure ne suinte pas pour le moment, mais ça changera lorsque je commencerai à affronter les bestioles.

— Fais sortir tout le monde. Laisse-moi m'occuper des enfants. Au revoir, Em.

Elle répond quelque chose, mais le labo se remet à trembler. Les lumières de la rampe sont occultées par de grandes ombres. Les monstres annoncent leur arrivée :

— Je suis... ! Je suis... ! Je suis... !

Après tout, ce n'est pas comme s'ils pouvaient me prendre par surprise. La dernière phrase que j'entends de l'agent Emily Preston sont ses ordres à ses agents :

— Ramassez les chiots et repliez-vous !

Ils obéissent en répétant l'ordre :

— Repliez-vous ! Repliez-vous !

Il ne reste que moi, votre obligé, *número uno*, le type qui a son nom au-dessus du titre. Je sautille vers mon destin. Je bondis vers le karma. Je rebondis vers l'inévitable. Entre les débris qui tombent et mes sens qui s'éteignent, je ne vois plus ce qui se passe derrière moi. Je dois leur faire confiance pour mettre les voiles.

En revanche, je vois très clairement ce qui se trouve devant moi. Une bonne double page, voire plus. Moi, je ferais exploser le budget d'impression en ajoutant un dépliant, genre photo centrale de *Playboy*. Je suis face à une masse organique et ondulante de gargantuas enragés. Impossible de savoir où commence Sserpo et où s'achève Fangu, de différencier la griffe de Droom et le pied d'Orrgo. Mais ils sont tous là.

Avant que trop de muscles ne disparaissent et m'empêchent d'agir, avant que mon cœur ne se liquéfie, je bondis, traversant l'air une dernière fois pour plonger dans le plus grand ragoût de monstres de l'histoire, et je mitraille au nanocatalyseur en passant. J'aimerais dire que j'atteins le satori, cet état unique de grâce et d'illumination. Que cette manœuvre, ma dernière utilisation des arts martiaux, est un sublime mélange de discipline, de volonté et de forme. Qu'à défaut d'autre chose, j'atteins la perfection à mes derniers instants.

Mais en décollant, je pète comme un malade. La flatulence fatale, avec une odeur qui décrocherait un vautour de sa carcasse. Enfin, je crois que c'est des gaz. Si ça se trouve, c'est directement mes intestins.

Peu importe. La gravité a déjà perdu la bataille. Tandis que je me rue vers différents orifices dont la nature et l'identité m'échappent, seul compte le mouvement. La pensée, la volonté ou la colère sont inutiles. La douleur reste dans les parages, sans doute à cause de ma liquéfaction en cours. Mais nous sommes de vieux amis, la douleur et moi. Pourtant, elle arrive toujours à me surprendre.

Je mitraille à qui mieux mieux. Tandis qu'ils fondent, leurs derniers cris rebondissent sous mon crâne :

— Je suis… ! Je suis… ! Je suis… !

Je regarde A.D.A. Une goutte luit dans la fissure, comme pour me faire un clin d'œil et m'appeler vers le vide. Vous savez, maintenant que j'y pense, j'aurais pu me couper le bras avant que le nanocatalyseur ne se répande, mais on ne peut pas penser à tout. Une partie de moi veut me consacrer tout entier à ces derniers instants, m'emporter contre l'extinction de la lumière. Mais la réalité, quel que soit le nom que vous voulez lui donner, décide de s'éclipser.

Les hallucinations reviennent pour une compilation des plus grands succès, à rebours. D'abord, je suis avec Sophie McPherson devant l'école. Puis je regarde mon chien m'échapper. Puis je suis chez moi, en attendant que le téléphone sonne.

Et enfin, je suis sur le terrain de basket, et je saute vers le panier.

Sophie me regarde, et crie mon nom avec ravissement !

— Wade ! Wade !

C'est comme tout à l'heure. La foule, la lumière, les cris. Mais il y a un changement.

Déjà, et c'est très bizarre, la voix de Sophie se transforme en aboiement.

— Yip ! Yip !

Ce n'est plus la seule fille que j'aimerai. Elle ne s'appelle même plus Sophie McPherson, mais Betty Farfield, une gamine de mon cours d'espagnol que j'ai convaincue de garder ma chienne pendant le match, parce que papa a dit que si je la laissais toute seule, il la tuerait.

Ma chienne est assise sur les genoux de Betty, et aboie comme si elle m'appelait.

C'est la chienne que je regarde en lançant la balle.

Au moment où je me rappelle que je l'avais appelée Sophie, le ballon rentre dans le panier.

Je ne retombe jamais sur le sol du gymnase. Les plafonniers se brouillent et disparaissent. Les vivats se transforment en bourdonnement. La sueur salée sur ma peau me brûle comme de l'acide.

Je crois que je m'allonge. Preston passe sous mes yeux, à moitié floue, avec la plus grosse seringue hypodermique que j'aie jamais vue. Elle me balance une somme de charabia pseudotechnique censé expliquer pourquoi je ne suis pas encore mort. L'aiguille me rentre dans le cou. Sa voix est comme un moustique, qui bourdonne autour de moi en m'expliquant des tas de trucs de biochimie. Gros moustique, quand même.

— J'ai utilisé l'équipement du labo pour produire un sérum qui pourrait se lier avec le nanocatalyseur et le rentre inerte. Ça te permettrait de te régénérer. Ou alors, ça va te transformer en lémurien.

Je baisse les yeux, pour essayer de voir ce qu'il peut rester de moi, pour que j'aie aussi mal. Al est à côté de moi, l'air fermé.

— Enfin, que l'espoir ne te fasse pas perde la tête. Parce qu'il ne te reste que ça. Une tête.

Je retourne au pays des rêves.

Je suis dans notre jardin, à côté de la tombe de Sophie, et je m'en veux de ne pas savoir faire une plus jolie pierre tombale. J'ai creusé le trou moi-même, pendant que papa partait jouer au bowling.

Sophie, la version humaine, est à côté de moi et m'a passé un bras sur les épaules. Elle sent la framboise. Je la regarde.

— Je ne sais pas pourquoi je te demande ça, mais tu n'as jamais existé, pas vrai ?

— Tu ferais mieux de me demander si j'étais vraiment vivante ! glousse-t-elle.

— D'accord. Et alors ?

— Non.

— Et elle ? Et Sophie ? ajouté-je en désignant la petite tombe.

— Eh bien, Wade, tu sais... la plupart des gens, quand ils sont vraiment vivants, ça veut dire qu'ils peuvent vraiment mourir.

CHAPITRE TRENTE

Au bout du compte, comment différentier les rêves de la réalité ? Une connerie philosophique, du genre « Je pense donc je suis » ? On ne peut pas vivre dans un château Descartes ? Si on y réfléchit, si même un crétin fini comme Bob peut cultiver un nouveau Deadpool, qu'est-ce que « je » signifie ?

Pour résumer, c'est quoi la réalité, bordel ?

Je vais te le dire, mon fils, ma fille, ou quelque version de moi que tu serais. J'ai pris une décision à ce niveau-là. J'ai décidé que toute l'idée de « Et si la vie n'était qu'une illusion » est un ramassis de connerie. Les mots n'ont de signification que dans leur contexte, et le contexte n'est qu'un résultat de comparaisons, donc *tout* ne peut pas avoir un contexte. Si vous dites que *tout* est un rêve, *rêve* n'a plus aucun sens.

C'est aussi ridicule que d'affirmer que tout est réel.

Donc, dorénavant, je suivrai ce que j'ai sous le nez, et je réviserai mon opinion au fur et à mesure. Un gros monstre ? Si ma main passe au travers, d'accord, c'est peut-être un rêve, ou un fantôme. On verra. Comme dirait mon GPS : recalibrage. Recalibrage.

Si on considère les choses d'un point de vue, le *deus ex machina* de Preston m'a sauvé. D'un autre point de vue, mourir, c'est moins bien qu'on ne croit. Un peu comme vivre, d'ailleurs. Il m'a fallu une semaine pour reconstituer tous les morceaux. Et croyez-moi, une semaine, c'est long. Chaque fois qu'une terminaison nerveuse se régénérait, j'étais prévenu.

Pas étonnant que je sois taré.

Pour résumer. Sophie la fille n'a jamais existé. Sophie le chien a bien existé. Du moins c'est l'histoire que je conserve pour aujourd'hui, sous le ciel bleu et les nuages cotonneux de Central Park, pendant que le vent d'été caresse mes cicatrices.

Et demain... qui sait ?

Le bon point, c'est que je suis à nouveau entier et aussi beau qu'avant, et que l'odieux plan de domination mondiale de l'agent Bob est tombé à l'eau. Difficile à croire, mais moi, Deadpool, je suis tout à fait satisfait, peut-être pour la toute première fois, de rester allongé à côté de Trutruffe et de lui faire rapporter une tête désincarnée. Preston était tellement occupée avec le ramassage qu'elle m'a laissé garder les deux.

Bon, peut-être que je suis parti en me téléportant et qu'elle est furax de ne pas nous retrouver, mais ça revient au même. Et puis, elle est à qui, cette tête, hein ? Quentin ? Jane ? Qu'il y a-t-il dans un nom ?

Quant à Trutruffe, disons qu'il m'aime bien et que je l'aime beaucoup.

Bien sûr, personne ne s'approche de nous, et les sirènes vont finir par débarquer, mais pour le moment, tout est parfait. Et comme je le disais, on n'a jamais rien de plus que le moment présent.

La tête crie lorsque je la lance.

— Noooooon ! Pitié, arrête !

Trutruffe et moi suivons sa trajectoire en l'air. Impatient, il se tend, agite la queue de plus en plus vite, jusqu'à faire du vent. Mais il ne se met pas à courir. Non, Trutruffe a compris ce que la moitié de l'humanité n'a toujours pas saisi : le plaisir de l'anticipation.

La tête passe son zénith et commence à retomber. Je me donne une tape sur la cuisse.

— Allez, mon grand, va chercher !

Et fioum, il détale. Ses petites pattes tricotent tellement qu'elles n'ont même plus l'air de toucher le sol. Il percute la tête si fort qu'il fait un soleil par-dessus, truffe la première. Il se relève, aboie après la tête, comme si c'était elle qui l'avait percuté et pas le contraire. Puis il ouvre grand sa gueule de chiot, mord dans la pommette, et la soulève pour me la rapporter.

Et tout du long, la tête crie :

— Non ! Non, par pitié, assez !

Ha. Je ramasse la tête et caresse Trutruffe.

— C'est bien mon chien ! C'est bien ! Encore ?

Je sais ce qu'il pense, alors il n'a pas besoin de hocher la tête, mais il le fait quand même. Je relance la tête, loin, très fort.

— Pitié ! Asseeeeeeeez !

On attend, et le chien repart ventre à terre, éclair de fourrure heureux contre le grand méchant monde. J'ai essayé de résister, de garder mes distances, de fermer mon cœur... mais en fin de compte, si un chien ne peut pas devenir votre meilleur ami, personne ne peut. J'ai peut-être été cruel envers Bob et Al l'aveugle, et Preston doit s'occuper de sa famille, mais Trutruffe ? Ce sera différent. Je vais être là pour lui, rester avec lui, le nourrir, le promener, le faire vacciner, et...

Oh, mince.

J'ai lancé un peu fort, cette fois. La tête est retombée au milieu de la circulation de Park Avenue. Mince.

— Attends ! Reviens, Trutruffe. Reviens !

Il continue de courir. Il ne m'entend pas. Pas question qu'on termine sur une note tragique. Reposé et entier, je m'élance à mon tour. La tête percute le toit d'un bus au moment où Trutruffe arrive sur la première voie. Le toit du bus est trop haut pour lui, alors il s'arrête, attend patiemment et regarde la tête retomber dans la deuxième voie. Il voit sa chance et repart aussi sec, sous le bus.

J'accélère encore et j'arrive sur le trottoir juste à temps pour le voir ressortir de l'autre côté.

La tête heurte le pare-chocs d'une BM. Le conducteur est au téléphone, mais il freine comme un diable. La berline dérape un peu, droit vers le chien. L'espace d'une seconde, j'ai le cœur au bord des lèvres, terrifié qu'il l'ait touché. J'ai envie de me jeter sur Trutruffe pour lui faire un rempart de mon corps, mais il y a un putain de bus entre nous.

Heureusement, une vitre est ouverte. Je bondis, lance mon passe Metrocard au chauffeur, fais coucou aux passagers interloqués, puis défonce la vitre d'en face. Je percute l'asphalte et ramasse un Trutruffe ravi d'une main, tout en plantant mon katana dans la portière de la BM de l'autre main. En une manœuvre qui est, si vous me permettez ce jugement, plutôt méga-classe, j'utilise la poignée du sabre pour nous propulser tous les deux par-dessus la voiture.

Nous retombons sains et saufs sur le passage protégé au moment où le bonhomme passe au vert. Je blottis le nez contre Trutruffe.

— Ne me refais plus jamais une trouille pareille. Plus jamais !

J'entends bien les crissements et froissements de tôle habituels lorsque quelques voitures se percutent. Six, peut-être. Et alors ? Ils ont tous des airbags et une assurance. S'ils respectaient la limitation de vitesse, personne ne dépassait les 50 à l'heure. Et tout le monde respecte les limitations de vitesse, n'est-ce pas ?

Enfin bon, autant mettre les voiles. Je suis un peu en cavale, j'essaie de faire profil bas.

Trop tard. Je me penche pour ramasser la tête lorsqu'un appareil du S.H.I.E.L.D. se pose à quelques mètres de moi. Preston en descend, avec sa tête de bibliothécaire en colère.

— Wade, qu'est-ce que tu fabriques ?

Du bout du pied, je pousse la tête sous un stand de hot-dogs. Quant à Trutruffe, je le cache derrière mon dos.

— Emily ! Quelle bonne surprise. Je croyais que la mission était terminée.

— Elle l'est. Il ne reste que des détails à régler.

— Tu m'as déjà payé. Quoi d'autre ?

— Une fois que nous avons eu fini de fouiller les bases de données du labo, nous avons pu retrouver les derniers monstres. Tu seras content d'apprendre que le colley est rentré à son hospice, et que tous les vrais chiens que tu as sauvés chez

Withers ont été placés pour adoption. Mais il reste un chiot à rendre à sa propriétaire, n'est-ce pas ? Un labrador ?

— Un autre chiot ? Non, ça ne me dit rien. Je crois que tu les as tous.

J'essaie de fourrer Trutruffe sous ma veste, mais il grogne et remonte dans mes bras. Il faut vraiment que je fasse nettoyer ma combinaison. Au même moment, une petite fille sort de derrière Preston.

— Papa Noël ! La gentille dame m'a dit que Trutruffe était réparé. Elle m'a même laissé monter dans son traîneau. (Elle se penche en avant d'un air de conspiratrice.) C'est un secret, mais les rennes sont invisibles !

Je foudroie Preston du regard :

— Rabat-joie ! Je suis sûr que tu as même dit à Hulk qu'il n'avait pas tué de chien !

— Pardon ? De quoi tu parles ?

— Laisse tomber. Il a dû se remettre, depuis.

— Je peux avoir mon chien, Papa Noël ?

— *Ton...*

Je regarde Trutruffe. Je regarde la fillette, ses petites mains tendues. Preston me fixe intensément.

— Wade ?

— Bon, je le laisse partir, d'accord. Mais c'est à lui de décider. Ni à elle ni à moi. Je vais le poser entre nous, à distance égale. On l'appellera tous les deux, et s'il...

Ce petit salaud s'échappe de mes bras pour bondir dans ceux de la fillette.

— Trutruffe ! s'écrie-t-elle.

— Trutruffe ! reviens ici, tout de... Oh ! Tu es obligé de lui lécher le visage comme ça devant moi ?

— Merci, Papa Noël ! glousse la petite fille.

Puis ils disparaissent tous les deux dans l'appareil du S.H.I.E.L.D. Preston m'en barre l'entrée. Je pourrais l'éliminer sans problème, me débarrasser de la gamine, puis décoller vers une île déserte où on pourrait vivre dix ou quinze ans. Ça vit combien de temps, un labrador ? Les enfants seraient à la fac...

Mais non. Au lieu de cela, je récupère la tête sous le stand pour la remettre à Preston.

— Autant lui donner ça aussi. C'est... son jouet préféré.

— Tuez-moi ! Je vous en prie, tuez-moi !

Preston tient la tête comme si elle était couverte de morve et la place dans un récipient de risque bactériologique.

— Non, je ne vais pas lui donner... mais je vais la rapporter au labo.

— Pff... Tu sais, Em... j'aurais vraiment aimé un happy ending.

— C'en est un. Tu as fait du bon travail, pour une fois, Deadpool.

— Merci, répond la tête.

— Pas toi, lui.

— Lui qui ?

— Le vrai... oh et puis merde.

Avant que la tête ne puisse se lancer dans un sketch comique, la porte se referme et les isole. Ce qui fait voler l'appareil bourdonne. Et il s'éloigne dans le ciel.

Je les regarde, comme je les regardais avec Trutruffe il y a quelques instants : je me tords le cou pour suivre son ascension au-dessus des voitures accidentées.

Mais il ne redescend pas pour que je puisse lui courir après. Il continue de s'éloigner.

— Adieu, mon Trutruffe. Amuse-toi bien.

Et alors, pour la première fois depuis très longtemps, la ville semble calme.

Je suis seul. Enfin, aussi seul qu'on peut l'être.

C'est qui le gentil mercenaire ?

C'est toi mon Deadpool ! Oh oui c'est toi !

CHAPITRE UN

(parce qu'il faut bien commencer quelque part)

Dernière tournée

Un raton laveur qui parle et un arbre ambulant entrent dans un bar...

Attends. D'après mes circuits linguistiques, cette phrase d'introduction évoque le début d'une blague dans le langage courant de plus de cent cinquante-six *mille* cultures civilisées.

Le genre de blague qui pourrait contenir les phrases « Pourquoi tu fais cette tête ? », « J'ai bien peur que non » ou « Aïe, c'était une barre de fer. »

Sache, gentil lecteur, que l'histoire que je m'apprête à te raconter est tout sauf une blague. Il y va du destin de l'Univers, rien que ça. Au cours de mon récit, cette galaxie, et bien d'autres sans doute, sans parler de l'espace-temps du Multivers tout entier, vont se retrouver plusieurs fois en péril. C'est très sérieux. Des milliards de vies innocentes dépendent d'une issue heureuse. Un faux pas pendant ma narration, et des étoiles vont s'éteindre, des galaxies spirales se défaire et des super-géantes exploser dans un nuage de lumière atomique. Les vieilles et puissantes civilisations du cosmos s'effondreront en hurlant tandis que la terrible noirceur de l'éternité broiera toute la Création.

Évitons donc, fidèle et amical lecteur, de prendre un mauvais départ en pensant que je m'apprête à raconter une blague.

Ce n'est vraiment pas le cas. Je vais suspendre mon protocole de discours littéral {*protocole de discours littéral suspendu*} parce que c'est peut-être la source du problème. Je vais tâcher d'être plus... informel et *humain* (car je présume que tu es humain, fidèle lecteur. Tu en as l'air, en tout cas. À part les sourcils. *Non mais sérieux ?* Tu les épiles toi-même ?) Je suis un synthétique. Un humanoïde synthétique. Un instrument de mesure. Un enregistreur de données. J'ai été fabriqué dans les forges de matière de Rigel dans le but d'observer. Alors un peu d'indulgence, d'accord ? La nuance organique, ce n'est pas mon fort.

Où en étions-nous ?

Ah oui, un raton laveur qui parle et un arbre ambulant entrent dans un bar de Dive-town, banlieue mineure de Lumina, spatioport et mégalopole recouvrant tout un continent sur la planète Xarth Trois. En orbite autour des étoiles binaires Fades Primaire et Fades Secondaire dans le Groupe Xranek. Xarth Trois est un monde de catégorie M avec 9,9 milliards d'habitants et une exportation industrielle brute de...

{arrêt du mode descriptif}

... pardon, fidèle lecteur, mais ça va devenir lassant si je passe en mode de transmission de données chaque fois que je tombe sur un nom propre. Je suis une encyclopédie. Mais je souhaite raconter cette histoire sans donner l'impression d'en être une. J'ai une idée... Si je vais trop vite, dis-le-moi, et je reviendrai en arrière pour ajouter des détails. Je suis très doué pour ça. Si tu veux des détails, tu es au bon endroit.

{reprise du mode narratif}

Le bar se situe donc à Dive-town. Les soleils se couchent comme des charbons ardents qui s'enfoncent dans les eaux troubles en crépitant. Des néons clignotent dans les rues. Les gangs de nécrodroïdes hurlent aux lunes, impatients d'entamer une nuit de guerre des territoires sans merci. (La récupération d'organes est une activité lucrative.)

Le bar s'appelle Chez Leery. Aucun de ses habitués ne se rappelle qui était Leery, ni pourquoi l'établissement porte son nom. Pas même Nrrsh, le Skrull qui en est l'actuel patron.

Nrrsh a si souvent été blessé (sans doute au cours des nombreuses guerres entre les Krees et les Skrulls) qu'une bonne partie de sa biomasse a été remplacée par des prothèses. Ce n'est plus un Skrull avec des parties cybernétiques, mais un ensemble de parties cybernétiques avec un bras skrull. Ça ne l'empêche nullement de rester skrull jusqu'au bout des ongles et de chanter l'hymne « Tarnax ! Tarnax ! Toujours changeant ! » le jour de la fête nationale ou quand il a bu un Timothy de trop.

{Information : nous reparlerons du Timothy plus tard}

Chez Leery est typique des bars de Dive-town avec de nombreux comptoirs sur plusieurs niveaux, une piste de danse, une fosse d'orchestre, des arènes de combat et un portail quasi sidéral vers le Multivers. Mais personne ne l'utilise jamais parce que les clients sont trop occupés à prendre une cuite, faire des paris, danser ou s'éclater.

Quand notre raton laveur et notre arbre font leur entrée, c'est un jour comme les autres au Chez Leery. Les danseuses évoluent (et par danseuses, j'entends un banc de quatre-vingts pseudo-mibes coalescentes tourbillonnant en formation syncopée avec des plumes d'autruche). L'orchestre joue (et par orchestre, j'entends une escouade de trompatoonistes kymelliens interpolaires qui produisent, à l'aide de tubes acoustiques en cuivre, des pets de cheval déconcertants et franchement dérangeants à ultra basse fréquence, sur un rythme de samba.)

Le troquet saute (et par sauter, j'entends qu'il bouge vraiment. Les immenses piliers que les premiers bâtisseurs de Xarth ont enfoncés au cœur de la planète et sur lesquels ils ont construit Dive-town commencent à trembler à cause des infrasons du groupe kymellien. Juste un peu. Oooh, juste un tout petit peu.)

— Tout ce que j'aime, annonce Rocket Raccoon, ravi.

— Je s'appelle Groot, acquiesce son imposant compagnon.

Un raton laveur qui parle et un arbre ambulant. Ce n'est pas le genre de héros auquel on s'attend. Telle fut ma réaction quand je les ai vus. Je suppose que c'est aussi la tienne, fidèle lecteur, alors que tu les vois débarquer dans mon récit si bien maîtrisé. Un raton laveur et un arbre. L'un parle, l'autre marche.

Je t'entends déjà protester, fidèle lecteur, qu'ils ne peuvent pas être les héros de cette histoire. Le sort du Multivers ne dépend pas vraiment d'eux, n'est-ce pas ? ajoutes-tu d'un air angoissé.

Eh bien, si. Fidèle lecteur, si cette idée te donne des sueurs froides, tu ne devrais peut-être pas trop penser au sort du Multivers.

Si ça t'intéresse, et j'espère que c'est le cas, ma première impression les concernant fut tout aussi dépitée. Il m'a fallu un moment pour comprendre que Rocket Raccoon et Groot de la planète X étaient de vrais héros capables de sauver le Multivers. Un long moment, en fait. Je te le ferai savoir quand, au cours de ce récit, ça se produira.

Quoi qu'il en soit...

— Tout ce que j'aime, dit Rocket Raccoon avec bonheur.

Il mesure beaucoup moins d'un mètre humain et possède une belle fourrure brillante, ainsi qu'une spectaculaire queue bouffante. Il se tient si droit que l'humain en toi a envie de s'exclamer : « Regarde le p'tit bonhomme ! Il marche sur ses pattes de derrière ! Ooooh ! »

Ne fais pas ça. Jamais. Sinon, il te tirera dessus autant de fois qu'il en faut pour te tuer. Hélas, Rocket Raccoon a subi des expériences tordues et désagréables (tu pourrais appeler ça « ses origines », fidèle lecteur) qui ont fait de lui le guerrier de l'espace au museau luisant et insolent comme pas deux qu'il est aujourd'hui. Je dévoilerai peut-être quelques détails de ses « origines » au fil de cette histoire, mais je ne peux rien promettre. On m'a ordonné, sous la menace de vraies armes, de ne pas révéler certaines choses. Si tu le connais aussi bien que moi, tu sais qu'il a bon cœur (en haut à gauche dans son thorax), qu'il possède un code moral très particulier (« Que tout le monde et toutes choses aillent se faire foutre ! » © 2014 Rocket Raccoon. Tous droits réservés), et qu'il adore les très gros flingues.

Comme celui qu'il porte dans le dos en entrant dans le bar.

Regarde-le ! Regarde comme il se tient droit ! Comme un chien bien dressé !

Brave bête !

Désolé.

Et puis, il y a ses mains. Je bloque complètement dessus. Les mains de Rocket… elles sont si étrangement *humaines*. C'est troublant et assez mystérieux (pas comme chez les mutants, évidemment. Eux, ils sont mystérieux d'une manière totalement différente). C'est stupéfiant, étonnant, incroyable, j'en perds mes adjectifs… OK, c'est juste perturbant. Les mains de Raccoon me perturbent.

Intéressons-nous à autre chose parce que cette histoire de mains me fout un peu les jetons.

Voyons voir… Rocket porte un uniforme bleu foncé, militariste, avec des lumières et des brandebourgs rouges. C'est celui des Gardiens de la galaxie, un super groupe de défenseurs du cosmos qui ne reçoit pas vraiment le respect ni la publicité qu'il mérite. Lorsqu'on parle d'eux, la plupart des gens font : « Hein ? Les Gardiens de quoi ? »

Rocket est en congé sabbatique. Les Gardiens font une pause dans leurs efforts pour sauver un cosmos ingrat (et protéger une galaxie méprisante qui croit qu'elle n'a pas besoin d'eux). Star-Lord est occupé à ci. Gamora est occupée à ça. Drax est occupé… à détruire. Enfin, c'est juste une supposition.

Rocket et Groot sont donc retournés à ce qu'ils savent faire de mieux pour gagner un peu d'argent. Ils ont les clés et les papiers d'un vaisseau cargo sous-compact et d'une fraîche cargaison de zunks. Quarante-huit tonnes, pour être précis. Ils sont venus au Chez Leery parce qu'un marchand de zunks pourrait être présent ce soir, un marchand désireux de déplacer entre quarante-sept et quarante-neuf tonnes de zunks. C'est un retour aux affaires pour Rocket... juste lui et son fidèle copain Groot.

En parlant de lui... Imagine un très vieux chêne géant avec un visage, des bras et des pieds venant à ta rencontre. Il est obligé de se baisser pour franchir le seuil de Chez Leery.

Malgré tout, il y laisse quelques brindilles.

Rocket regarde le barman qui n'est presque plus du tout skrull.

— Deux Timothy ! demande-t-il.

— Je s'appelle Groot, intervient son ami.

Rocket soupire.

— D'accord, un Timothy et une écorçamère avec soda.

Nrrsh s'empresse de préparer la commande.

— Petite nature, lance Rocket à son compagnon feuillu.

Il renifle l'air avec sa truffe luisante et détecte une bouffée d'huile de serpent et de cuir, une odeur de reptile, comme celle d'un ventre de lézard.

— Et merde, des Badoons, marmonne-t-il.

Peu après, la bagarre éclate.

CHAPITRE DEUX

Un léger problème

Les boissons arrivent. Groot sirote la sienne avec une petite brindille en l'air, par distinction. Rocket examine son Timothy avec une saine dose de prudence et de respect, le même respect dont un dresseur de mange-visages denebiens fait preuve envers les prédateurs qu'il dompte. Ces derniers ont beau le laisser entrer dans leur cage et les grattouiller derrière les oreilles ou leur donner des friandises, ils n'en restent pas moins des mange-visages denebiens, et ce nom n'a rien d'un euphémisme.

Le Timothy est une boisson splendide, fidèle lecteur. Posé sur une serviette sur le comptoir, il luit d'une lumière intérieure qui promet joie et convivialité, ainsi qu'un bienheureux trou de mémoire. Bien sûr, la Très Honorable Guilde Fraternelle et Galactique des Barmans et des Mixologues garde jalousement le secret de sa recette. Mais il contient, paraît-il, de la liqueur arkuane, du cognac kree, des graines de zark rasées, un shot de jus de vooosh, une dose de remords extraite de la mémoire collective d'une espèce en voie d'extinction à l'aide d'un pressoir quantique, un zeste de citron et une petite charge d'antimatière juste assez forte pour contenir la cascade hyper-spatiale à un niveau moléculaire.

Celui qui l'a inventé lui a donné un nom terrifiant qui illustrait parfaitement ce que ça fait d'en boire un. Mais les distributeurs ont jugé cette honnêteté mauvaise pour le commerce et l'ont rebaptisé « Timothy », un nom bien plus doux et rassurant.

Rocket Raccoon contemple son Timothy en plissant les yeux. On ne se précipite pas sur un tel breuvage. On ne l'avale pas d'un trait. Il faut une certaine préparation mentale avant de s'y attaquer. Une certaine préparation mentale, une profonde inspiration et une longue phase d'anticipation. Comme un ravin. Ou un tacle à la volée. Ou une guerre kree-skrull.

Il est bon de préciser que le Timothy est la seule boisson de l'Univers connu figurant sur la liste des armes interdites et illégales de la Garde impériale shi'ar.

— Je s'appelle Groot, dit Groot en voyant son compagnon pensif.

— Ouais, quelque chose me préoccupe, mon pote, répond Rocket. Je me fais du souci pour notre cargaison de zunks. Si on ne trouve pas un foutu acheteur rapidement, on pourrait se retrouver avec quarante-huit tonnes de zunks trop mûrs sur les bras et un sérieux problème d'argent. J'ai cru que ça serait un bon investissement. Ça l'était, avant. Mais depuis qu'ils ont ouvert ces gigantesques fermes sur Gamma Eridani, le marché est inondé de zunks. Voilà mon principal souci. Enfin, ça l'était jusqu'à ce qu'on entre.

De nouveau, il renifle l'air.

— Ça sent vraiment le Badoon, affirme-t-il.

Comme pour lui donner raison, les Badoons font leur apparition.

Il y en a dix, des spécimens particulièrement costauds. Au vu de leur badge en argent orné d'une patte griffue et d'une langue fourchue et de leur pantalon de combat noir luisant comme du satin, ils appartiennent à la division « Dévastation » de la Confrérie de la guerre, qui n'est pas connue pour prendre la vie avec humour. Encore moins que le reste de leur peuple, c'est dire.

De toute évidence, ces gros reptiles agressifs cherchent quelque chose. Leurs yeux ambrés scannent leur environnement sans ciller. Leur langue bifide jaillit de temps en temps entre leurs crocs recouverts d'acier. Le commandant badoon ne lâche pas la poignée ornée de pierreries de son exterminatron à plasma, l'arme de cérémonie de la Confrérie.

Rocket retourne à son Timothy.

— Évite de croiser leur regard, mon pote, murmure-t-il à Groot. On veut pas d'ennuis.

— Je s'appelle Groot.

— Exactement, l'ami. Pas besoin d'ajouter un léger problème à ceux qu'on a déjà. Ignore toute provocation.

— Je s'appelle Groot.

— Ouais, même si c'est vachement tentant d'oublier nos soucis en infligeant une correction bien méritée à ces grosses brutes de lézards.

— Excusez-moi, intervient le commandant badoon derrière eux.

Rocket se raidit et se concentre sur des pensées apaisantes. Lentement, Groot et lui font pivoter leur tabouret de bar pour lui faire face.

— Commandant Droook de la Confrérie de la guerre, annonce le Badoon. Désolé de vous déranger. Vous n'auriez pas vu un Enregistreur rigellien, par hasard ?

— Un Enregistreur rigellien ? Je ne crois pas, répond Rocket.

— On a un scan à vous montrer, reprend le commandant dont la langue fourchue danse par intermittence. Guerrier Lorg, sortez votre affichage tactique.

L'un des lézards tend une tablette sur laquelle luit l'image de ce qui est presque à coup sûr un Enregistreur rigellien.

— Sa tête me dit rien, répond Rocket.

— L'Enregistreur s'est enfui avec des données sensibles, explique le commandant. On pense qu'il est venu ici à la recherche d'un pilote stellaire ou d'un marchand indépendant prêt à lui faire quitter cette planète. Êtes-vous un pilote stellaire ou un marchand indépendant ?

— Hé, je peux vous proposer quarante-huit tonnes de zunks à un bon prix, dit Rocket. Mais, à part ça...

Le commandant badoon hésite et dévisage attentivement Rocket. Il est difficile d'apprécier un Badoon. Ils sont agressifs, cruels et imbus d'eux-mêmes. Au cours de leur longue histoire sanglante, ils ont conquis et opprimé de vastes zones de la Voie lactée. Leur développement culturel est tel que, très vite, les bonnes manières, la bonne humeur, la patience et la compassion sont devenues, à l'image de leur queue, des appendices superflus, puis des vestiges, et enfin un souvenir.

Mais ça ne suffit pas à expliquer l'aversion que Rocket et le Badoon s'inspirent mutuellement. Il faut dire que l'animosité qui a toujours existé entre les petits mammifères et les gros serpents est instinctive, héréditaire et primordiale. C'est l'histoire du cobra et de la mangouste. Chacun met l'autre mal à l'aise.

C'est donc avec beaucoup de retenue que le commandant badoon conclut : « Désolé de vous avoir dérangé » et que Rocket répond : « Pas de souci » avant de retourner à son Timothy.

— Pfiou, c'est pas passé loin, soupire Rocket.

Au même moment, l'un des scanners tactiques des guerriers de la Confrérie détecte une technologie rigellienne dans le vide sanitaire sous la fosse d'orchestre.

— Commandant, j'ai trouvé quelque chose ! s'exclame le guerrier.

Les Badoons se rapprochent en sortant leur perturbateur laser et leur épée de combat aux couleurs de la Confrérie de la guerre. Ces reptiles croient que toutes les expressions de la galaxie peuvent être améliorées par l'ajout des mots « Guerre » ou « Confrérie », ou de préférence les deux.

Leur malheureuse proie, qui de fait est un Enregistreur rigellien (un robot humanoïde conçu et fabriqué en série par les Rigelliens pour rassembler des données sur la galaxie), sort de sa cachette et tente de s'enfuir.

Ce qui provoque inquiétude et consternation. Les Badoons se précipitent. L'Enregistreur émet un couinement électronique, car il n'est conçu ni pour le combat ni pour la vitesse. De nombreux clients de Chez Leery se dispersent, d'autres huent les Badoons. Les videurs accourent. Derrière le bar, Nrrsh s'écrie : « Hé ! » en désignant de son bras skrull un écriteau où l'on peut lire : « Veuillez ne pas utiliser d'armes à feu ou d'appareils perturbateurs dans cet établissement sous peine de prendre un coup de dague skrull dans le rein. »

Rocket regarde son Timothy encore intact.

— Je s'appelle Groot, dit Groot.

— Oui, je sais, ça commence, soupire Rocket.

— Je s'appelle Groot.

— Oui, je sais qu'il faudrait aider ce pauvre robot et s'interposer entre lui et les Badoons parce que si on le fait pas, qui le fera ? Mais on doit juste... fermer les yeux. On veut pas d'ennuis, pas vrai ?

— Je s'appelle Groot.

— Ouais, je suis parfaitement conscient que le mal triomphera si les hommes de bonne volonté ne font rien.

Derrière eux, c'est l'escalade. L'Enregistreur vient de heurter une serveuse et de faire tomber trois plateaux pleins de verres. Le commandant badoon a sorti son exterminatron à plasma. Les clients hurlent. L'Enregistreur essaie de se relever tout en s'excusant auprès de la serveuse. Le commandant dispose d'un angle de tir dégagé. S'il appuie sur la détente, un tir de plasma chemisé dans du laser passera en crépitant au milieu du bar et fera fondre la base de la colonne vertébrale de l'Enregistreur. Ses banques de données seront épargnées, mais il ne courra plus jamais.

Il fait feu.

Une chose étrange se produit alors, dont la portée dramatique ne deviendra apparente que bien plus tard, fidèle lecteur, ainsi que sa relation de cause à effet avec le reste de l'espace-temps, et le destin, et le sort.

Contentons-nous de dire pour l'instant qu'on voit brusquement un éclair d'énergie de téléportation au sein d'un halo de lumière et qu'un chevalier spatial galadorien apparaît au milieu de Chez Leery. Il surgit directement dans la ligne de mire du commandant badoon au moment où l'exterminatron à plasma fait feu.

Le chevalier spatial reçoit de plein fouet le tir mortel. Ses boucliers avancés absorbent le gros du choc et dévient le reste. Il n'empêche que l'impact l'envoie valser à l'autre bout du bar où il s'écrase contre la balustrade qui entoure l'orchestre. Le rayon plasma ainsi infléchi et privé de la majeure partie de son pouvoir létal fait le tour du bar en gémissant. Il rate l'Enregistreur et fait exploser un verre posé sur une serviette.

— Ça suffit ! gronde Rocket Raccoon en se levant d'un bond et en sortant son très gros canon blaster. Ces foutus Badoons ont renversé mon verre ! À l'attaque !

CHAPITRE TROIS

Bagarre

Actuellement, le très gros flingue de prédilection de Rocket Raccoon est un système d'armes Nitro modèle 66 B.P. (« blaster portable »). Il possède un certain nombre d'options conviviales et attractives, dont des crosses ergonomiques (pratiques pour ceux qui ont des mains étrangement humaines), un autociblage réflexe, un stabilisateur avec zone tampon inertielle et un minimiseur de recul breveté.

Cependant, son attrait le plus immédiat est le « KZZWARK » qu'il produit quand il tire un rayon mortel bleuté.

KZZWARK ! fait le très gros flingue de Rocket Raccoon, qui s'est mis debout sur son tabouret pour tirer. En dépit du minimiseur, le recul de l'arme est tel que Rocket et le siège font trois tours sur eux-mêmes.

L'éclair bleuté traverse le Chez Leery en pulsant et atteint le commandant badoon en pleine face. Comme tout chef de division haut-gradé, le Badoon est équipé d'un bouclier corporel automatique, un champ de force individuel qui s'active lorsqu'il pressent l'arrivée d'un projectile dangereux. Ce bouclier lui sauve la vie, mais n'épargne pas sa dignité.

Il intercepte la force explosive mais ne peut rien contre la puissance cinétique du tir d'un si gros flingue.

Projeté à la renverse, Droook, le commandant de la division « Dévastation » de la Confrérie de la guerre, sort de la salle principale, traverse la scène en éventail et atterrit tête la première dans le bar à salades. Ses hommes le prennent très mal. En poussant le cri de guerre de la Confrérie, ils se précipitent dans cette partie du bar où, quelques secondes plus tôt, Rocket et Groot s'efforçaient désespérément de ne pas s'en mêler. Le premier à les atteindre est un guerrier badoon avec une épée de combat et des crocs renforcés en acier estampillés Confrérie de la guerre.

Il abat son épée sur Rocket qui s'exclame : « Hé ! » en plongeant pour esquiver le coup. L'arme, un superbe exemple d'acier moordien extrêmement tranchant, fend le tabouret en deux.

Alors Groot donne un coup de poing au Badoon. Celui-ci s'en va heurter un groupe d'hommes d'affaires krees qui espéraient profiter de leur soirée dans un endroit où personne n'accuserait quiconque de quoi que ce soit. L'épée s'échappe des doigts du guerrier assommé, tournoie deux fois dans les airs et vient se planter en tremblant dans le beau plancher de Chez Leery.

Il s'ensuit alors une bonne dose de ce qu'on pourrait appeler un « pandémonium ». Le bar était bondé, si bien que c'est la panique générale, entre hurlements et cavalcades effrénées. La faute à deux armes surpuissantes, des tabourets de bar coupés en deux et des arbres qui donnent des coups de poing.

Rocket Raccoon est un tacticien de génie. Tu le sais peut-être déjà parce qu'il ne se prive pas pour le dire à tous ceux qu'il croise.

Mais ses états de service parlent d'eux-mêmes. Il a protégé, voire sauvé, la galaxie, à plusieurs reprises. Peu de stratèges savent aussi bien analyser un combat. Et c'est un sacré bon tireur.

Il se sert à la fois du chaos ambiant et de sa stature, car les clients qui s'enfuient font écran entre lui et les Badoons. Des tirs partent dans tous les sens. Un chandelier explose. Les danseuses hurlent et se précipitent vers les vestiaires dans un nuage de fibres en plumes d'autruche.

Grâce à une roulade, Rocket se cache derrière une plante en pot et utilise de nouveau son Nitro 66.

Oh, ce KZZWARK si satisfaisant !

Le tir atteint l'un des Badoons. Contrairement à son commandant, il n'est pas assez gradé pour porter un bouclier corporel. Un instant, il songe à la profonde injustice des avantages dont bénéficient les officiers, et à la façon dont les simples soldats finissent toujours par payer le prix fort. Puis il jette un coup d'œil nostalgique au nuage de vapeur qui remplace son torse, juste avant de s'écrouler.

{La mort rôde dans ce récit, fidèle et gentil lecteur. Je ne cherche pas à l'excuser. L'Univers est un endroit cruel : la vie et la mort y vont, sinon de pair, du moins enchaînées l'une à l'autre comme Tony Curtis et Sydney Poitier dans La Chaîne. *Oui, je suis ravi d'adapter les références thématiques de cette histoire à ta culture humaine. Les Badoons sont des guerriers. Rocket et Groot aussi. Le sort de l'Univers est une question de vie ou de mort qui se décide parfois selon la rapidité du doigt qui appuie sur la détente, ou l'incroyable grosseur d'un flingue et la volonté de son propriétaire de s'en servir.*

Il est bon de préciser que le système d'armes Nitro modèle 66 B.P. (blaster portable) possède, parmi ses options, un bouton qui permet de passer en mode « paralysant ». Rocket avait le Nitro 66 depuis huit mois quand Groot lui a montré cette fonction. Rocket a rigolé pendant neuf minutes avant de demander : « Pour quoi faire ? »}

Le premier sang revient donc à Rocket Raccoon. Une limite a été outrepassée, celle que Rocket a baptisée « foutu horizon des événements ».

Il ne peut plus revenir en arrière.

— Groot, vieille branche ! s'écrie-t-il. On a franchi le foutu horizon des événements. Plus la peine de prendre de gants !

Groot est perplexe, car il ne porte pas de gants. Il hoche la tête à l'intention du petit mammifère, puis se retourne et donne un uppercut à un autre Badoon. Ce dernier sort de Chez Leery en faisant un trou dans le toit.

Groot est un spécimen de *flora colossus*, une espèce rare originaire de la planète X. C'est un individu étonnamment complexe qui ne frappe les choses et les gens que par nécessité (et parce qu'il est très doué pour ça).

Groot titube, atteint par un coup d'une force immense. Nrrsh, le propriétaire du bar, vient de l'attaquer par-derrière et brandit la cybermatraque qu'il réserve aux clients particulièrement turbulents et récalcitrants à l'heure de fermeture.

— Personne ne déclenche de foutues bagarres dans mon bar ! gronde-t-il.

— Je s'appelle Groot ! lui dit l'arbre.

Nrrsh le frappe de nouveau. La matraque électrifiée fend l'écorce et fait couler la sève, ce qui agace Groot. Il cogne, et le Skrull roule par-dessus le comptoir de façon totalement involontaire en entraînant dans sa chute six étagères pleines de bouteilles.

Mais Nrrsh emploie des videurs très bien entraînés, d'énormes Cyberneticones venant des zones de guerre de Raxus. Pour attaquer, ils passent en mode « ogre » en prenant des muscles et en se protégeant avec des plaques en alliage dense et des champs de force sous-cutanés.

Le premier frappe Groot. Le deuxième réussit aussi à porter un coup de poing. Groot titube, blessé, puis réplique en fracassant l'un sur le comptoir et en envoyant l'autre dans le mur. Le troisième et le quatrième se rapprochent, les poings serrés.

— Je s'appelle Groot, décide l'arbre.

Rocket, lui, est la cible des Badoons, qui déchargent les fusils laser de la Confrérie de la guerre sur lui. Ils font des trous dans le mur, la fosse d'orchestre et le côté du comptoir et manquent de cramer le bout de la queue soyeuse et merveilleusement volumineuse de Rocket.

Il plonge, fait un roulé-boulé et tire. Une partie du plafond explose et s'écroule. Les Badoons se dispersent. L'un trouve un abri parfaitement insuffisant derrière un chariot à desserts et perd un temps précieux à essayer d'imiter la forme d'un gâteau à trois étages.

Rocket se précipite à couvert en se jetant sous une table.

— J'apprécie votre aide, vous savez, lui dit une voix.

Il se retourne et se retrouve nez à nez avec l'Enregistreur rigellien, qui a choisi de se cacher au même endroit.

— Je suis un Enregistreur. L'Enregistreur 127, construit par les colonisateurs de Rigel pour arpenter l'espace jusqu'à la fin des temps et mesurer l'Univers connu. J'ai de graves ennuis, j'en ai peur.

— Pourquoi ces foutus Badoons tiennent tant à te mettre la main dessus ? demande Rocket.

— Je ne sais pas, Monsieur, répond l'Enregistreur.

Il est agréable à regarder, cet androïde lisse peint en vert et or. Son visage exprime une impassibilité qui penche vers la tristesse.

— J'ai été endommagé. Ma mémoire est abîmée. Je ne sais pas vraiment ce qui se passe, mais j'aimerais que ça ne se soit pas produit.

— Bon, Enregistreur, mon pote, on a déjà franchi le foutu horizon des événements, l'informe Rocket.

— Question ? Signification ?

— Ça veut dire que je tentais de me tenir à carreau ce soir, mais vu que ça n'a pas marché, autant essayer de tirer quelque chose de ce fiasco.

— Question ? Signification ?

— Si tu veux qu'on te protège de ces Badoons, fiston, c'est comme si c'était fait.

— J'en suis honoré. Je ne veux pas être un fardeau.

Rocket montre les dents. Les tirs de laser frôlent le plateau de la table. Il enfonce une nouvelle cartouche dans son très gros flingue.

— J'imagine que tu ne connais pas de marchands de zunks prêts à s'amuser un peu ? demande-t-il tristement à l'Enregistreur.

— Désolé, mais non.

Rocket hausse les épaules.

— Ça valait la peine de demander. Bon, baisse la tête et suis-moi.

Sur ce, Rocket Raccoon jaillit de sous la table et prend les Badoons sous le feu nourri de son très gros flingue pendant vingt secondes sauvages et très efficaces. Je n'ai jamais rien vu de tel.

Telle est, fidèle lecteur, l'histoire de notre rencontre.

Je suis un Enregistreur.

Je suis l'Enregistreur 127 des Études intergalactiques rigelliennes.

(fin de l'extrait)

Découvrez d'autres histoires inédites de l'Univers Marvel

Les Gardiens de la galaxie, l'Univers aux trousses, Dan Abnett
Ant-Man, Jason Starr (à paraître)
Guerre Civile, Stuart Moore (à paraître)

Adaptation de la maquette intérieure : Le vent se lève...

ISBN : 978-2-36480-425-8
Dépôt légal : février 2016

Imprimé en Europe